못된 짓
misdeed

못된 짓 1

2022년 12월 12일 초판 1쇄 인쇄
2022년 12월 15일 초판 1쇄 발행

지은이 언정이
발행인 김정수 강준규

기획 편집 이은정 주종숙
마케팅 지원 배진경 임혜솔 송지유 장선영 김다운 조진숙

발행처 (주)로크미디어
출판등록 2003년 3월 24일
주소 서울시 마포구 마포대로 45 일진빌딩 6층
편집 문의 (02)6365-5170 **구입 문의** (02)3273-5135
홈페이지 rokmedia.blog.me
E-mail romance@rokmedia.com

ⓒ 언정이, 2022

값 9,000원

ISBN 979-11-408-0399-6 04810 (1권)
ISBN 979-11-408-0398-9 04810 (세트)

못된 짓 *misdeed*

1

언정이 장편소설

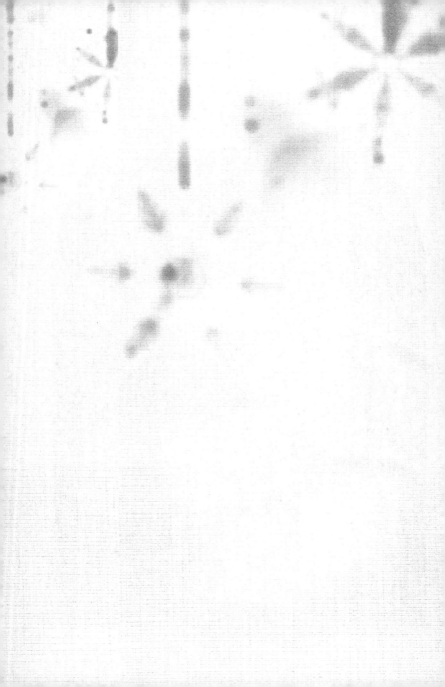

목차

제1장
첫사랑이 돌아왔다

비가 내렸다.

빗방울이 타닥타닥 소리를 내며 너른 유리창을 매섭게 때렸다. 천천히 미끄러지는 물방울을 바라보던 다현이 제 두 손을 맞잡았다. 비에 홀딱 젖어 버린 몸에서 한기가 터져 나왔다.

축축한 옷에서 떨어져 내리는 물방울이 신경 쓰였다. 먼지한 톨 없이 깨끗한 바닥으로 물이 떨어지고 있었기 때문이다.

그곳을 더럽히고 있다는 생각에 꼼짝도 할 수 없었다.

다현은 고개를 좌우로 돌리며 승준의 집을 살폈다.

승준과 사귀고 난 후, 그의 집에 몇 번 와 보긴 했다. 그런데도 흐트러짐 없이 정리된 집은 익숙해지는 법이 없었다.

가구부터 장식품까지. 무엇 하나 부족한 게 없는데도 집이횅한 느낌이다. 심지어 여름인데도 한기가 도는 것 같다.

사분히 번지는 찬기에 다현은 애꿎은 바지만 문질러 댔다.

그러다 주머니에서 느껴지는 단단하면서도 물컹한 감촉에 순간, 멈칫했다.

'깡따. 이 언니 특급 선물이다.'
'이거 그 피, 피임 그거 아니야? 됐어. 나 안 줘도 돼. 그럴 일 없어.'
'요샌 오픈마인드가 흠 아니야. 이런 거 준비도 안 하고 달려드는 게 그게 잘못된 거지. 나중에 나한테 고마워할 것이다.'

바지 주머니에 콘돔을 찔러 주던 제 단짝, 미지의 모습이 자연스럽게 떠올랐다.

승준이 사라진 욕실을 바라보던 다현의 얼굴이 빨갛게 달아올랐다.

데이트를 할 때까지만 해도 승준의 집에 오게 될 줄 몰랐다. 미지의 예언이 맞아 들어가기라도 하는 건가. 정말 고마워할 일이라도 생기는 거 아냐?

그래도 콘돔이 주머니에 들어 있으면 이상하지 않을까.

생각이 여기저기로 튀며 다현을 미치게 만들었다.

차라리 핸드백 속에 깊숙이 구겨 넣는 게 나을지도 모르겠다. 미지가 가방을 잘못 알고 넣은 것 같다고 핑계라도 댈 수 있지 않나.

'아무도 없으니까…….'

눈치를 보던 다현은 주머니에서 콘돔을 빼다가 화들짝 놀랐다.

"엄마야!"

타올을 들고 온 승준과 눈이 마주치자 뺙 소리를 지르며 콘돔을 그대로 떨어뜨리고 말았다.

수습할 겨를조차 없었다.

승준이 갑자기 등장하는 건 제 계획 속엔 없던 일이었으니까.

이 상황을 헤쳐 나갈 수 있는 기지 따위는 없었다. 하얗게 변해 버린 머리를 붙들고 선 채로 승준만을 뚫어져라 쳐다보는 것밖엔.

"저거는……."

콘돔을 줍는 승준을 보며 무슨 말이든 해 보려고는 했다.

"강다현, 너 무슨 생각 해?"

"그, 그, 그러는 넌?"

"난 조금 위험한 상상 중."

승준이 제게 한 발자국 더 가까이 다가섰다.

"네가 나 받아 주는 상상."

나른히 번지는 저음에 심장이 쉴 새 없이 뛰기 시작했다. 금방이라도 심장 고동 소리가 밖에까지 들릴 듯했다.

쿵쿵거리는 소리에 빗소리조차 들리지 않았다.

차갑게 식어 가던 몸마저 뜨겁게 달아오르기 시작했다. 제 안에서 알 수 없는 스위치라도 켜진 것 같았다. 평소엔 둔감하기 짝이 없던 감각들이 일제히 깨어나 예민해지는 기분까지 들었다.

기대에 부푼 마음을 채워 주고 싶었다. 찬란히 빛나는 승준에게 안기며 제 모든 것을 태우고 싶어졌달까.

아무것도 경험하지 못한 자의 위험한 호기심이었는지도 모른다.

"상상 말고 직접…… 할까?"

수줍게 던진 말에 승준의 입가에 미소가 번졌다.

"후회하면 안 돼, 다현아."

경고는 그게 다였다.

승준이 더는 참을 수 없다는 듯 커다란 손으로 제 목을 감쌌다. 순식간에 벌어진 입술 사이로 따뜻한 숨이 밀어닥쳤다. 그는 애정에 굶주린 야수같이 뭉근히 입술을 탐했다. 잇새를 훑는 열기에 몸이 바르르 떨렸다.

쫙 뻗은 나뭇가지에 핀 꽃에서 단물이 쏟아지는 것만 같았다. 혀끝을 자극하는 달달한 향기에 꼼짝할 수가 없었다.

혀를 휘도는 단내를 전부 빨아들이고만 싶었다.

"아…… ."

욕망이 고개를 쳐들고 두 사람의 몸이 빈틈없이 맞붙어 떨어지지 않았다. 툭 하고 옷이 바닥에 떨어지는 소리만 들렸다.

입술을 벌려 제 목을 머금는 승준의 몸짓에 정신이 아찔해졌다.

창문에 뒷머리가 눌린 채 다현이 고개를 젖혔다. 눅진한 숨에 끝없이 몸이 녹아내렸다. 부드러운 곡선을 따라 움직이는 손길과 자신을 바라보는 승준의 매혹적인 눈빛이 집요하게 제 욕망을 자극했다.

집 안을 부유하는 야릇한 분위기에 파묻혔다.

"겁도 없네."

어느새 승준의 버클을 풀기 위해 안달이 난 제 모습을 보며 그가 말했다.

"내가 어떻게 반응할 줄 알고?"

거기까진 생각하지 못했다.

단순히 거추장스러운 것을 벗겨 낸다는 생각만 했을 뿐이다. 여름의 태양을 코앞에서 마주한 것처럼 이성이란 건 녹아 버린 지 오래였으니까.

돌아가는 상황이 재미있다는 듯한 얼굴로 선 승준이 자신의 윗옷을 벗었다. 탄탄한 근육이 단숨에 시선을 사로잡았다. 그다음엔 허리선을 타고 흘러내리는 손길이 제 숨을 거칠게 만들었다.

"하아……."

후들거리는 다리를 붙잡기 위해 와락 승준에게 안겼다. 흠칫거리는 몸이 재미있다는 듯 그는 연신 미소를 흘렸다.

말캉한 입술과 안쪽 깊숙한 곳에서 풍겨 나는 열감.

승준이 만들어 내는 감각에 빠져 허우적거리기 시작했을 때 즈음이었다. 제 이름을 부르는 저음이 똑똑히 들렸다.

"다현아."

"으으응……."

"강다현."

정신을 차리라는 듯 제 둥근 턱을 붙잡는 힘에 다현은 살포시 감았던 눈을 떴다.

뭘 말하려는 걸까.

이왕이면 사랑한다는 말을 해 줬으면 좋겠다고 생각했다.

기대감에 찬 채 승준을 똑바로 마주 봤지만 어쩐지 그의 눈빛은 전과 달리 서늘해져 있었다. 제가 마치 심기라도 건

11

드린 것만 같이 공기의 흐름이 대번에 달라졌다.

숨통을 조이는 눈빛에 이가 딱딱거리며 부딪칠 것 같았다.

"여기까지만 하자."

갑자기…… 왜?

"각자 분수에 맞춰서 살아야겠더라고."

차디찬 말이 비수처럼 날아와 꽂혔다.

감정 없이 메마른 승준의 얼굴에는 온기 한 줌 남아 있지 않았다. 당장 그의 말에 반박하라는 듯 창문이 무섭게 흔들렸다.

"지랄하네."

당황한 얼굴로 선 다현이 꺼낸 마지막 대답은 그것뿐이었다.

승준을 붙잡거나 눈물을 터뜨리지 않았다. 더럭 날아든 그의 말을 털어 내려고 발버둥만 쳐 댔다. 그렇게 조금씩 마음이 후련해지려는 순간, 강한 돌풍에 창문이 덜컹거리며 매섭게 흔들거렸다.

바람을 이기지 못한 유리창이 마침내 산산이 부서지며 깨졌다.

"……!"

다현은 외마디 비명조차 내지르지 못한 채, 자리에서 벌떡 일어났다. 이불 위로 햇빛이 들이친 것을 보고 나서야 차승준이 나오는 악몽을 꿨다는 걸 깨달았다.

승준과 헤어진 지 무려 5년이었다.

자신을 버리고 미국으로 가 버릴 때도 매정하더니, 가끔 꿈에 나타나서도 매섭기 그지없었다.

영원히 승준의 얼굴을 잊어버리길 바랐지만 뜻대로 되지 않았다. 그리움이나 미련은 아니었다. 아마도 그때 속 시원하게 한 방을 날리지 못해 아쉬웠던 것 같다.

꿈에서처럼 욕이라도 시원하게 한 사발 뿌려 줬어야 하는 건데.

지금까지도 자신을 괴롭혀 대는 걸 보면…….

차승준은 확실히 개자식이다.

꿈에서처럼 세찬 비가 내렸다.

주말에 비까지 내리면서 도로는 그야말로 아비규환이었다. 이러다 대학 동기 결혼식에 늦는 건 아닌지 걱정돼 자꾸 시계를 쳐다보게 됐다.

신부와 아주 친한 사이는 아니었지만 그래도 인사는 하고 들어가야 될 텐데…….

움직일 생각 없는 차의 행렬을 보며 다현은 아랫입술을 감쳐물었다. 간밤에 차승준이 꿈에 나와서 이 모양 이 꼴인지도 몰랐다. 녀석과 헤어진 이후로 그가 나오는 꿈만 꾸면 늘 안 좋은 일이 일어났다.

미지는 그걸 '차승준의 저주'라고 불렀는데 맞는 말인지도 모르겠다.

"갑시다, 좀."

다현이 목을 길게 빼고 앞을 봤다. 앞쪽에서 가벼운 접촉 사고가 난 듯했다. 차가 느릿느릿 사고 장소를 지나갔다.

다현은 룸미러로 보이는 차에 눈을 떼지 못했다.

롤스로이스와 벤틀리 접촉 사고라니.

어느 쪽이든 수리비가 꽤 나올 것 같았다. 저런 실수를 저지르지 말자고 다짐하듯, 다현은 운전대를 바투 움켜잡았다.

드디어 막혔던 길이 뚫렸고, 덕분에 늦지 않게 신부 대기실로 들어갈 수 있었다.

주변에 있던 동기들이 저마다 한마디씩 축하 인사를 하는 통에 서로의 안부를 챙길 새도 없었다.

정말이지 다행이다 싶었다. 쓸데없는 소문에 휘말려 회사를 관두고, 결혼을 전제로 만나던 남자친구와는 더럽게 깨졌다는 이야기는 하지 않아도 될 테니까 말이다.

"다들 너무 고마워. 바쁠 텐데 여기까지 와 주고. 나 진짜 감동이다, 얘들아."

모두의 축복을 받던 신부가 환하게 웃음을 터뜨리며 말했다.

식장에서부터 대기실까지 하객들로 북적거렸으니, 신부에게는 더할 나위 없이 행복한 하루였을 거다. 3년 동안 과대를 도맡았던 연락망이 빛을 발하는 순간이었을 거니까.

다현은 신부 대기실을 나와 식장으로 향하면서도 자꾸 뒤를 돌아보게 됐다.

사람들로 바글거리는 결혼식이 내심 부러웠다. 제가 결혼한다고 하면 미지밖에 부를 사람이 없을 거다. 회사를 관뒀으니 직장 동료가 올 리가 없고, 대학 다닐 때는 승준과 CC라며 종일 붙어 다닌 바람에 친구를 많이 사귀지 못했으니까.

승준과의 관계가 영원하지 않다는 걸 미리 알았다면 동기들 모임에 자주 참석했을 텐데.

"미지야 나 축의금만 내고 들어갈게."

"알았어. 나 자리 맡고 있을 테니까 와."

씁쓸한 기분을 애써 털어 내며 축의금을 내러 갔다. 제 이름 석 자가 적힌 하얀 봉투를 내밀자마자 동시에 바로 옆에서 커다란 손이 나타났다.

아무 생각 없이 그쪽으로 고개를 돌린 다현의 손에서 순간, 힘이 풀렸다. 돈이 든 봉투가 맥없이 바닥으로 떨어졌다.

"너……."

차디찬 웃음을 짓고 있는 승준과 더럭 마주해 버린 까닭이다.

다른 여자와 나란히 미국으로 가 버린 지 정확히 5년 만에 그가 다시 제 앞에 나타났다.

승준과 다시 만날 수도 있다는 생각을 해 보지 않았던 건 아니다. 차이고 난 이후로 매일같이 승준이 다시 돌아오지 않을까 상상했으니까.

하지만 대부분의 상상 속에서는 승준이 제게 한 발을 굽히며 들어왔었다. 이토록 기세등등하게 나타나는 건 생각해 보지도 못했다. 그와의 이별에서 자신은 피해자였으니까.

【차승준】

축의금 명부에 또렷이 적히는 이름 석 자가 낯설기만 했다.

5년 만에 보는 승준은 많이 달라져 있었다. 소년미가 완벽히 사라지고 어른스러움만이 짙게 남았다. 형언할 수 없는 아우라에 숨마저 멎을 듯했다.

남색 슈트와 가일컷 스타일의 머리는 승준의 미모를 돋보이게 했다.

예전보다 살이 빠진 건지 그의 턱선이 날카로웠다. 시원하게 내뻗은 눈매 안에 담긴 까만 눈동자는 사람을 집중시키는 묘한 힘이 있었고. 혹여 꿈속에서처럼 붉고 탐스러운 승준의 입술을 뚫어져라 쳐다보게 되기라도 할까, 다현은 축의금 명부 쪽으로 급히 시선을 돌렸다.

'후회하면 안 돼, 다현아.'

그래, 후회해선 안 됐다.

다정하게 이름을 불러 주는 승준의 목소리에 취해 또다시 실수하면 제가 미친 거다. 후회는 한 번으로 족했다.

다현은 서둘러 식장으로 들어가려고 했다.

"좋아 보이네."

나직한 저음이 제 발목을 붙들지만 않았더라도 이미 돌아갔을 터다.

오랜만에 자신을 보면서도 그는 잘 지냈냐는 안부는 묻지 않았다. 불과 얼마 전에 보기라도 한 듯 굴었을 뿐.

좋아 보인다니. 대체 뭐가?

"여기저기 빈틈이 널린 것도 똑같고."

한쪽 입꼬리를 말아 올리며 웃던 승준이 제게 한 발자국 다가섰다. 그러고는 아무렇지 않게 제게 손을 내뻗는다. 화들짝 놀라 뒤로 물러난 건 자신이었다.

그나마도 뒤로 물러나다가 기둥에 등이 닿아 제대로 도망 가지도 못했지만.

"왜…… 이래?"

주먹 하나 간신히 들어갈 만큼 좁아진 거리에 다현이 다급 히 물었다.

미국에 5년이나 있더니 스킨십이 자연스러워졌나? 아니면 한 번 사귄 사이니까 격하게 끌어안고 인사라도 하자는 거 야?

어느 쪽이든 달갑지 않았다.

"……신경 쓰여서."

음조 없는 목소리가 제 입술 위에 녹아들었다. 반면, 옷깃 을 매만지는 승준의 손길에 다현의 몸에는 바득 힘이 들어갔 다. 웃기지 않게도 긴장이 됐다.

목을 스치는 승준의 손길이 뭘 별거라고.

그에게서 번져 나오는 묵직한 향과 따뜻한 온기가 뭘 그렇 게 특별하다고.

툴툴거리는 마음과는 달리 다현의 몸은 정신을 차리지 못 하고 삐걱거렸다. 모든 게 어그러지는 기분이 들었다. 아무 리 저를 달래 봐도 태연한 표정이 지어지지 않았다.

"무슨 짓이야?"

다현이 겨우 승준의 팔을 붙잡고는 물었다. 그가 원하는 대로 굴도록 놔둘 수 없었다.

"뭐가 묻었길래."

격한 반응을 보이지 않아도 된다는 듯 승준이 옷깃에서 손 을 뗐다.

뒤늦게 옷을 살피던 다현은 살구색 블라우스에 립스틱이 묻어 있는 걸 발견했다. 연하게 립스틱이 번져 있는 걸 발견하자, 그때부터 괜히 신경이 쓰였다. 차라리 몰랐으면 더 나았을 텐데.

"잠시 후 결혼식이 시작될 예정이니, 하객 여러분들께서는 식장 안에 착석해 주시면 감사드리겠습니다."

예식을 알리는 소리가 흘러나왔다.

"수습하고 들어갈 거면 기다리고."

"됐어."

다현은 쏘아붙이듯 차갑게 대답을 던지고는 식장으로 들어갔다. 승준이 그런 제 뒤를 부지런히 쫓아오고 있다는 게 느껴졌다. 이곳에 자신과 승준만 존재하는 것처럼 그의 구두굽 소리만 또렷이 들렸다.

승준이 자신을 놓치지 않으려는 것은 어색한 분위기 때문인지도 모르겠다. 다들 친한 사람들끼리 붙어 있는 이곳에서 그도 아는 사람이 많지 않을 테니까.

솔직히 말하자면 아는 사람도 없는 곳에 승준이 왜 왔는지 알 수 없었다. 곧 결혼을 앞두고 있나. 그래서 대학 지인들이 필요한가?

그게 다현이 떠올릴 수 있는 가장 그럴듯한 이유였다.

"다현아 여기……!"

제 이름을 부르던 미지가 순간 멈칫했다.

생각지도 못하게 나타난 승준의 모습에 당황한 게 분명했다. 헉 하고 놀란 표정이 그대로 보였다. 덩달아 미지의 주변에 있던 동기들과 선후배들의 눈도 커졌다.

지극히 당연한 반응이었다. 한국대학교 경영학과에서 유명했던 커플이 부활한 듯 보였을 테니까.

 역시나 반갑지 않은 오해였다.

 결혼식이 끝나고 피로연장으로 들어선 다현은 불편해 미칠 것만 같았다. 오랜만에 만난 동기들이 제 안부를 묻는 것도 편하지 않을 판국에 승준이 제 곁에 딱 붙어 있었기 때문이다.

 5년 동안 아무런 행사에도 코빼기를 비추지 않던 그가 나타났다는 것만으로도 마음이 껄끄러웠다. 만약 정말로 결혼 소식을 전하러 온 거라면 어떤 표정을 지어야 할지 상상되지 않았다.

 설령 마음의 준비를 했다 하더라도 환한 미소가 나올지 미지수였다.

 썩은 미소라도 나오면 다행이지.

 "와아! 차승준 진짜 얼마 만이냐."

 "그때 유학 가고 나서 못 봤지?"

 "새끼 더 멋있어졌네. 한국에는 아예 들어온 거야? 미국 지사에 계속 있는 줄 알았는데."

 모두들 차승준에게 푹 빠진 표정들이다. 어떻게든 승준에게 잘 보이고 싶던 것 같다.

 같이 수업을 들을 때까지만 해도 승준이 재계 5위 안에 드는 한주그룹 회장의 손자라는 걸 아는 사람이 아예 없었으니까. 정작 승준과 사귀던 자신조차 그의 집안을 잘 알지 못했다. 막연히 '잘 사는 집 애구나'라고만 생각했을 뿐.

그런데 이제는 승준이 금맥이라는 걸 다들 모르지 않으니, 한 줄이라도 잡아 보려고 발버둥을 치는 게 분명했다. 중요한 건 그가 누구에게도 관심 없다는 거지만.

그저 적당히 분위기만 맞춰 주고 있다는 게 다현의 눈에는 훤히 보였다.

"이번에 본사로 발령이 나서."

"그럼 아예 한국으로 들어온 거야?"

"어."

"아쉽겠다. 미국 좋잖아. 자유의 상징."

"이쯤이면 돌아와도 될 때인 것 같아서."

아쉬울 것도 없다는 듯 승준이 말했다.

"꼭 해야 할 일도 있고."

연어 초밥을 입에 넣던 다현과 승준의 시선이 순간 맞부딪쳤다. 생각지 못한 타이밍에 모두의 시선이 승준을 따라 일제히 제 쪽으로 향했다. 누가 보면 저희들이 재결합이라도 한 줄 알겠다.

그딴 걸 누가 원한다고.

"일 열심히 하면 되겠네."

건투를 빈다는 듯 다현은 소주잔을 살짝 들어 보였다. 승준과 쓸데없이 추억팔이를 하느니, 뭐라도 입에 욱여넣는 쪽이 나았다.

아무것도 관심 없다는 말투에도 승준은 꿈쩍하지 않았다. 전혀 타격이 없다는 표정.

20

그게 사람을 더욱 박박 긁었다.

"자자! 우리 한잔하자. 이렇게 모이기도 힘들잖아. 술 마시기 그러면 탄산이라도 채워서."

미지가 서늘한 테이블 공기를 바꿔 보려 애썼다. 신성한 결혼식장에서 테이블을 뒤엎는 일이 일어나서는 안 된다고 판단한 듯했다.

다행히도 미지의 말에 모두가 잔을 채웠다. 어영부영 건배를 외치며 다들 술이든 음료든 잔을 비웠다. 소주를 원샷한 승준의 얼굴에는 아무런 변화도 없었다. 딱히 안주를 집어 먹을 생각도 없어 보였다.

'승준아, 이 김밥 쉬었나 봐. 시금치 때문인가. 너 설마 다 먹었어? 참고 먹은 거야? 맛도 이상한데?'

'못 느껴.'

'뭘?'

'어머니 돌아가시고 난 후로 아무것도 못 느끼게 됐거든. 짜든, 달든, 시든…… 어떤 맛이든, 전부.'

여전히 아무 맛도 느끼지 못하는 건가.

관심을 끄자고 생각했는데, 막상 연거푸 잔을 들이켜는 승준을 보자 걱정이 됐다. 그가 상한 김밥을 먹고 탈이 났던 기억이 선명히 남아 있는 탓이었다. 그 때문에 쓸데없는 인류애가 발동된 건지도.

알아서 조절했으면 좋겠는데…….

미각을 잃었다고 해서 취하지 않는 건 아니니까.

21

다현이 아랫입술을 지그시 감쳐물었다. 그녀는 무미각증을 앓고 있는 승준을 도울 방법을 잘 알고 있었다. 지금도 그 방법이 통하는지는 알 수 없지만. 그와 사귀지 않았으면 영원히 알지 못했을 방법이기도 했다.

아니, 승준이 티를 내지 않았으니 애초에 우연이 아니었다면 녀석의 미각에 문제가 있는 줄도 몰랐을 거다.

다현의 시선이 승준의 입술로 옮겨 갔다. 첫키스의 감촉이 선명히 떠올랐다. 맞닿은 살덩이가 부드럽게 녹아들던 순간이 바로 어제처럼 또렷했다.

'갑자기 맛이 난다고? 언제부터 그랬는데?'

'어젯밤부터.'

'완전히 고쳐진 건가? 어젯밤에 평소하고 다른 게…… 설마, 우리 그거 해서 그런 건 아니겠지?'

'키스?'

'어, 어! 하여튼 그거.'

'글쎄. 가능성 없다고는 못 하겠지. 그거 말고는 별거 없었으니까.'

'한 번 더 해 봐야 아나? 아니, 나는! 나 사심 아니다. 그냥 제대로 확인하면 좋을 거 같아서 그런 거야. 나중에 도움 될 수도 있는 거잖아.'

짧은 입맞춤으로 승준의 증세가 나아지는 건 정확히 이틀이었다. 이틀이 지나면 원래대로 돌아왔다.

잃어버린 감각이 처음으로 돌아왔을 때, 승준의 낯빛이 환해지던 게 아직도 기억났다. 그때는 그게 얼마나 감격스러웠는지 평생 승준을 도와주겠다는 약속까지 했다. 지킬 필요도 없을 맹세라는 걸 알지도 못한 채로.

관심을 끄자고 중얼거리며 다현은 접시 위에 놓인 음식만 주구장창 먹어 댔다.

"아, 늦었네. 나 먼저 일어날게. 여친이 기다려서."

"나도 애 때문에 일어나야겠다. 와이프 혼자 보고 있거든."

"나중에 진짜 다들 뭉치자."

"오케이. 조만간 추진할게."

쉬지 않고 떠들던 동기들이 하나둘 자리를 떠나기 시작했다. 자리가 비기 시작한 걸 확인한 다현도 적당한 타이밍을 노렸다. 가능하면 승준이 먼저 일어나 줬으면 좋겠는데, 그는 그럴 생각이 추호도 없어 보였다.

주말에 만날 사람이 없나? 급한 일도 없고?

……그거야 이쪽도 마찬가지지만.

이대로 있다가는 테이블에 자신과 미지, 그리고 승준만 남을 것 같았다. 다현은 최악의 경우만은 막겠다는 듯 급히 미지에게 구원의 눈빛을 보냈다. 적당히 이 자리를 파할 분위기를 만들어 달라는 무언의 메시지를 한껏 쏟아 냈다.

"그만 일어날까? 다음 팀도 오는 것 같은데."

제 마음을 읽었는지 미지가 입을 뗐다.

"슬슬 일어나자."

"그러자."

다행히 덕분에 어색한 자리가 파했다. 남아 있던 동기들은 다음에 밥이나 한 끼 하자는 기약 없는 인사말을 남기고는 뿔

뿔이 흩어졌다.

그들 사이에서 가장 먼저 자리를 뜬 건 다현이었다. 술기운이 올라와 얼른 집에 돌아가는 게 좋을 것 같았다. 헤어진 전 남친 앞에서 진상이라도 부리면 곤란하니까.

승준이 어디론가 전화를 걸고 있는 사이, 서둘러 예식장을 나섰다. 삽시간에 몰려드는 세찬 비바람에 다현이 코트를 여몄다.

목을 빼고 미지를 기다렸다. 미지는 술에 취한 자신을 대신해 차를 끌고 오겠다며 주차장으로 내려갔다.

승준도 같이 내려갔으려나. 그를 도와줄 사람이 필요하지 않나 생각한 순간.

"받아."

어디선가 불쑥 장갑이 나타났다.

고개를 돌리자 거짓말처럼 승준이 보였다. 호랑이도 제 말 하면 온다더니.

"미지 올 거야."

"기다릴 때까지만이라도 끼고 있어."

"너나 껴. 난 술 마셨더니 열 뻗쳐서 괜찮아."

퉁명스러운 말이 툭 튀어나왔다.

고작 장갑 하나로 승준과 말문을 트는 것도 원치 않았고, 얄팍한 관계를 만들고 싶지도 않았다. 이런 호의에 홀딱 마음이 넘어갈 시기는 이미 지나간 지 오래다. 그때만큼 자신도 순수하지 않고.

진한 회색빛으로 물든 세상을 바라보는 두 사람 사이에는 아무 말도 오가지 않았다.

승준은 다현을, 그녀는 앞만 가만히 쳐다보고 있을 뿐이었다.

두방망이질 치듯 바닥을 때리는 빗줄기가 점점 거세졌다. 잠잠히 허공을 떠다니는 어색한 기류에 다현은 목이 빠져라 미지만 기다렸다.

어서 나타나 주라, 미지야. 살려 주라.

"강다현."

나른한 저음이 장막을 걷어 내는 듯했다.

"내가 여기 왜 왔을 것 같아?"

"결혼 축하하러."

이게 답이 아니라는 걸 본능적으로 알았다.

하지만 그렇게 믿고 싶었다. 다른 뜻 없이, 차승준이 아주 순수한 의도로 이곳에 왔을 거라고.

"아니."

왜냐는 질문을 삼켰다.

"너 보러."

순간 모든 공기가 멈췄다. 흔들림 없는 눈동자로 자신을 바라보는 승준의 머릿속에 들어가고 싶을 지경이었다.

왜 날 보러 왔을까.

이제 와서 순수한 사랑이라도 찾아보려고? 그때 같이 유학 갔던 여자랑 다퉈서 아쉬운 대로 이쪽이라도 건드려 보려는 거야?

숱한 생각이 피어올랐으나 딱 이거라는 생각이 드는 건 없었다.

"날 왜?"

"네가 필요해서."

"그니까 내가 왜 필요하냐고. 그동안 잘 먹고 잘 살았으면서 뭐가 아쉬워서?"

질타 섞인 말이 터져 나왔다.

"너 없이는 안 되겠더라고, 내가."

이런 미친 대답을 들을 거라고는 상상조차 못 했다.

"……웃기는 소리 하고 앉아 있네."

꿈에서나 했던 비뚤어진 말이 저절로 밖으로 나왔다. 승준이 처음 헤어지자고 말했을 때 하고 싶던 말을 이제야 뱉어 내게 된 거다. 그런데 생각보다 마음이 시원하지 않았다. 더 독한 욕이라도 했어야 하는 건가.

"나는 너 없으니까 아주 살겠던데."

뾰족한 말에도 승준이 눈 하나 꿈쩍하지 않았기 때문인지도 모르겠다.

어떻게 저렇게 차분할 수 있을까. 미간 한 번 찌푸리지 않고 제 말을 받아 내는 승준은 꼭 기계 같았다.

감정을 완전히 잃어버린 로봇.

"나 네가 뭘 말하든지 가슴 떨리고 좋아했던 그때 강다현 아니야. 그러니까 웬만하면 보지 말자. 혹시 이런 식으로 잘못 마주쳐도 서로 모른 척하자고. 오케이?"

"안 되겠는데."

"차승준!"

"왠지 앞으로 자주 마주치게 될 것 같아서."

"내가 왜 너랑 마주쳐?"

"세상일이 어떻게 될지는 모르는 거니까."

두루뭉술한 말을 다시금 따져 물으려던 순간이었다. 세찬 빗줄기를 뚫고 까만 세단이 예식장 앞에 멈춰 섰다. 값비싼 차의 등장에 주변에 있던 사람들의 시선이 한꺼번에 집중되는 게 느껴졌다.

장우산을 든 사람이 운전석에서 내리며, 승준에게 뒷자리 문을 열어 주는 것도 이목이 집중되는 데 한몫했을 거다.

"조만간 봐, 다현아."

자연스럽게 뒷자리에 올라탄 승준에게서는 여유가 느껴졌다.

그는 제 대답을 듣지도 않은 채, 저 멀리 멀어졌다. 그의 차가 사라진 곳을 바라보던 다현의 입술 사이로 뒤늦게 헛웃음이 흘렀다.

누가 봐주기라도 할 줄 알고.

자신감 넘치는 콧대를 단박에 꺾어 버리고 싶었다. 다시는 제 앞에서 으스대지 못하도록.

뒷좌석에 앉은 승준이 의자에 등을 기댔다. 두 손으로 얼굴을 쓸어내리는 그의 얼굴에는 피곤함이 눌어붙어 있었다.

5년 만에 친하지도 않는 대학 동기 결혼식에 참석한 건 여간 피곤한 일이 아니었다. 예상했던 것보다 동기들이 제게 관심을 보인 것도 힘들었다.

과한 반응과 관심.

제가 가지고 있는 뒷배경이 탐났을 거다. 연줄이라도 트면 좋을 거라고 생각했을 테니까. 그들의 말에 간간이 맞장구는 쳤지만, 전부 한 귀로 흘려 버렸다.

"따뜻한 커피라도 한 잔 하시겠습니까."

룸미러로 제 상태를 살피던 비서 남민현이 물었다.

"한 잔만."

카페인의 힘이 필요했다. 피로가 한꺼번에 쏟아졌으니까.

한국에 돌아온 지 얼마 안 되는 승준은 정신없이 바쁜 상태였다. 회사에 적응해야 하는 건 물론이거니와 아버지 성일의 손에 끌려 여러 사교 모임에 참석하느라 일주일이 어떻게 지나가는지도 알지 못했다.

그런 와중에도 결혼식에 가는 스케줄을 뺄 수가 없었다. 한국에 돌아와 가장 먼저 하고 싶던 일이 다현을 보는 것이었으니까.

생기 넘치던 얼굴빛이 약간 어둡기는 했으나, 어여쁘게 휘어지는 입매와 반짝거리는 눈동자는 여전했다. 다현이 환하게 웃는 걸 몇 번 보지 못해 아쉽기는 했다.

그렇지만 서운해할 것도 없었다. 다현이 자신과의 만남을 좋아하지 않을 거란 건 예상하지 않았나.

다만 상상했던 일이 눈앞에 펼쳐지자 느낌이 달랐다. 자꾸만 희망을 꿈꾸게 됐다. 지나간 시간만큼 기억도 퇴색되지 않았을까. 다현이 아주 조금은 자신을 반겨 주지 않을까. 그럴 일 따위는 벌어질 리가 없는데도.

차디찬 다현의 눈빛이 어른거렸다.

"본부장님, 결혼식은 어떠셨어요?"

남 비서가 따뜻한 커피 한 잔을 건네며, 물었다. 한국에서 돌아온 직후 승준이 가장 고대했던 일정이란 걸 알기 때문이다.

솔직히 말하자면 민현은 처음 보는 승준의 모습에 많이 놀랐다. 미국에서 언팩(신제품 공개) 행사를 진행하고, 합작회사를 설립할 때까지도 담담했던 승준이 아니었던가.

대성공이라고 부를 만한 일을 해내고도 무표정하던 승준에게서 기쁜 얼굴은 본 것은 처음이었다. 애써 덤덤하게 굴려고 했으나 행복함이 눈동자 위로 스쳤던 걸 남 비서는 선명히 기억했다.

승준이 미국 지사에 파견됐을 때부터 한국에 돌아올 때까지 그의 곁을 지키던 남 비서에겐 가히 충격적인 표정의 변화였다.

그런데 막상 결혼식장에 다녀오고 난 뒤, 승준의 표정은 복잡미묘했다.

평온한 것 같기도 하고 어딘가 모르게 착잡한 것 같기도 했다.

"별로셨어요?"

"볼만했어."

"꼭 만날 분도 계시다면서요."

"만났어."

"거의 5년 만에 보시는 거죠?"

"어."

"미국에선 밤낮없이 일만 하셔서 지인분들 만나실 시간도 없으셨는데. 그래도 한국 오니까 조금 쉬시는 모습도 보고 좋네요."

남 비서가 빨간불에 멈춰 서며, 빙그레 웃었다.

그의 말대로 승준은 한국을 떠나고 미친 듯이 공부에만 매달렸다. 그 후에는 일에 골몰했고. 하루 3시간 이상 자는 법이 없었고, 연애는커녕 여자를 만나지도 않았다. 유명한 미국의 관광지도 돌아볼 여유도 없었다.

무서우리만치 성공에 집착했다.

단기간에 제 세력을 확장해야 한국에 돌아갈 수 있을 테니까.

다른 방법은 존재하지 않았다. 도망쳐 봐야 어차피 아버지에게 붙잡혀 제자리로 돌아올 것이 뻔했다.

힘이 필요했다. 자신의 의지대로 움직일 수 있는 힘.

"아까 사고는 잘 처리했고?"

"네."

"고생했다."

"접촉 사고 때문에 늦을까 봐 걱정했는데 잘 맞췄다니 다행이죠."

아슬아슬하게 도착한 게 도리어 승준에게는 전화위복이었다. 다른 인간들을 먼저 만나지 않고 곧장 다현을 발견할 수 있었으니까.

"아, 그리고 본부장님. 사장님께서 저녁 식사 자리에 늦지 말라고 당부 전화 주셨습니다."

"예상대로군."

"일러 주셨던 것처럼 업무 보시는 중이라 본부장님께 따로 전달드리겠다고 말씀드렸습니다."

"잘했어."

아버지에게는 제가 결혼식장에 갔던 걸 비밀에 부쳐야만 했다. 다현을 만났다는 것 역시도.

남 비서는 왜 아버지에게 거짓말을 해야 하는지에 대해 묻지 않았다.

원래가 입이 무거운 녀석이었다. 볼꼴 못 볼꼴 모두 비밀로 부칠 수 있는 사람.

더욱이 아버지의 사람이 아니란 것만으로도 충분히 가치가 있었다. 저열한 술수까지 써 대며 서로를 끌어내리는 곳에서 살아남기 위해서는 제 사람을 많이 만들어 둘 필요가 있었다.

"잠도 얼마 못 주무셨는데, 너무 힘드시면 사장님께 따로 연락드릴까요?"

"꾀병 부린다고 생각하실 거야."

회장님까지 참석하는 자리에 오지 않는다며 버럭 화를 내실 모습이 눈에 선했다.

"착한 아들 행세는 해 드려야지."

아버지가 바라는 건 자신의 뜻대로 움직여 주는 아들이었다. 회장님의 사랑을 듬뿍 받으며 한주그룹을 통째로 집어삼킬 수 있는 인간으로 자랄 아이. 만약 거기에 걸림돌이 되는 것이 있다면 아버지는 가차 없이 모든 걸 잘라 내 버릴 것이다.

과거에 그랬던 것처럼.

아버지를 만날 생각만으로도 극심한 피로가 몰려왔다. 다현을 볼 때는 그토록 가뿐했던 몸도 무거워졌다.

승준은 가만히 눈을 감고 제가 가진 고집이나 생각을 모두 버렸다. 5년 동안이나 아버지의 말에 반기 없이 지냈다.

그러니 몇 달을 더 견디지 못할 이유도 없었다.

거의 다 왔다. 조금만, 아주 조금만 더 기다리면 모든 게 끝이 날 거다.

승준을 태운 차가 도로 위를 미끄러지듯 부드럽게 내달렸다.

제2장
악연

　다현이 멍하니 하늘을 쳐다봤다. 아침에는 날이 멀쩡하더
니 점심때가 지나자 눈이 내리기 시작했다. 어지러이 흩날리
는 눈발에 면접을 보러 가는 길이 험난했다. 벌써부터 바닥
이 미끄럽게 변해 지하철에서 내려 걸어가는 내내, 몸에 바
짝 힘을 줘야 했다.

　고생스러운 길을 헤치고 한주리테일 앞에 다다르자, 절로
안도의 숨이 흘렀다.

　다현은 고개를 들어 본사 건물을 봤다.

　유니크하면서도 큼지막한 빌딩이 주는 위압감이 상당했다.
대학 때부터 들어오고 싶던 회사라는 사실이 빌딩을 더욱 커
다랗게 보이게 만드는 건지도 모르겠다.

　첫 도전은 아니었다. 대학 졸업반에 이곳에 입사 지원서를
낸 적이 있었다. 안타깝게도 최종에서 떨어지기는 했지만.

아쉬운 마음에 다시 도전장을 내밀기에는 다현의 집안 사정이 좋지 않았다. 승준과 헤어지기 직전, 아버지가 무단횡단을 하던 사람을 치는 사고가 났다. 아버지는 그대로 가로등을 들이박았고, 혼수상태에 빠졌다.

아버지의 병원비를 대고 사고 보험 처리를 하느라 쉴 수가 없었다. 제게 공백기는 사치였다.

[패슨 호텔 최종 면접 합격하셨습니다.]

한 번에 합격한 곳을 들어갈 수밖에 없었다. 대기업 호텔 세일즈 마케팅팀.

쉴 새 없이 들이치는 일을 처리하며 정신없이 살았다. 퇴사하기 전까지도 야근을 했으니 할 말 다 했지.

제정신이라는 게 놀라울 정도로 쉬지 않고 일을 하던 다현이 승준을 발견한 건 어느 신문 기사에서였다.

'와, 대박. 이 남자 완전 잘생기지 않았어?'

'한주전자 차승준 본부장?'

'연예인 해도 되겠는데?'

'한주전자 사장 아들이라고 그러던데. 재벌들의 삶이란 부럽다니까. 솔직히 저런 뒷빽 없으면 능력 있어도 기회도 못 잡잖아.'

한주그룹의 핵심 계열사인 한주전자에서 종횡무진하는 승준은 멋졌다. 그래서 화가 났다.

'각자 분수에 맞춰서 살아야겠더라고.'

승준에게 있어 분수에 맞지 않는다는 게 무슨 의미였는지 또렷이 알아 버렸으니까.

재벌하고 서민하고는 만날 수조차 없다는 거구나. 돈 많은 게 무슨 대수라고. 그게 누굴 무시해도 되는 자유권은 아니잖아.

그때는 얼음을 아그작아그작 씹어 대며 화를 내긴 했으나, 지금 생각해 보면 조금 웃겼다. 그 잘난 특권 의식에 사로잡힌 차 씨 가문이 운영하는 한주리테일에 면접을 보러 왔지 않나.

결혼식에서 승준을 만나고 얼마 있지 않아 헤드헌터를 통해 받은 제안을 거부할 수 없었다.

제가 늘 가고 싶던 한주리테일 영업본부 자리였으니까.

'조금 더 고민해 봐도 될까요?'

'마감이 얼마 안 남았기도 하고 사실 한주 쪽이 복지 좋은 거 아시죠? 특히 IM편의점 쪽 경력 T.O도 잘 안 나고.'

'그렇기는 한데……'

'걸리는 거라도 있으세요?'

차승준이요.

차마 그 말만은 꺼낼 수가 없었다.

'아시겠지만 이만한 조건 없는 거 아시죠?'

알아. 안다고!

여기가 한때는 꿈의 직장이라고 생각했던 제가 그걸 모를 리 없었다. 그렇지만 승준이 한주가의 사람이라는 게 꺼림칙했다. 원한다면 직원 정보 정도는 가뿐하게 알아볼 수 있지 않을까.

생각이 거기까지 뻗어 나갔다가 불쑥 화가 치밀었다.

먼저 차인 것도 자신인데 차승준을 피해 다니는 것도 자신이어야만 한다니. 누가 보면 제가 죄라도 짓고 도망치고 다니는 줄 알겠다.

승준에 대한 생각은 되도록 버리기로 했다.

어차피 승준이야 계속 맡고 있던 한주전자 쪽에서 일을 할 테니, 이곳에서 만날 일이 없을 거다. 게다가 본부장이면 관리자급인데 일반 사원이 본부장까지 알현할 일이 뭐가 있겠나.

무엇보다도 자신이 지금 뭘 가릴 처지가 아니었다.

'일단 고'를 던지며 이력서를 넣었고, 어쩌다 보니 최종 면접까지 오게 됐다. 이제 한 고비만 넘으면 정식 직원이 되는 거다.

다현은 대기실에 앉아 준비한 면접 예상 질문에 대한 대답을 살폈다.

"1413번 면접자분 이동하시겠습니다."

제 번호가 불렸다.

처음 보는 면접이 아닌데도 떨리기는 매한가지였다. 인사팀 직원을 따라 걸으며 쿵쾅거리는 심장을 진정시키기 위해 애썼다.

"떨지 말고 화이팅하세요."

빙긋이 웃는 직원의 응원을 받으면서 마지막 옷매무시를 가다듬었다.

그리고 똑똑똑— 문을 두드리면, 이제부터 바로 실전이었다.

"……."

면접장 중앙에 있는 의자 앞에 섰을 때, 어렵게 말아 올렸던 다현의 양쪽 입꼬리가 순식간에 툭 제자리로 돌아갔다.

사람 좋은 미소를 짓고 있는 면접관들 사이로 익숙한 얼굴이 보였다.

차승준, 그 녀석이.

왜 얘가 여기 있는 건지 물을 수도 없었다. 이건 면접이었고 자신을 뽑아 달라고 스스로를 파는 자리였으니까.

'조만간 봐.'

부드러운 호선을 그리며 휘어지는 승준의 입매에서 그 말이 피어오르는 듯했다.

처음부터 제가 이곳에 들어올 줄 알고 있었다는 눈빛이다. 어쩌면 그가 촘촘하게 짜 둔 덫에 멋모르고 발을 들인 건지도.

그렇다고 해서 여기서 나갈 수도 없었다.

내려간 입꼬리를 힘껏 올려서라도 어떻게든 이 면접을 잘 마무리하는 수밖엔.

여기서 흔들리면 모든 게 끝이다. 우선은 백수 생활부터 청산해야 했다. 승준과 만나고 말고는 그다음에 생각해도 될 문제다. 다현은 눈앞에 펼쳐진 현실을 직시하며 흔들리는 정신을 바짝 그러잡았다.

승준이 자신을 떨어뜨리기 위해 어떤 질문을 던져도 절대 흔들리지 않으리라 다짐했다.

그에게 지고 싶지 않았다. 자신이 얼마나 끝내주게 모두의 마음을 사로잡는지 보여 줄 것이다.

"여기까지 오느라 고생 많으셨습니다."

승준이 먼저 고요한 공기를 깼다.

"눈이 이렇게 내릴 줄 몰랐는데, 그죠?"

"네."

"식사는?"

"든든하게 하고 왔습니다."

분위기를 풀어 주려는 가벼운 인사말.

"준비되셨으면 자기소개 시작하시죠. 열심히 준비해 오셨을 텐데."

한번 들어는 주겠다는 투다.

다현은 밤새도록 연습한 자기소개를 술술 쏟아 냈다. 한 번의 막힘도 없었다. 준비한 자기소개가 끝나고, 그녀는 조근조근한 말투로 자신이 이 일과 얼마나 어울리는지에 대해 설명했다.

다른 면접관들은 제 말에 고개를 주억거리거나 더러는 이력서 위에 뭘 적어 내려가기도 했다. 단 한 사람, 차승준만 빼고.

그는 삐딱하게 앉아 가만히 자신을 바라보기만 했다. 무표정한 얼굴 때문에 자신이 쏟아 내는 말이 마음에 드는지 아닌지조차 간파할 수 없었다. 그래서 조바심이 났다. 승준을 만족시키지 못하면 이 면접에서 똑 떨어질 테니까.

승준은 면접이 거의 끝나 갈 때까지 제게 아무 질문도 던지지 않았다.

애초에 관심이 없는 것도 같았다.

그래도 사람을 불렀으면 인간적으로 질문 하나는 던져야하는 거 아냐?

"더 질문하실 거 없으시면 이만 마무리할까요?"

면접관이 최종 면접을 마무리하려고 했다. 제가 나가고 나면 이제 다른 지원자가 들어와 그들의 마음을 뒤흔들려고 할거다.

이대로 끝난 건가.

다현이 여전히 미소를 지은 채로 마지막 인사를 준비하려던 순간.

"강다현 씨."

승준의 입이 떨어졌다.

"꽤 오래 호텔에서 근무하셨던데. 왜 관뒀어요?"

"아까도 말씀드렸지만 편의점 업계에 대한 관심으로……."

"그런 가짜 이유 말고 진짜 이유가 궁금해서."

엄청난 태클이었다.

잔잔하게 흘러가던 면접에 변화구를 던지는 바람에 갑자기 면접장 분위기가 바뀌었다. 당장 진짜 이유를 말하라는 수십 개의 시선이 얼굴에 박혔다. 자신이 어떤 일로 호텔을 내쫓기듯 관두게 됐는지 알기라도 하는 걸까.

승준이라면 알 것도 같았다. 돈이면 안 되는 게 없는 세상

아닌가.

면접 내내 평온했던 다현의 눈동자가 흔들렸다. 당장 이곳을 박차고 나가고 싶은 걸 겨우 참는 중이었다.

"어떤 진짜 이유를 원하시는지는 모르겠지만 저는 이 업계에서 꼭 일하고 싶어서 관뒀습니다. 제가 일도 하고 이직 준비도 할 수 있는 사람이 못 돼서요."

"멀티가 안 된다?"

"하나에 집중하고 몰입하는 편입니다."

웃는 낯으로 승준의 공격을 가볍게 쳐 냈다. 하지만 그게 끝일 리가 없었다.

"강다현 씨 장점이 영업팀에 도움이 안 된다면? 다른 팀으로 부서 이동을 해야 하면 어떡할 겁니까."

이 대답 한 번으로 합격과 탈락이 결정될지 몰랐다.

"회사의 결정에 따르겠습니다."

"무조건?"

"이유 없이 회사에서 부서 이동을 시키지는 않을 거라고 생각합니다. 제 역량을 쏟아부을 수 있는 곳이라면 따를 수 있습니다. 쓸모없는 경험도 아닐 테고요."

"지극히 사적인 이유라면?"

질문이 꼬리에 꼬리를 물었다. 제가 쉽게 빠져나가도록 두지 않겠다는 의지가 승준의 눈동자에서 넘실거리는 듯했다.

어떻게든 자신의 평정심을 깨뜨리려는 심산인지 몰랐다. 불합격의 구렁에 떨어져 버리도록.

목을 조르듯 자신을 압박하는 승준의 물음에 흔들리는 마음을 다잡았다. 설령 벼랑 끝에 섰다 해도 뒷걸음질만 치지 않으면, 떨어질 일은 없을 거다.

잠깐의 침묵이 면접장을 휘돌았다.

오기라도 좋았다. 지금 던진 대답 때문에 구렁텅이에 파묻힌대도 상관없었다. 평화로운 승준의 표정을 깰 수만 있다면 그걸로 됐다.

"정확히 어떤 사적 이유를 말씀하시는 건지는 몰라도 필요하다고 판단되면 따르겠습니다."

조건이 달린 수락이었다. 미간이라도 살짝 구길 줄 알았는데, 승준의 얼굴에는 그 어떤 변화도 없었다.

"알겠습니다."

더 이상 제 말을 붙잡고 늘어지지도 않았다. 충분히 원하는 대답을 얻었다는 투다.

그게 이상하게 마음에 걸렸다. 방금 전, 제가 던진 대답에 발목이 붙잡힌 기분이랄까. 뭔가가 잘못된 것 같았다.

조급한 제 마음을 알 리 없는 승준은 다시 테이블 위에 놓인 이력서만 빤히 쳐다봤다.

제가 어디서 일하는지 보고 있을까. 아니면 거기에 '탈락'이라는 글자를 휘갈기려는 걸까. 그의 얼굴에 수상한 웃음이 잠시 번졌다가 사라지는 건 제가 잘못 본 걸까.

여러 생각이 머릿속을 어지럽혔다.

"감사합니다."

하지만 다현은 면접장을 나설 때까지 그가 질문을 던진 이유를 찾지 못했다.

다만 확실한 건 녀석이 자신을 떨어뜨릴 것 같다는 것뿐이었다. 저희들이 어떤 식으로든 마주치기에 달가운 관계는 아니니까.

면접증을 떼고 빌딩을 나섰다. 멍하니 하늘을 쳐다보는 다현의 입술 사이로 절로 한숨이 흘렀다.

여전히 하늘에서는 하얀 눈이 날렸다. 도시를 얼룩지게 만든 찌든 때를 모조리 없애 버리기라도 작정한 것처럼.

거기에 제 기억도 포함됐으면 좋겠다고 생각했다. 승준과 함께했던 순간이 송두리째 사라지기를 바랐다. 그러면 다시 그와 마주친다 하더라도 아무렇지 않게 굴 수 있을 테니까.

다현은 탈락의 슬픔을 씻어 내려는 듯 우산도 쓰지 않고 밖으로 발을 내디뎠다. 끝없이 쏟아지는 눈이 그녀의 몸에 사뿐히 내려앉았다.

차갑게 몰아치는 겨울바람이 머릿속을 도는 승준에 대한 생각을 모두 가져가 주기를 바랐다.

아주, 멀리 사라져 버리기를.

조개찜이 바글바글 끓었다. 높다랗게 쌓인 조개가 먹기 좋게 익어 있었다. 조개 사이로 숟가락을 들이민 다현이 뜨뜻한 국물을 한 입 떠먹었다. 목구멍을 타고 내려가는 국물에 속이 뻥 뚫렸다.

입을 활짝 벌린 백합을 먹고는 뒤이어 맥주 한 잔을 차례로 들이켰다. 시원하고 뜨뜻한 감각이 번갈아 몰려와 절로 감탄을 자아냈다.

"하아! 좋다, 좋아."

기가 막힌 맛에 부스러기처럼 붙어 있던 스트레스마저 떨어져 나가는 것 같았다.

안타깝게도 면접장에서 자신을 본 체 만 체 하던 승준의 모습은 시간이 지날수록 선명해졌지만. 이래저래 끈질긴 놈이었다.

꿈에서 괴롭히는 것도 모자라서 이제는 현실에서까지 괴롭히다니!

"진짜 고생했다, 깡따. 많이 먹어. 내가 쏜다."

미지가 빈 잔에 맥주를 채워 주며, 저를 다독거렸다. 설마하니 면접관으로 승준이 등장할 줄 누가 알았겠나.

"야아. 그리고 솔직히 면접 붙을지 떨어질지는 까 봐야 알지. 이러다가 잘될지 누가 알아?"

"아냐. 차승준 보자마자 딱 떨어졌구나 느낌이 들더라고. 하필 재수없게 개가 왜 한주리테일에 있는 거야?"

"근데 조금 수상하지 않아? 갑자기 네 앞에 나타난 지 얼마나 됐다고 면접장에서도 만나? 깡따, 조심해. 이거 계략남의 향기가 솔솔 난다. 알지 나 계략남 전문인 거?"

이 모든 걸 승준의 계략이라고 생각하다니! 참으로 로맨스 작가다운 발상이었다.

아마도 승준은 제게 손톱만 한 관심도 없을 것이다. 미련 없이 차 버린 여자 친구에게 집착하면 그게 정상인가. 미친 놈이지.

"혹시 차승준이 너 붙여 주려고 면접관으로 간 거 아냐?"

"차승준이 날? 왜?"

"그동안 철이라도 들었나 보지. 아니면 후회 중이거나 반

43

성하고 있거나. 막말로 그때 얼마나 어이없었냐. 갑자기 딴 년하고 유학 간다고 뒤통수칠지 누가 알았겠냐고. 내 소설 남주였으면 걘 엄청 굴렀어야 돼. 발닦개 정도는 돼야 된다고."

천하의 차승준이 누구 앞에서 구를 사람인가. 자존심과 자존감이 하늘을 찌르는 인간이니, 미지가 생각하는 일은 생길 리가 없었다. 취직하고 싶다면 자신의 앞에서 굴러 보라고 하지 않은 것만 해도 다행이었다.

사라질 때도 제멋대로 사라지더니, 나타날 때도 정말이지 제멋대로인 자식이다.

"김 작가님, 너 그거 직업병이다."

"아…… 아, 그래 인정!"

더 이상 승준과 자신을 두고 소설을 쓰지 않겠다는 듯 미지가 두 손을 들었다.

"거기만 회사냐? 네가 누군데. 패슨 호텔 출신인데. 어? 마음만 먹으면 원하는 곳 다 가지. 됐다고 그래."

"내 친구밖에 없다니까. 하긴, 준비된 인재 놓치면 지들이 나 손해지. 업계 꼴찌 주제에."

"맞다, 맞아."

미지의 맞장구에 다현이 픽 하고 웃음을 터뜨렸다. 그래도 제 과거를 알고 있는 사람과 터놓고 말을 하니 마음이 시원해졌다.

조금 늦어지고 있을 뿐이지 회사야 언젠가 들어갈 수 있을 거라 생각했다. 잠깐만이라도 이직 걱정을 놓기로 했다. 끝없이 나가고 있는 병원비도.

피치 못하게 연봉을 낮춰야만 한다면…… 투잡이라도 뛰면 된다.

아버지의 사고가 있고 나서도 어떻게든 살아왔다. 누군가의 도움을 받으며, 또 이를 악물고 여기저기 뛰어다니면서. 죽을 것 같았지만 죽지 않고 살아남아 이렇게 맛있는 것도 먹고 잘 살고 있지 않나.

또다시 어떻게든 살아갈 거다.

"너 갈 데 없으면 내가 우리 카페 부점장 시켜 줄게."

"알바에서 너무 파격 승진 아니야?"

"이런 맛에 사장하는 거지. 괜히 사장 하겠냐."

"멋있으십니다, 사장님."

다현은 서슴없이 아부를 던지며 미지를 향해 양쪽 엄지를 치켜올렸다.

미지의 도움이 아니었더라면 아르바이트 자리도 구하기 쉽지 않았을 거다. 방학을 맞이한 파릇파릇한 대학생들을 헤치고 일자리 대결에서 승리할 자신이 없었으니까.

미지가 연 '다소니'라는 카페에서 다현은 파트타임으로 일했는데, 덕분에 이번 최종 면접에서도 할 말이 꽤 있었다. 카페와 편의점의 디저트 부분을 연관시킬 수 있었기 때문이다.

그렇게 잘 쌓아 올린 이미지가 승준의 발길질 한 번에 휘청거리고 말았지만.

대학을 졸업하고 일찍이 창업을 한 미지는 피땀을 흘려 카페를 제법 크게 키웠다. 디저트가 예쁘고 맛도 좋아 재작년부터 SNS에서 유명세까지 타면서 손님이 많아졌다. 그 덕에 미지는 직원을 더 두고 자신이 하고 싶어 하던 로맨스 소설

45

작가 세계에 본격적으로 뛰어들었다.

꿈을 이뤄 낸 미지의 모습에 용기를 얻어 한주리테일에 도
전했건만, 이렇게 폭삭 망할 줄 꿈에도 몰랐다.

"더 먹고 싶은 거 없어? 팍팍 시키라니까. 내 지갑 아무 때
나 열리는 거 아니다."

"산낙지 먹어도 돼?"

"다 먹어."

다현은 연신 이모님을 불러 대면서 승준에 대한 기억을 털
어 내려 했다. 망한 면접을 몇 번이고 곱씹어 봐야 속만 쓰릴
터다.

쉬지 않고 목구멍 뒤로 넘어가는 맥주가 유난히 썼다. 코
를 찡긋거리며 술을 마시다가 문득 고개를 돌려 창밖을 봤
다. 어느새 하염없이 내리던 눈송이가 빗줄기로 변해 있었
다.

보슬보슬 내리는 비에서 다현은 이상하게 눈을 뗄 수가 없
었다.

낮에도 바람이 몹시 찼다. 다현은 다른 회사의 면접을 끝
내고 미지의 카페로 출근해 유니폼으로 갈아입었다.

사실 유니폼이라고 부르기도 뭣할 만큼 단조로운 차림새였
다.

검은 슬랙스에, 갈색 티셔츠.

그래도 모두가 자유분방하게 사복을 입고 있는 것보단 훨

씬 나았다. 적어도 통일감도 있고, 누가 직원인지 아닌지 구분하기도 편했다.

"면접은?"

"나중에. 너 이러다가 출판사 미팅 늦겠다."

"아아! 맞아. 아 씨이…… 가야겠다."

미지는 어젯밤에도 소설을 쓰느라 정신이 없었던 모양이다. 그러지 않고서야 그녀가 출판사 미팅을 깜빡할 리가 없었다. 그 와중에도 제 면접을 꼼꼼히 챙기는 모습이라니. 내심 감동스럽고도 미안했다.

미지는 손으로 머리를 대충 정리하고는 옷을 갈아입으러 스탭룸에 들어갔다. 무대 뒤에서 배우들이 옷을 갈아입는 것처럼 환복 속도가 거의 빛의 속도였다.

"다들 수고들 해. 나 나가 볼게."

알바생들에게 인사를 날리며 미지가 카페를 나섰다. 사장이 자리를 비우기는 했지만 능숙한 알바생들 덕에 가게가 무난하게 굴러갔다.

끝없이 밀려드는 손님을 응대하고, 비어 있는 베이커리를 채우고.

평소와 다름없이 돌아가는 카페였지만 다현의 마음만은 보통 때와 달랐다. 곧 한주리테일 최종 면접 결과가 날아올 시간이었기 때문이다. 떨어지든 붙든. 일단 결과를 봐야 마음이 편할 것 같았다.

"나 미안한데 잠깐 스탭룸 좀 다녀올게."

"다녀오세요, 누나."

초조한 마음을 이기지 못하고 결국 스탭룸으로 뛰어 들어갔다. 캐비닛을 열고 핸드폰을 켰다.

역시나 예정된 시간보다 일찍 문자가 도착해 있었다.

[한주리테일 최종 면접 결과 안내]

첫 줄만 봤는데도 다현의 심장이 미친 듯이 뛰었다. 심호흡을 해도 마음이 진정되지 않았다. 금방이라도 심장이 터질 것만 같았다. 다현은 아랫입술을 가만히 머금고는 문자 메시지를 열었다. 매도 먼저 맞는 편이 나았다.

[아쉽게도 한주리테일 면접 전형에 불합격하셨음을 알려 드립니다. 지원자님의 뛰어난 역량에도 불구하고 좋은 소식을 전해 드리지 못해 죄송합니다.]

완벽한 탈락이었다.

핸드폰을 붙잡고 있는 손에서 힘이 탁 풀렸다. 충분히 예상한 결과였다. 그런데도 허탈한 마음이 드는 건 어쩔 수가 없었다. 마음 한구석에서는 붙을 수도 있을 거라는 희망이 자라고 있었나 보다.

다현은 캐비닛에 등을 대고 마음을 가다듬었다. 불합격을 했다고 마냥 무너져 있을 수는 없었다.

지금 당장 밖에 나가 다시 일을 해야 하기도 했고, 다른 곳에 이력서도 넣어야 했다.

쉴 새 없이 몸을 움직이면 무너졌던 마음도 금세 회복될 거다.

"괜찮다, 괜찮아. 다른 데 가면 되는 거지."

구태여 승준을 탓하고 싶지 않았다. 설령 그의 입김이 정말 중요하게 작용한 거라 해도 말이다. 계속 그를 생각하고 싶지 않았다.

다시는 만나지 않을 거라고 여기며 깨끗이 잊어 내는 게 나았다.

주눅 들 필요도, 의기소침해할 것도 없다. 그저 자신보다 더 한주리테일에 잘 맞는 사람이 된 것뿐이다. 결코 제가 부족해서 떨어진 게 아니다.

"후우."

천장을 향해 길게 숨을 내뱉으며, 캐비닛에 핸드폰을 넣었다. 다현이 캐비닛을 닫고 밖으로 나가려는데 알바생이 문틈으로 빼꼼 고개를 들이밀었다.

"어떤 남자가 누나 찾아요."

"누가?"

"그건 모르겠는데…… 이름 물어보고 올까요?"

"아냐, 됐어. 내가 나갈게. 안 그래도 나가려고 했어."

"네엡!"

알바생이 힘차게 대답을 하고는 사라졌다. 남자라는 소리에 제 머릿속에 가장 먼저 떠오른 건 웃기지 않게도 승준이었다.

불합격자에게 위로라도 해 주려고 왔나? 제가 여기서 일하는 건 어떻게 알고? 이력서에 적혀 있는 걸 기억했나? 떨어질 줄 알았으면 카페 이름은 적지도 말걸.

여러 생각에 사로잡힌 채 밖으로 나간 다현의 얼굴이 딱딱하게 굳었다. 가짜 웃음조차 지을 수 없었다.

"……다현아."

아련한 말투와 눈빛을 날리며 뻔뻔하게 제 앞에 나타난 최범의 모습에 그저 말문이 막혔다.

마최범은 다현의 전 남자 친구이자, 직장 상사였다. 최범이 다른 부서의 여자와 결혼을 전제로 만나고 있다는 사실을 알기 전까지는 그와의 행복한 결혼 생활을 꿈꾸기까지 했다.

만약 최범의 여자 친구가 세일즈 마케팅팀에 나타나 제 머리를 낚아채지 않았더라면, 지금도 그와의 해피엔딩을 꿈꿨을 것이다.

저 혼자 살겠다고 최범이 먼저 선수를 친 바람에 다현은 '결혼할 남자를 꾄 부하 직원'이라는 꼬리표를 달게 됐다.

'이래서 사귀는 거 회사에 비밀로 하자고 했던 거예요?'

'미안하게 됐다, 다현아. 근데 나 좀 봐줘. 어? 넌 실력도 있고 홀몸이잖아. 나는 앞으로 돈 들어갈 곳도 많고 여기서 잘리면 끝이야. 끝!'

'끝까지 자기밖에 모르네.'

'소문이야 시간 지나면 다 사라질 거야. 다들 남한테 그렇게 관심 없어. 조금만 참으면 돼. 다현이, 너 할 수 있잖아.'

최범의 달콤한 속삭임은 완전히 빗나갔다. 사내 인트라넷을 타고 번진 너저분한 스캔들은 끝없이 몸집을 키웠다.

결혼할 남자에게 환장하는 희대의 악녀.

그게 다현이 사직서를 던지는 순간까지 그녀의 뒤에 붙어 있던 꼬리표였다.

그건 떼어 낼 수도, 떼어지지도 않았다.

자신을 서슴없이 제물로 내던지고 해피엔딩을 향해 돌진하던 남자가 왜 여기에 있는 걸까.

"진짜 여기 있었구나?"

"여긴 어떻게 왔어요?"

"네가 전화고 깨톡이고 다 차단해서 네 친구 SNS까지 봤잖아. 너 여기서 일하는 것 같아서 왔는데 정말 맞구나? 혹시 없으면 어떡하나 걱정했는데."

"일하는 중이라 나가 주셨으면 좋겠는데요."

"나, 반차까지 쓰고 너 보러 여기까지 온 거야."

최범의 말투에는 약간의 으스거림이 묻어났다. 자신의 정보 발굴 능력에 스스로 감탄이라도 한 것도 같았다. 남의 뒤를 집요하게 캔 게 뭘 그렇게도 자랑스러운 일이라고.

더럽게 끝난 사이에 그와 다시 마주하게 될 거라고는 상상조차 못 했다.

파리해진 다현의 낯빛과는 달리 최범의 얼굴에는 생기가 넘쳤다. 우선 자신을 찾아냈다는 것만으로도 신이 난 듯했다. 그런 최범을 보며 다현은 단 한 번도 자신의 집 주소를 알려 주지 않았다는 걸 다행으로 여겼다.

만약 제 집을 알았더라면 곧장 집에 찾아왔을 게 분명했다.

"그런데 이런 데서 일하는 줄 몰랐네. 너라면 벌써 이직했을 줄 알았는데……."

최범이 가게를 둘러보며 혀를 내둘렀다. 목소리에서 느껴지는 동정이 다현의 마음을 날카롭게 할퀴었다.

"내가 마음이 안 좋다, 다현아."

최범의 양쪽 눈썹 끝이 내려갔다. 누구 때문에 이렇게 됐는데?

좁은 업계에 퍼진 소문과 평판에 귀를 기울이지 않을 관리자가 얼마나 될까. 전 직장에 전화 한 통만 해도 다들 자신과 최범의 스캔들에 대해서 술술 이야기할 텐데. 이직을 바란다고 곧바로 어딘가 들어갈 수 있는 것도 아니고.

다현은 상대할 가치도 없다는 듯 최범을 지나쳤다. 그러고는 아무 대꾸도 하지 않고 문을 활짝 열었다. 찬바람이 밀려와 다현의 머리카락이 나부꼈다.

"이만 나가 주실래요?"

다현이 내보일 수 있는 최대한의 예의였다. 미지의 영업장에서 괜한 소란을 부리고 싶지 않았다.

"여기서 대화하기 곤란해?"

"어디서도 대화하기 곤란한데요."

"나가서 얘기할까?"

"할 얘기도 들을 얘기도 없어요."

"왜 없어. 이렇게 모질게 굴 거야? 그래도 우리 한때는 좋았잖아."

좋았다는 말에 다현의 미간이 구겨졌다.

"너 안부도 궁금하고, 그리고 또…….”

이제 본론이 나오려나 보다.

"그거 있잖아. 너 예전에 명품 브랜드하고 콜라보 기획한 거 말이야. 그거…… 혹시 아직 가지고 있어?"

예상대로 검은 속내가 그대로 드러났다.

"이왕이면 그때 컨택했다던 담당자도 소개해 줬으면 좋겠는데. 그래 줄 수 있지, 다현아? 그거 너 혼자 생각한 것도 아니었고…….”

혹여 제가 싫다고 할까, 최범이 재빨리 뒷말을 덧붙였다.

혼자 생각한 아이디어가 아니니 당장 내어놓으라는 투다. 도둑놈이 따로 없었다. 이제 와서 그때 비웃었던 제 아이디어를 달라고 당당하게 요구하다니. 이걸 대범하다고 해야 하나, 무식하다고 해야 하나.

사람이 어떻게 하면 이렇게 부끄러움이 없을 수 있는지 신기할 정도였다.

명품 브랜드 담당자 번호를 따기 위해 제가 얼마나 고생했는지 뻔히 알고 있으면서.

전 직장에서는 제 자리를 완전히 뺏어 버리더니, 이제는 아이디어까지 날로 먹으려고 한다. 반짝거리는 최범의 눈빛이 미치도록 꼴 보기 싫었다. 이런 인간을 1년이나 만났다는 게 놀라울 따름이었다.

"어지간히 아이디어가 안 떠오르나 봐요."

다현이 팔짱을 끼고는 차갑게 말했다.

"근데 어쩌지? 나 못 주겠는데."

"다현아."

"필요하면 직접 알아봐. 이런 식으로 남이 다 차려 놓은 밥상에 숟가락만 올리려고 하지 말고요."

"네가 다 차린 밥상은 아니잖아."

최범은 우리 같이 만든 아이디어라며 몇 번이나 강조했다.

"그 밥상이 황금인지 똥인지도 모르는 사람한테 내가 뭘 줄 마음 없고요. 이만 꺼져 주셨으면 좋겠는데."

"우리 매너는 지키자, 다현아. 똥이라니."

"이 정도로 매너 지키고 있는 거 다행으로 알아요. 아니면 벌써 소금이라도 한 대접 뿌렸을 테니까."

다현이 이를 바득 갈면서 겨우 말을 끝냈다.

"야, 너……!"

발끈한 최범이 한 소리를 하려던 순간.

"어지간히 거슬리네."

최범의 말허리를 딱 잘라 버리며 딱딱한 저음이 파고들었다. 이 목소리를 반갑다고 해야 할지, 불쾌하다고 해야 할지 모르겠다.

누구의 목소리인지 단박에 알아들어 버리고 만 탓이다.

뒤로 고개를 돌리자, 거기에는 승준이 있었다.

최범만으로도 모자라서 승준까지 등장하다니. 미지라도 있었더라면 제가 고개라도 숙이고 사과했을 거다. 그녀의 소중한 가게를 난장판으로 만들어 버린 것에 대하여.

고개를 기울이며 최범을 보는 승준의 눈빛에 서늘한 기운이 돌았다. 금방이라도 최범을 잡아먹을 것만 같다.

승준에게서 풍기는 위압감이 어찌나 상당하던지 최범도 어느샌가 쭈그러져 있었다.

"하아."

두 남자를 번갈아 쳐다보던 다현이 한숨을 흘렸다. 누구라도 제 상황이 되면 이 그림을 반갑다고 여기지 않을 것이다.

첫 남친과 전 남친의 만남.

이보다 끔찍한 그림을 상상할 수도 없었다. 다현은 할 수만 있다면 가게에서 두 남자를 모두 몰아내고 싶었다.

둘 다 손님이라며 가게를 떠나려고 하지 않으려 할 테지만.

"길 계속 막고 있을 겁니까."

"저, 저…… 비켰는데요?"

승준의 말에 발끈하던 최범은 금세 꼬리를 내렸다. 그 모습이 마치 터지지도 못하고 파스스 꺼져 버리는 폭죽 같았다.

슬그머니 길을 비켜 준 그는 승준이 지나가기만을 기다리고 있었다. 어떻게든 비굴해 보이지 않으려고 두 눈에 바득 힘을 주기는 했지만, 볼품없어 보이는 걸 막기에는 역부족이었다.

'얘는 또 왜 이래?'

승준은 가게 안으로 들어서서는 자연스럽게 제 옆에 섰다. 애초부터 그곳이 자신의 자리인 것처럼.

"그럼 다현아, 손님도 있으니까 나 저쪽에서 기다리고 있을게. 끝나면 얘기해. 알았지?"

"끝나고 얘기할 시간 없을 텐데요."

승준이 가게 안으로 다시 꾸역꾸역 들어오려는 최범의 앞을 막아섰다.

"우리 다현이, 나하고 약속 있거든."

담담한 목소리에 다현의 눈이 커졌다. 지금 뭐라고?

우, 우, 우리 다현이?

너무 추워서 돌아 버린 거야, 차승준?

또라이.

그 말이 제일 먼저 입 밖으로 튀어나올 뻔했다. 아무리 생각해도 자신의 첫 남자 친구를 그렇게밖에 정의 내릴 수 없었다. 자기가 갖기는 싫고 남 주기도 싫어하는 '도둑 또라이' 말이다.

"우리 다현이하고요?"

"우리 다현이?"

"그거야……."

"우리란 그 말 빼 주시죠. 거슬리니까."

승준의 말이 최범을 내다 꽂았다.

만약 최범이 없었다면 다현도 똑똑히 말했을 거다. 차승준, 네가 '우리 다현'이라고 말하는 것도 만만치 않게 거슬린다고.

다현은 혀끝까지 올라온 말을 겨우 집어삼켰다. 약자에게는 강하고, 강자에게는 한없이 약한 최범을 쫓아낼 수 있는 최고의 카드는 승준뿐이란 걸 아는 탓이다.

말이 통하지 않는 최범을 우선 내쫓고 난 그다음에 그를 내보낼 생각이었다.

"당신이 누군데 거슬린다 만다 해요?"

최범이 승준과 최대한 키를 맞추려는 듯 고개를 쳐들면서 물었다.

"써, 썸 타는 사이!"

다현이 승준을 보지도 않고 다급히 대답했다. 첫 남친이라는 말보다는 거짓말을 하는 쪽이 마음 편했다. 먼저 저를 보고 '우리 다현이' 타령을 한 건 승준이었으니, 이 정도는 이해해 주리라 여겼다.

"알아들었어요?"

승준의 목소리에서는 묘하게 자신감이 느껴졌다.

"잘 들었으면 이만 꺼져 주시죠. 그쪽 보는 게 영 유쾌하지 않네."

"제가 다, 다현이하고 할 말이 있는데 급한 약속이 있어
서…… 그래서 가는 겁니다. 오해 마요. 하여튼 다현아, 나중
에 얘기하자."

여기서 더 있어 봐야 승산이 없다고 판단했는지 최범이 부
랴부랴 카페를 떠났다.

불청객 하나를 가까스로 퇴치했지만 아직 하나가 더 남았
다. 최범에 비하면 말이 통하지만 대적하기는 훨씬 까다로운
인간.

"미안. 전 회사 사람인데 곤란한 부탁을 하네."

승준이 뭐라 말을 꺼내기 전에 먼저 선수를 쳤다. 전 남친
이 괴롭힌다는 구질구질한 이야기는 하고 싶지 않았다.

"너한테 신세 졌다. 안에서 커피 한 잔 하고 가. 내가 살
게."

"저녁이나 같이 해."

나한테 저녁 맡겨 뒀어?

"저녁은 각자 해결하자. 우리 서로 다정하게 밥 먹고 그럴
사이 아니잖아. 그럴 만한 이유도 없고."

"신세 졌으면 제대로 갚아야지 않겠어?"

"그러니까 커피……."

"난 밥이 먹고 싶네. 썸 타는 사이랑."

불현듯 후회가 밀려왔다.

최범이 아니라 승준을 먼저 보냈어야 했는지도 몰랐다. 미
친 자식을 상대하는 것보다는 진상을 대적하는 쪽이 훨씬 수
월했을 수도.

"기다릴 테니까 일 끝나고 봐. 너한테 꼭 할 얘기도 있고."

할 말을 끝내자마자 승준은 카페 한쪽에 자리를 잡고 앉았다. 잘생겼다며 자신을 힐끗거리는 사람들의 시선에 신경 쓰지도 않았다. 그저 평온한 얼굴로 앉아 있을 뿐.

용무를 보고 있는 승준에게서는 여유로움만 깊게 풍겨 났다.

첫 남친의 행태에 다현은 아랫입술만 잘근잘근 깨물며 속을 태웠다.

카운터로 돌아가면서도 영 꺼림칙했다. 승준이 제게 뭘 말하려는 건지 감도 잡히지 않았다. 되도록 채용과 관련된 이야기는 아니었으면 했다.

만약 승준이 합불에 영향을 끼쳤다면 정말 머리끝까지 화가 날 것 같았으니까.

"누나, 누구예요?"

창가에 앉아 있던 승준의 존재가 궁금했는지 알바생이 물었다. 별거 아닌 물음인데 바로 대답하지 못했다. 첫 남친, 면접관? 어떤 말이든 잘못 꺼냈다가는 쓸데없는 질문 폭격이나 받을 게 뻔했다.

"대학 동기."

친구.

그 정의가 가장 적당했다. 결국 남자 친구도 넓게 보면 친구잖아. 죽어도 다시 보기 싫은 친구지만.

"혹시 친구분 모델이세요?"

"아니. 회사 다녀."

"장난없다. 근데 남자가 봐도 진짜 잘생겼네요. 저는 무슨

58

연예인인 줄 알았어요. 하늘도 불공평하지. 저 얼굴에 공부
도 잘하고."

"그래도 하늘이 완전 불공평하지는 않더라고."

하늘이 제대로 된 성격을 안 주셨거든. 다현은 뒷말을 집
어삼키며, 커피를 뽑아내는 데 집중했다.

다른 곳에 정신을 팔지 않기 위해서는 눈앞의 일에 집중하
는 게 역시 최고였다.

제3장

생각지 못한 제안

해가 짧아 도시에 일찍이 어둠이 내려앉았다. 알바생들의 반갑지 않은 호의에 떠밀려 다현은 평소보다 일찍 퇴근했다. 어서 퇴근을 시켜 달라는 승준의 눈빛도 한몫했을 거다.

말없이 승준을 따라나서고 얼마 있지 않아 도착한 곳은 한 식당이었다.

한주호텔 끝 층에 위치한 최고급 식당. 미슐랭 3스타를 몇 년째 유지하고 있는 식당답게 입구에서부터 맛집의 향기가 물씬 풍겼다. 사위에서 느껴지는 우아하고 격식 있는 분위기에 다현은 왠지 모르게 편안한 자신의 차림새를 살피게 됐다.

면접 정장이라도 꺼내 입고 왔어야 할 분위기다.

괜히 민망해진 다현이 승준의 뒤에 바짝 붙었다. 그에게 가깝게 붙어 있으면 조금이나마 이 분위기에 녹아들 수 있겠다는 듯.

"이쪽으로 모시겠습니다."

서버는 식당 안쪽에 있는 프라이빗룸으로 자신들을 안내했다.

테이블이 정갈하게 세팅돼 있었다. 그 뒤로 커다란 유리창이 눈에 들어왔다. 창 밖으로 보이는 도시의 풍경이 다현의 시선을 금세 사로잡았다.

다현은 단정한 분위기에 압도돼 쭈뼛거리며 자리에 앉았다.

"메뉴판 드리겠습니다."

"아, 감사합니다."

다현은 공손히 메뉴판을 받았다.

그리고 첫 장을 펼치자마자 뜨악해 버리고 말았다. 이게 다 얼마야?

이 돈이면 다른 데 가서 배가 터지게 먹을 수 있었다. 최고급 스테이크도 좋지만, 다현은 배불리 먹을 만큼 양이 차고 넘치는 게 훨씬 좋았다.

'우리 한식당 매출 올리게.'

승준이 능청스럽게 영업을 하지 않았더라면 지금쯤 카페 근처에 있는 한식집에 있었을 거다.

몇 번이나 메뉴판을 훑었는지, 다현은 메뉴를 전부 외울 수 있을 것 같았다. 그렇게 탐독을 했는데도 가격 대비 괜찮은 메뉴가 보이지 않았다. 아니, 애초에 그런 게 없었다.

가성비보다는 가심비가 필요한 곳이었다.

"항상 주문 하던 걸로 부탁하죠. 그리고 이쪽은…….."

"저도 같은 걸로 주세요."

다현이 메뉴판을 탁 닫으며 말했다. 될 대로 되라는 마음이었다.

이런 자리에서는 익숙한 사람을 따르는 게 실패하지 않는 방법이기도 하고.

"메뉴판 먼저 치워 드리겠습니다."

서버가 메뉴판을 들고는 프라이빗룸을 나섰다. 승준과 단둘이 남게 되자 어색했다.

차 안에서도 이렇게 부자연스럽지는 않았는데……. 물을 마시면서도 자꾸만 승준을 힐끗거리게 됐다.

한때 승준과 입을 맞추고 사랑을 나눴다는 게 믿기지 않을 만큼 지금의 자리가 불편했다.

다현은 어떤 말이든 해야겠다는 생각에 조심스럽게 물 잔을 내려놨다. 탁 하고 내려간 물 잔 소리가 유달리 컸다.

"나한테 할 말이라는 게 뭐야?"

"밥 먹고 하자."

"어차피 할 말이면 빨리 하는 게 낫지 않겠어? 밥이 코로 들어가는지 입으로 들어가는지 모르는 건 내 취향 아니거든."

"인내심이 많이 늘어난 줄 알았는데."

"내 인내심은 사람 가려."

뾰족한 말이 서슴없이 튀어나왔다.

"카페 관두고 우리 회사로 와."

"뭐라고?"

잘못 들었나 싶었다.

탈락 통보라면 벌써 받지 않았나.

"나하고 같이 일하자고."

그런데 뜬금없이 입사 제의를 받을 줄이야. 갑자기 스카우트를 하겠다고? 얘가 지금 무슨 짓을 벌이려는 걸까.

이해가 되지 않는 상황에 머릿속이 뒤죽박죽이었다. 원래부터가 종잡을 수 없는 승준이었는데, 이번에는 더욱 이해가 되지 않았다.

물론 회사에서 같이 일하자는 말만 생각하면 나쁘지 않았다. 그토록 원하던 회사에서 어떤 식으로든 일할 수 있게 된 거니까. 게다가 아버지 병원비며 생활비 걱정까지 단숨에 날려 버릴 기회였다.

다만 다현이 마음껏 기뻐하지 못하는 것은 승준에게 다른 꿍꿍이가 있다는 게 느껴져서다.

"조건이 뭐야?"

"눈치 빠르네."

"당연하지. 살아 보니까 아무 이유 없이 호의를 베푸는 사람은 없더라고. 그리고 너같이 계산 빠른 사람이 아무 이득 없이 그런 제안을 하지도 않을 테고. 아니야?"

"맞아."

놀랄 만큼 빠른 인정이었다.

"번거롭게 이 이유 저 이유 안 찾아도 돼서 좋네."

물 잔을 매만지던 승준의 목소리가 느릿하게 번져 나갔다. 그 저음이 제 발목과 손목을 우악스럽게 붙드는 것 같았다.

한쪽 입꼬리를 말아 올리는 승준의 미소가 유달리 짓궂어 보인다.

"거두절미하고 본론만 말할까?"

"바라던 바야."

"상품기획팀에 와서 나 좀 도와줬으면 해."

"상품기획팀?"

"면접 준비했으니까 잘 알지 않아? 우리 회사 편의점 영업 이익 형편없는 거. 신제품 계속 나오는데도 다들 관심도 없고. 이 판세 돌리려면 PB개발만큼 확실한 방법 없다고 생각해, 난."

승준의 머릿속에는 벌써 계획이 단단히 잡혀 있는 듯했다.

"이번에 이 영업이익 올려야 내 자리 더욱 굳힐 수 있어."

한주전자에서도 큰 성과를 거둔 것 같더라니. 이제는 리테일까지 와서 자신의 세력을 확장하려는 모양이다. 차기 회장 자리를 두고 집안에서 개판 싸움이 벌어지고 있다는 소문이 소문만은 아닌 모양이다.

"네 계획 잘 알겠는데 난 도움 안 돼. 차라리 경력 많고 상품기획에 경험 많은 사람 찾아봐."

"너한테 대박 제품 개발하란 소리 안 했는데."

"그러면?"

다현은 다음 질문을 던진 걸 후회했다.

"너는 알잖아."

맛을 느끼지 못하는 승준이 제게 뭘 원할지 불현듯 떠올랐으므로.

"내가 이 거지 같은 저주에서 벗어날 수 있는 방법."

다현의 시선이 본능적으로 승준의 입술로 향했다. 하얀 설원 위에 피어난 동백꽃처럼 붉고 탐스러운 저 입술의 감촉이 떠올랐다.

'맛있는 거 먹을 거니까……'
'단단히 준비해야지.'

저주를 풀겠다며 뜨겁게 키스를 나누던 기억들. 뭘 그렇게 좋았는지 웃음마저 떠나지 않았던 것도 기억났다.

하지만 그때는 그때고, 지금은 지금이다.

사랑하지도 않는 사이에 입맞춤을 한다는 것 자체가 말이 안 됐다. 얘가 성공을 위해서 완전히 돌았구나 싶었다.

"너 지금…… 돌았어?"

"정상이야."

"허!"

헛웃음을 던지면서 다현이 자리를 박차고 일어섰다. 갑작스러운 힘을 이기지 못한 의자가 기우뚱하며 뒤로 넘어졌다. 그러나 거기에는 신경 쓸 겨를도 없었다. 이 기가 막힌 제안만 끝없이 귓가를 휘돌았으니까.

"그 저주, 나 말고 다른 공주님한테 가서 풀어 달라고 해."

"다현아."

"그때는 다른 애하고 홀랑 가 버리더니. 이제 와서 어떻게 나한테 도와 달라고 해? 너 양심이란 건 있니?"

"그딴 거 없어."

승준의 눈동자가 설핏 흔들렸다. 하지만 착각이었을 거다.

그가 자신을 두고 떠난 걸 절대 후회하지 않을 테니까.

"나한테 도움이 될 여자, 너 하나야."

여러 여자들과 입이라도 맞췄나 보다. 그러다가 실패해서 여기까지 온 거겠지. 그러지 않고서야 제 앞에 나타났을 리가 없다.

눈앞에 펼쳐진 상황이 비현실적이게 느껴졌다.

왜 하필 많고 많은 여자들 중에 나일까. 평생 승준을 돕겠다고 선언했던 그 말이 저주로 돌아온 걸까.

일평생 도움을 주겠다던 그 약속을 후회하며 살아 보라고?

혹여 정말 그런 거라면 하늘에 대고 소리치고 싶었다. 그때 했던 약속은 모두 취소라고. 그러니까 승준을 제 눈앞에서 당장 치워 달라고.

아니, 치우지 못한다면 차라리 제가 사라지는 게 나았다.

"너한테 아무 말도 안 들은 걸로 할게. 나 찾아온다고 마음 바뀌지도 않을 거니까 괜히 남의 영업장에 와서 얼쩡거리지도 마."

다현은 단단히 경고를 날리고는 가방을 집어 들었다.

더는 들을 가치도 없었다. 시간 낭비를 하느니 구직 사이트를 찾아보는 쪽이 제 인생에 훨씬 도움이 될 터다.

"저녁은 너 혼자……."

"올해 말."

승준의 목소리 끝이 미세하게 흔들렸다. 처음 마주하는 절박함이다.

"그때까지만 도와주면 원하는 부서로 보내 줄게. 다른 계열사 원하면 그것도 도와줄 수 있어. 물론 대리급으로 승진

도 시켜 줄 거고, 연봉도 전 회사에서 받던 것보다 훨씬 얹어
주고."

"……."

"가능성 있다고 판단되는 아이디어 내면 성과 낼 수 있게
도 도와줄게."

귀를 파고드는 제안이 너무도 달콤했다. 승준을 도와야 한
다는 것 말고는 나쁠 것이 없었다. 도리어 제가 승준을 붙들
고 매달려야 할 정도로 조건이 좋았다. 자존심 하나만 버리
면, 그러면…… 삶이 조금 편해질 수 있었다.

그래서 웃기는 소리 하지 말라며 승준에게 시원하게 물도
뿌리지 못했다.

멍청하게 가방끈만 붙잡고 서서 머릿속의 계산기나 두드리
고 있었다. 만약 승준과 일하게 되면 병원비는, 생활비는 어
떻게 처리할 수 있을지. 간병인 비용과 엄마가 얼마나 일을
줄일 수 있는지 하는 것들.

"날 도와준 값도 매달 계산해서 제대로 쳐 줄게."

달라진 자신의 눈빛을 읽기라도 했는지 승준이 줄줄 추가
조건을 늘어놓았다.

"특별수당으로 나갈 수도 있고 너희 아버님 병원비를 전부
해결해 주는 걸로 대체할 수도 있고."

"우리 아빠 병원에 있는 건 어떻게 알았어?"

"돈으로 가능한 게 꽤 많거든."

"내 뒷조사라도 했니?"

"제대로 제안하려면 상대 상황이 어떤지 잘 아는 것도 중
요하니까."

저토록 당당하게 뒷조사를 했다고 밝히는 승준의 모습에 기가 찼다. 다만 그가 내던진 미끼가 너무 달콤해 정신을 차리지 못하는 것일 뿐.

"그거 받고 네가 원할 때 입술 박치기라도 해 달란 거야?"

"계산해 보면 나쁜 조건은 아닐 텐데."

"그 상대가 너라는 게 나쁜 거지."

"그럼 나라고 생각하지 마. 그렇다고 딴 새끼 생각하는 건 거절이지만."

"네 멋대로 사는 건 여전하구나?"

"합리적으로 사는 거지. 너는 돈이 필요하고 난 네가 필요하고. 이 정도면 누가 봐도 손잡을 이유로 충분하잖아."

별거 아니라는 승준의 말투에 자신마저 동화돼 버리는 것 같았다. 돈이라는 거대한 유혹 앞에 발길을 떼지 못하는 게 속물처럼 보인대도 어쩔 수 없었다. 5년째 혼수상태에 빠진 아버지를 돌보려면 돈이 필요했다.

그것도 아주, 많이.

승준의 손만 잠깐 잡으면 해결될 문제들이다. 1년만 참으면 원하는 부서로 이동까지 시켜 준다지 않나.

미지처럼 제가 원했던 일을 해 볼 기회가 주어지는 것이었다.

승준과의 키스에는 큰 의미를 둘 필요도 없었다. 불치병을 앓고 있는 사람을 도와준다고 생각하면 마음도 편해질 거다. 말이 키스지. 그냥 살덩이가 잠깐 붙었다가 떨어지는 거잖아.

"급한 사람들끼리 돕자고."

거절과 수락.

다현은 그 중간 지점을 배회하고 있었다.

"고민할 시간 좀 줘. 여기서 바로 대답할 문제는 아닌 것 같아서."

"그럴 수 있지."

"마음 바뀌면 전화해. 시간 상관없으니까 아무 때나."

승준이 테이블 위에 명함을 올려 두고는 제 쪽으로 밀었다.

그것을 보는 다현의 마음이 성말랐다. 어떤 선택을 하든 우선은 승준의 마음을 태우자 생각했는데, 정작 제 마음이 타들어 가는 것 같았다.

조금이라도 늦으면 이 기회마저 놓쳐 버릴까 봐 초조했다.

"저녁은 먹었다고 칠게. 지금 너하고 같이 저녁 먹으면 체할 것 같아서."

승준의 제안을 당장에 받아들일 것 같아 아무 핑계나 댔다.

"나도 너희 회사 합불 기다린다고 마음 졸였으니까 너도 그 정도는 기다릴 수 있지?"

"후회 안 하겠어? 여기 요리 먹을 만하다던데."

"먹고 아픈 것보다는 나으니까."

다현은 후회하지 않는다는 듯 테이블에 있던 명함만 집어 들었다. 고민할 시간이 필요하기도 했지만, 내심 전복된 갑을관계를 즐기고 싶기도 했다. 지금 아니면 언제 또 갑의 위치를 누려 보겠나.

"나중에 보자, 차승준."

가방에 외투까지 챙겨 들고 프라이빗룸을 나섰다. 다행히도 승준은 자신을 붙잡지 않았다. 도리어 당황한 건 애피타이저를 들고 오던 서버였다. 본격적으로 코스 요리가 시작되는 마당에 손님 한 명이 나갔으니, 어떻게 해야 할지 고민하는 듯했다.

하지만 뒷일은 승준이 알아서 해결할 거다.

한 번도 멈추지 않고, 호텔을 나선 다현이 근처에 있던 정류장에 섰다. 그러고는 주머니에 쑤셔 넣어 둔 명함을 꺼내 들었다.

빳빳한 명함이 이상하리만치 무거웠다.

며칠 후.

검은 슬랙스에 재킷을 입은 다현이 대표실로 향했다. 지난번에 본 실무자 면접을 통과해 최종 면접을 보자는 연락이 온 덕이었다. 중견 회사이기는 했으나, 이전에 받던 연봉을 맞춰 줄 수 있다는 것만으로도 주저 없이 면접을 보겠노라고 했다.

승준의 제안이 아쉽기는 해도 다른 방법이 있다면 굳이 그를 택하고 싶지 않았다. 제아무리 좋게 보려고 해도 평범한 비즈니스라고 보기는 어려웠으니까.

"안녕하세요. 강다현입니다."

"저쪽에 앉아요."

대표실 소파에 반쯤 누워 있던 대표가 턱짓으로 반대편 소파를 가리켰다.

"아니, 거기 말고 그 옆에."

대표가 손수 지정한 자리에 꼿꼿이 허리를 세우고 앉았다. 위아래로 자신을 훑는 그의 시선이 달갑지 않았다.

첫인상으로 모든 걸 판단하면 안 된다고들 하지만 이번만은 첫 느낌이 끝 느낌일 수도 있겠다는 묘한 촉이 섰다.

"전에 패슨 호텔에 있으셨다고?"

"대학 졸업 이후에 그쪽에서 쭉 일했습니다."

"아아, 그럼 뭐. 사회생활 초짜는 아니실 테니 적응이야 빨리 할 테고. 쓥…… 근데 만나는 사람 있어요?"

불쾌한 질문에 표정 관리가 되지 않았다.

"슬슬 결혼 생각할 나이가 됐다 싶어서. 이 30대로 접어들면 그게 문제잖아. 커리어냐, 사랑이냐. 응? 그 앞에서 고민하는 거."

"그런가요."

"솔직히 이럴 때 커리어 못 잡으면 혹 가지. 결혼하면 애 낳을 테고, 애 낳으면 혼자 크나?"

대표가 구구절절 씨불이는 말에 의하면 연애나 결혼은 생각도 말고 일에나 집중하는 게 맞단다. 출산 휴가에, 애한테 문제가 생겼다면서 자리를 비우면 골치 아프다나. 망발을 이렇게 정성스럽게 할 수가 있나. 사무실에 들어설 때부터 다들 '도망쳐'란 눈빛을 보낸 이유를 이제야 알 것 같았다.

기업 평가 사이트에서 당당히 1점대를 기록하고 있는 이유 역시도.

아무래도 경험자들의 말대로 이곳에서 도망쳐야 할 것 같았다. 지지 않는 별이라도 되듯 사무실의 불을 밤새 밝힐 생각이 아니라면 말이다.

"죄송하지만 대표님. 저 남자 친구 있습니다."

제가 말대꾸를 시작한다고 생각했는지 순간 대표의 표정이 싹 바뀌었다.

"근데 커리어 버릴 마음은 없습니다. 부부끼리 합의 잘 보고 제 커리어 잘 챙길 거거든요. 두 마리 토끼 잡아야 하는 건 남자나 여자나 똑같지 않나요?"

"애들한테는 그래도 엄마지."

"부모가 필요한 거죠."

다현이 싱글거리며 대표의 말을 맞받아쳤다. 최종 면접을 자신의 선에서 종료해 버린 거다.

더 이상 대표도 제게 할 말이 없다는 듯 그만 나가 보라는 신호를 보냈다. 뒤이은 충고도 전부 맞받아쳤으니 그럴 만도 했다. 깔끔히 인사를 마친 다현은 다시는 보지 말자는 듯 뒤도 돌아보지 않고 회사를 나갔다.

최악의 선택지 두 개가 주어진다면, 어쩔 수가 없었다.

차악을 선택하는 수밖에.

하늘을 원망하듯 흘겨보던 다현은 결국 핸드백 깊숙한 곳에 구겨 뒀던 승준의 명함을 꺼냈다.

이제 남아 있는 동아줄이라고는 이것뿐이었다.

전화 한 통이 제 일상을 어떻게 뒤바꿀지는 몰라도 다현은 우선 '고'를 외쳤다. 벌써 신호음까지 야무지게 가고 있었다.

뚜루루— 뚜루—

무미건조한 신호음은 몇 번 가지도 않았다. 승준도 어지간히 도움이 필요했던 모양이다.

"나야, 강다현."

첫인사치고는 건조한 말이었다.

– 말해.

수화기 너머로 들려오는 소리도 만만치 않게 메말라 있었다. 버스 정류장 앞에 선 다현은 다음 말을 바로 잇지 못하고 핸드폰만 꽉 붙들었다. 어쨌든 제안을 받아들이겠다는 말을 던지면 되돌릴 수 없을 것이다.

잘할 수 있을까. 그 걱정마저 없애 버릴 용기가 잠시 필요했다. 그에게 들리지 않게 심호흡을 하고는 마음을 단단히 붙들었다.

"……할게."

그리고 드디어 던진 한 마디.

버스가 끼익, 날 선 소리와 함께 멈추는 바람에 승준이 제 말을 제대로 들었을지는 모르겠다.

– 뭘?

"내가 제안했던 그거. 그거 한다고."

– 중간에 그만 못 두는 거 알지?

"알아. 나도 이것저것 따져 보고 결정한 거니까. 생각해 보니까 손해보다는 이득이 훨씬 많겠더라고."

– 똑똑해졌네.

"원래 똑똑해."

농담이라고 생각했는지 수화기 너머로 바람 빠지듯 웃는 소리가 들렸다.

재밌냐, 차승준?

"아무튼 그때 말했던 조건들 다 지켜. 거기서 하나라도 빼

74

먹으면 너랑 계약 안 할 거니까."

— 기억하긴 하고?

"어. 다 기억하니까 허튼짓하지 마."

— 걱정 마. 내가 그렇게까지 야비한 새끼는 아니니까.

"그럼 다행이고."

대화가 적당히 마무리되려는 순간.

"아, 근데 이건 확실히 알아 둬. 나 너한테 아무 감정 없어. 절대 무슨 감정이나 사명감 있어서 하는 거 아니야."

꼭 이 말을 해야 할 것 같았다. 자신이 승준을 돕는 건 단지 돈 때문이라는 것.

그걸 분명히 해 뒀는데도 이상하게 마음 한구석이 불편했다. 이 관계가 어떤 식으로든 잘못될 수도 있을 거라는 생각이 자꾸 든달까.

수화기 너머로 아무 말도 들리지 않았다.

핸드폰이 잘못됐나 하는 마음에 화면을 봤다. 여전히 승준과 계속 통화 중인 상태였다.

"내 말 듣고 있어?"

— 어.

"나 이거 돈 때문에⋯⋯."

— 알아. 두 번 말할 필요 없어.

어쩐지 승준의 목소리가 전보다 차갑게 변한 것 같았는데, 단순한 기분 탓이려니 생각했다. 먼저 돈을 미끼로 제안을 한 건 승준이니까.

— 스케줄 보내 주면 남 비서한테 일정 맞추라고 할게.

그때 결혼식장 앞에서 승준에게 차 문을 열어 주던 사람이 남 비서였나 보다.

"알았어. 그럼 먼저 끊을게."

- 그래.

대화는 단조로웠다. 깔끔히 통화를 끝내자마자 다현이 탈 버스가 도착했다. 병원으로 가는 버스에 올라타면서 후회할 짓은 하지도 말자 다짐했다.

그저 고소득 노예로 다시 복귀한 것뿐이다.

다현을 태운 버스가 도로 위를 시원스럽게 내달렸다.

승준의 차가 병원으로 들어섰다. 지하 주차장에 차를 댄 승준은 곧장 누군가에게 전화를 걸었다.

길게 이어지던 단조로운 신호음이 드디어 끊어졌다.

"도착했다. 지하 1층 입구 쪽이니까 그리로 나와."

상대가 말을 하기도 전에 용건을 쏟아 냈다. 이내 알겠다는 대답이 들렸고, 얼마 있지 않아 총총걸음으로 걸어오는 한도우가 보였다. 어렸을 때부터 승준과 친하게 지낸 유일한 친구이자, 자신의 병을 알고 있는 몇 안 되는 사람 중 하나였다.

이비인후과에서 일하는 도우가 저를 만나자마자, 잔소리를 쏟아 냈다. 목을 보호해야 한다느니, 히터를 너무 틀면 건조해진다느니 하는 것들이었다.

"달라진 거 하나도 없네, 한도우."

시끌벅적한 게 예나 지금이나 변함이 없었다. 오랜 기간

동안 자신이 무미각증이란 걸 비밀에 부쳐 준, 믿을 만한 친구인 것도.

"누가 보면 몇십 년 못 만난 사람인 줄 알겠네. 고작 3년 됐습니다."

"하루가 멀다 하고 달라지는 인간들만 주변에 들끓어서."

"그건 인정."

바로 어제 봤던 것처럼 편안했다. 다현과의 만남이 이렇게 편했으면 좋았을 텐데. 그거야말로 제 욕심이겠지만.

"와. 근데 밖에 너무 춥지 않냐."

"겨울이니까."

"아…… 이거 공감 능력 또 떨어진 거 봐. 이래서 직원들이랑 친해질 수 있겠어? 다들 본부장 새끼 재수 없다고 욕할 것 같은데?"

"앞에서만 안 하면 돼."

"마음이 넓은 건지, 관심이 없는 건지. 이럴 때는 용기 있는 직원 하나가 딱 나타나서 사이다 날려 주면 최고인데."

도우가 쯧쯧거리며 혀를 찼다. 도우야 아무 생각 없이 던진 말이겠지만, 용기 있는 직원이라는 소리에 곧장 다현의 모습이 떠올랐다. 정확히는 예식장 앞에서 장갑을 내밀자마자, 웃으면서 거절을 날리던 그녀의 얼굴이.

앞으로 다현에게 매일같이 들이대지 말라고 한 소리를 들을지 모르겠지만, 그게 싫지 않았다.

도리어 전투력이 한껏 오른 다현을 보면 더욱 그녀의 곁에 붙어 있고 싶을 것 같았다.

또라이 같아 보이려나.

"뭐야, 너. 왜 이렇게 실실 쪼개? 차승준 이 자식 뭔가 있는데? 여자한테 관심도 없는 자식이 연애를 할 리는 없겠고, 새로 발령된 자리는 척박하고. 혹시…… 너 나 만나서 들떴냐?"

"전혀."

"와 씨! 말이라도."

"언제는 마음에도 없는 말 하는 게 제일 싫다며."

"내가 또 그랬네. 그랬어."

장난기 섞인 대화를 품은 채, 승준의 차가 병원 주차장을 빠져나갔다. 차분한 어둠이 곳곳에 내려앉아 있었다. 퇴근하는 차의 행렬에 바퀴가 느릿하게 굴러갔고, 추운 바깥 공기에 배기구에서는 끝없이 수증기가 뿜어져 나왔다.

정지 신호에 멈춰 선 승준이 차 내부를 돌아보며 감탄을 터뜨리는 도우를 봤다.

"나도 차 바꿀까? 연식이 돼서 골골대더라고."

"다현이 만났다."

카플레이를 매만지던 도우의 손이 순간 멈췄다.

"누, 누구를 만났다고?"

"강다현."

"너 설마…… 다시 잘해 보려고 그러는 건 아니지? 어?"

"맞아."

"뭐?"

"마음 돌리려면 아직 구만리긴 하지만. 우선 기획팀 와서 나 도와 달라고 했어. 같이 붙어 다닐 명분 생기면 좋을 것 같아서."

생각지도 못한 폭탄 발언에 도우의 머릿속이 잠시 하얗게 변했나 보다. 그는 아무 말이 없었다. 그럴 만도 했다. 도우는 제가 왜 다현에게 이별을 고하고 미국으로 떠날 수밖에 없었는지 알고 있었으니까.

제가 다시 가시밭길로 들어가지 않기를 바랐던 것 같다.

하지만 애석하게도 미국으로 떠났다고 가시밭길에서 벗어난 건 아니었다. 오히려 승준은 한국에 있을 때보다 더 외롭고 힘들었다.

온전히 혼자가 된다는 것.

그게 어떤 것인지 너무도 또렷이 알게 됐으니까.

"너희 아버지는 어떡하고. 설마 벌써 아시는 건 아니지?"

"아직."

"아버님이 아시면 진짜 노발대발하실 텐데 괜찮겠어? 대책은 있지? 대책 없이 다현 씨하고 일하겠다 뭐다 하지는 않았을 거 아냐."

"올해 안에 다 끝내야지."

"신년 목표 한번 거대하네."

도우의 목소리에는 걱정이 한가득 들어 있었다.

"이번엔 절대 안 떠나. 못 떠나."

운전대를 잡고 있는 승준의 얼굴에 비릿한 웃음이 번져 나갔다.

"잡아먹히지 말고, 이젠 우리 아버지 좀 잡아먹어 보려고."

농담처럼 던진 말에는 뼈가 들어 있었다.

5년 전에 아버지가 원하던 대로 순순히 움직이던 자신은 사라졌다. 한국에 돌아왔을 때부터 승준은 아버지의 말을 믿지 않기로 결심했다. 약속한 것 하나 지키지 않는 거짓말쟁이를 믿을 수 있을 리가.

앞으로 고개를 돌린 승준의 눈빛에는 실수를 반복하지 않겠다는 의지만 넘실거렸다.

❖ ❖ ❖

발렛을 맡긴 승준이 식당 안으로 들어섰다. 블랙으로 깔끔하게 톤앤매너를 맞춘 식당은 조명부터 분위기가 있었다. 작은 조형물 하나에도 신경을 썼다는 게 확연히 느껴졌다.

승준은 걸치고 있던 코트를 맡기고 예약된 자리에 앉았다.

정작 이곳을 예약한 혜승은 자리를 비운 모양이다. 테이블 위에 담긴 혜승의 물 잔에는 물이 반쯤 남겨져 있었다.

고개를 돌려 제일 먼저 혜승을 찾는 도우와는 달리 승준은 핸드폰만 봤다. 지금쯤이면 남 비서가 다현에게 첫 출근 일자를 알렸을 거다. 혹시나 마음이 변하지는 않았을까. 불현듯 솟아오른 걱정에 다현에게 전화를 해 볼까 했지만 관뒀다.

도리어 제가 전화를 하면 다현의 마음이 바뀔지 몰랐다. 물론 나쁜 쪽으로.

"혜승이는 어디 가고…… 이야, 양반 못 되네. 말하니까 바로 오고."

도우의 말에 그제야 승준이 고개를 들었다.

그의 말대로 혜승은 유난히 화려한 클러치백을 들고 이쪽으로 걸어오고 있었다. 두 남자를 반기는 웃음에도 승준은 화답하지 않았다.

권혜승은 RD리테일 편의점사업부 본부장으로 지내고 있었는데, 놀라운 사업 수완으로 순식간에 편의점을 업계 1위로 올려놨다.

야망과 추진력을 가진 혜승을 제 아버지는 무척이나 아꼈다. 애초부터 그녀를 미래의 한주그룹 며느리로 점지한 자신의 혜안에 얼마나 감탄을 쏟아 내셨는지 몰랐다.

하지만 승준은 혜승이 그다지 달갑지 않았다.

제 아버지와 너무도 닮아 있다고 해야 하나.

원하는 것을 위해서는 무엇이든 버릴 수 있고, 어떤 것이든 취할 수 있는 부류의 인간이었다.

도우가 아니었다면 지금처럼 혜승과 따로 자리까지 마련해 만나는 일은 없었을 거다. 아버지가 그녀를 점찍어 둔 이상, 완전히 보지 않을 수는 없겠지만.

5년 전 그날도 마찬가지였다.

'제가 승준이하고 같이 유학 갈게요.'

'혜승이 네가 그래 준다면야 나야 마음이 놓이겠는데…… 괜찮겠냐.'

'그럼요, 아버님. 저도 미국 유학 생각 중이었거든요. 승준이하고 시간 보내면 저야 너무 좋죠. 든든하구요.'

기어코 미국으로 가는 길까지 혜승이 따라붙었던 데는 아버지의 힘도 한몫했다.

어쨌든 그때는 다현의 숨통을 조르려던 아버지를 막아 냈

다는 것만으로도 다행이라 생각했다. 아버지가 저를 속였다
는 걸 알지 못한 것이다.

"한국에서 보니까 더 반갑다, 승준아."

혜승의 시선은 오직 제게 꽂혀 있었다.

제가 막지 않았더라면, 벌써 열렬한 포옹이라도 했을 것이
다. 뭘 그렇게 죽고 못 살 사이라고.

혜승이 원하던 바는 아니었겠지만, 유학 시간 내내 그녀와
마주치는 일은 최대한 피했다. 그녀가 자신을 따라붙지 않았
더라면 얼굴을 마주하는 일도 없었을 것이다.

"너는 차승준만 보이냐. 나도 수술 많은데 시간 쪼개서 온
거거든? 차별하면 서운하지."

"하여튼 너는 너무 급해. 너한테도 막 인사하려고 그랬거
든."

"유럽식으로?"

"배도 고픈데 한국식으로 끝내자."

혜승이 도우를 향해 살짝 손을 들었다가 내리고는 자리에
앉았다. 도우가 투덜대든 말든 괘념치 않는다는 얼굴이다.

승준의 앞에 앉아 있던 혜승은 순식간에 주문을 끝냈다.
그러고는 대단한 일인 양 자신과 미국에 있었을 때의 생활
에 대해 떠들어 댔다. 그러나 대부분은 생각나지도 않는 기
억이라 맞장구를 칠 것도 없었다.

"아, 그리고 그때 제임스 파티에 승준이하고 갔거든. 거기
칵테일에 내가 취해서 제정신이 아니었다니까. 그치, 승준
아?"

"그랬나."

승준이 심드렁하게 대답하며 와인으로 목을 축였다. 아무 맛도 나지 않았다. 그저 소주를 들이켜는 자신을 걱정스럽게 보던 다현의 눈빛만 떠올랐다.

'너 술 마시지 마. 맛도 못 느끼면서 막 마시다가 취하면 어쩌려구.'
'네가 감시해 주면 되지.'

장난스럽게 흘러가던 대화 끝에서 서로에게 입을 맞추던 예전의 기억도.
와인잔만 돌리던 승준이 이내 잔을 내려놨다. 쉴 새 없이 와인을 들이켜다가 괜한 실수를 저지르고 싶지 않았다.
"승준아, 혹시 음식 입에 안 맞아?"
음식에는 손도 대지 않는 자신을 보며 혜승이 물었다. 연신 떠들어 대면서도 제가 뭘 먹는지 지켜보고 있었던 모양이다.
"맛있어."
포크로 스테이크 하나를 찌르면서 태연하게 대답했다. 몇십 년 동안 이어진 기계적인 대답이었다.
스테이크에 소금을 잔뜩 쏟아부었대도 자신은 맛있다고 했을 거다.
아무 맛도 느낄 수가 없는 상황에서 제가 할 수 있는 말이라고는 '맛있다'밖에 없었다. 아주 값비싼 고무를 씹고 있는 느낌이라고 할 수는 없지 않나.
돌이켜 보면 식사 자리만큼 힘든 자리도 없었다.

차라리 중요한 발표를 하거나 업무를 처리하는 게 승준의 입장에서는 훨씬 쉬웠다.

짭짤하다든가, 달다든가, 시큼하다든가, 풍미가 산다든가…… 맛을 표현할 수 있는 말이 어찌 그리도 무궁무진한지. 그것들을 모두가 느낄 수 있다는 것 자체가 신기할 따름이었다. 그리고 그걸 알 리 없는 자신은 다른 사람들과 맛에 대한 감정을 공유할 수 없었다.

대충 어떤 맛이겠거니 하고 눈치껏 대답하기만 할 뿐.

"여기 셰프가 엄청 유명하거든. 이따가 셔벗하고 마카롱도 나올 텐데 먹어 봐. 너한테 도움 많이 될 거야. 이번에 상품 기획팀 갔으니까 이것저것 먹어 보면 좋잖아."

혜승은 입에 침이 마르도록 셰프를 칭찬했다. 승준의 입장에서는 아무 감흥이 없는 말이었지만, 그녀가 그걸 알 리 만무했다.

"앞으로 너하고 시장조사도 다닐까 봐. 안 그래도 나 혼자 맛집 다니기 너무 심심했거든."

"네 직원들 데리고 다녀."

"승준이 얘가 이렇게 뭘 모른다니까. 다들 상사하고 다니기 엄청 싫어해. 부담스러워하고. 그게 딱 느껴진다니까. 너도 같은 처지일 텐데 서로 돕고 살자."

"경쟁사 사람하고 다닐 마음 없는데."

"원래 적은 가까이. 몰라?"

"굳이 가까이 둘 필요가 있나. 벌써 같이 다닐 직원도 만들어 놨고."

"어? 누구?"

"있어."

다현의 이름을 꺼내지 않았다. 그녀가 다현의 이름을 알아봐야 좋을 게 없었다.

제가 굳게 입을 다물자 혜승이 홱 하고 도우 쪽으로 고개를 돌렸다. 아는 게 있으면 얼른 털어놔 보라는 눈빛이었다.

"차승준이 가깝게 지내는 사람이 거기서 거기지, 뭐."

도우는 두루뭉술한 말로 상황을 봉합했다. 혜승이라면 누가 승준과 붙어 다닐지 악착같이 캐고 다닐 것이 뻔했기 때문이다. 그 전에 별인물이 아니라고 안심시켜 주는 게 나았다.

다행히도 혜승은 승준의 파트너에 대해 더 이상 캐묻지 않았다. 막연히 남 비서와 같이 다니겠거니 생각한 듯했다.

타이밍 좋게 디저트가 올라왔다. 아기자기하게 데코레이션이 된 셔벗과 마카롱이었다. 모양 자체를 잊지 않으려는 듯 혜승은 열심히 사진을 찍어 댔다.

예쁜 디저트를 보자, 다현이 생각났다. 나중에 같이 오면 좋아할 것 같았다. 원래부터 디저트를 좋아하던 애가 아닌가.

[남민현]

그때 승준의 핸드폰이 울렸다. 다현과 통화라도 끝냈나 보다.

"전화 받고 올게."

대답을 듣기도 전에 승준이 곧장 자리에서 일어났다. 들뜬 마음을 감추려고 애썼다. 그게 잘 됐을지는 모르겠지만.

홀을 지나 밖으로 나오자 차디찬 바람이 저를 휘감았다. 하지만 다현의 소식에만 집중하느라 다른 것은 느껴지지도 않았다.

"출근 일정에 변동 없대고?"

전화를 받자마자 질문이 터져 나왔다.

– 네네. 그날 본사로 바로 출근하겠답니다.

"부속 합의서는?"

– 말씀 주셨던 대로 두 분만 볼 수 있게 따로 준비해 뒀습니다. 본부장실에서 처리하시면 될 것 같습니다.

"수고했다."

부속 합의서를 만든 건 자신과 다현, 그리고 남 비서를 빼고는 아무도 알아서는 안 됐다. 추가로 나갈 비용도 승준이 개인적으로 처리할 계획이었다.

전화를 끊은 승준의 입가에 자그마한 미소가 번졌다.

승준은 말끔히 그 웃음을 지우며, 제자리로 돌아갔다. 반갑지 않은 자리에 가까워질수록 밝았던 그의 낯빛이 조금씩 어두워졌다.

이른 아침부터 출근한 승준은 다현이 앉을 책상 주변에서 발길을 떼지 못했다.

지난주에 남 비서를 시켜 자리를 정비해 달라고 했으나 썩 마음에 들지 않았다. 기본에만 너무 충실했달까. 삼색 볼펜 몇 자루와 결재 파일 몇 개 갖다 놓았다고 해서 성의가 생기는 건 아니지 않나.

바로 옆에 붙어 있는 추민정 대리의 책상과 비교했을 때,

확실히 황량한 느낌이었다.

어쩔 수가 없기는 했다. 다현이야 처음 이 회사로 오는 거고, 추 대리는 이곳에 오래 있던 사람이니까.

그래도 어쩐지 두 자리에서 차이가 느껴지는 게 승준의 눈에 몹시 거슬렸다.

"뭐가 이렇게 없는 게 많아?"

차라리 처음부터 자신이 준비할 걸 그랬다. 그러면 적어도 아쉽다는 마음이 들지는 않았을 거다. 두 번이나 다현의 자리를 준비하는 짓을 하지도 않아도 됐을 거고. 승준은 어떻게든 자리를 풍성하게 채우겠다는 일념 하나로 사무용품점까지 다녀왔다.

"어디 다녀오셨어요?"

남 비서가 늘 그랬듯 제 자리에 따뜻한 커피를 내려놓으며, 물었다.

"사무용품점."

"거기는 왜요? 필요한 거 있으면 저한테 말씀하시지."

"책상이 허전하길래."

"본부장님 책상이요?"

남 비서가 믿을 수 없다는 얼굴로 승준의 책상을 스캔했다. 부족한 게 없을 만큼 승준의 책상에는 모든 게 다 있었다.

공기 정화에 효과적이라는 스투키까지 자리 잡고 있었으면 말 다 했지.

승준이 본부장실을 나와 팀원들과 같은 공간에서 업무를 보겠다고 선언하자마자, 너 나 할 것 없이 그의 책상을 채운 것이다.

"나 말고."

"그럼요?"

"강다현 대리."

남 비서의 시선이 승준의 손끝을 따라갔다.

첫 출근을 하는 사람에게 필요한 모든 물건을 사다 놨는데 뭐가 그렇게 부족하다는 건지 남 비서는 도통 알 수가 없었다. 본디 짐이라는 것은 생활을 하다 보면 자연스럽게 늘어나는 게 아닌가.

"우선 이것부터 옮겨."

승준은 자신의 책상에 있던 새 물품들을 모조리 남 비서에게 건넸다. 최고급 가습기에, 스탠드까지. 이러다 책상이라도 통째로 바꾸겠다고 할지도 몰랐다.

다현에게 엄청난 맥시멈 라이프를 그대로 물려주기 위해서.

"이것도. 아, 이것도 필요하겠네."

남 비서가 어떻게 생각을 하든지 승준은 이제 스테이플러까지 크기별로 내밀었다. 사람이 새로 들어오는 게 아니라 누가 보면 사내 문구점이라도 열리는 줄 알겠다.

승준의 과한 처사를 처음에는 말려 볼까도 생각했다. 손익을 따지기 좋아하는 그가 이성적으로 계산하는 법을 완전히 잊어버린 것 같았으니까.

하지만 그의 입가에 번지는 뿌듯한 미소에 말려야겠다는 마음을 접어 버리고 말았다.

결혼식장에 갔던 이후, 승준이 이렇게 들떠 보이는 것은 오랜만이었다.

그 즐거움에 전염이라도 된 듯 남 비서조차 어느새 승준의 과한 호의에 장단을 맞추고 있었다.

새로 오는 팀원을 챙기는 것뿐이라고 가뿐히 생각하며.

제4장
신경전

두툼한 겨울 코트를 벗어 팔에 걸친 다현이 인사과장을 따라 상품기획팀으로 향했다. 첫 출근이 주는 두근거림이 상당했다.

상품기획팀에 들어서자마자 승준과 마주하게 될 줄 알았는데, 다행히도 그의 자리는 비어 있었다.

"본부장님 어디 가셨나 보네."

인사과장이 이해해 달라는 듯 첫 마디를 꺼냈다.

"본부장님께서 직접 상품기획팀을 컨트롤 하시다 보니까 워낙 바쁘셔서."

"네, 그럼요."

승준이 없어도 상관없다는 듯 다현이 미소로 화답했다.

멀리 보이는 승준의 자리는 한 치의 흐트러짐 없이 말끔했다. 서류부터 사무용품들까지 흐트러짐이 없었다. 대학 때부터 무엇이든 깔끔히 정리하더라니. 그 습관이 어디 가지 않았나 보다. 그때도 무질서하고 지저분한 걸 싫어했는데…….

사람이란 쉽게 변할 듯하면서도 또 쉽게 변하지 않는 모양이다.

그렇다고 펜꽂이에 있는 볼펜까지 각 잡혀 있는 건 왠지 모르게 별로였다. 그의 자리에서는 사람의 냄새라고는 눈곱만큼도 풍기지 않았으니까.

【개발사업부 본부장 차승준】

다현이 명패 속에 있는 이름만 뚫어지라 쳐다봤다.

근로계약서를 쓸 때까지만 해도 아무 생각이 없었는데, 막상 그의 명패를 보자 정말 같이 일하게 됐구나 하는 게 실감이 났다.

제 마음이 미약하게 떨리는 건 첫 남친과의 로맨스를 꿈꿨기 때문은 아니었다.

이곳에서 기필코 살아남고야 말겠다는 생존 본능이 피어오르는 것뿐이다.

"김 주임, 차 본부장님 어디 가셨어?"

"잠깐 회의 들어갔는데 급한 일이라도 있으세요? 본부장님께 전화라도 넣을까요?"

"아냐 됐어. 새 대리님 와서 인사드리려고 했지."

인사과장의 말에 다현이 반사적으로 고개를 숙이며 팀원들에게 인사를 날렸다. 다들 겉으로 내색하지는 않았지만 제가 누군지 궁금해하는 눈치들이었다.

"본부장님 늦으실 수도 있을 것 같아서요. 앉아서 기다리는 게 좋으실 것 같은데. 제가 자리 먼저 안내해 드릴게요."

"감사합니다."

"이쪽으로."

김 주임을 쫓아 다현이 새로 배정된 자리에 앉았다. 승준의 책상과 꽤 거리가 가까웠다. 엉덩이만 살짝 떼도 그가 뭘 하고 있는지 빤히 보일 만한 자리. 그건 반대로 승준 역시도 제가 뭘 하는지 다 볼 수 있다는 소리이기도 했다.

반갑지 않은 자리기는 했지만 그러려니 생각하기로 했다.

하나하나 따지고 들면 끝이 없을 테니까.

"사무용품은 이것저것 사다 놓았는데 혹시 부족한 거 있으면 저기, 복도 쪽에 앉아 있는 찬희 씨한테 말해 주시면 돼요."

군기가 바짝 든 인턴 찬희가 이름이 불리자마자, 자리에서 벌떡 일어나서는 인사를 했다. 다현은 반갑다는 듯 찬희를 향해 가볍게 목인사를 날렸다.

"물론 저한테도 말씀 주셔도 되고요. 저는 김효원 주임입니다."

"반가워요. 저는 강다현이라고 합니다."

짤막하게 인사를 끝낸 김 주임이 자리로 돌아갔다. 뒤이어 인사과장도 일이 있다며 상품기획팀을 나섰다.

홀로 자리에 남게 된 다현은 책상을 둘러봤다. 인턴 사원의 열정이라도 묻어난 건지 책상에 별별 물건들이 다 놓여 있었다. 가습기는 또 뭘까. 회사에서 하나씩 증정된 건지 괜히 주변을 둘러보게 됐다.

그러다 볼펜꽂이에 꽂혀 있던 필기구를 보고는 입이 벌어졌다. 형광펜만 해도 몇 개인지 모르겠다. 이 정도면 퇴사할 때까지 써도 되는 양이 아닌가.

더욱이 이 스투키는 또 뭐야?

첫 출근한 사람의 책상 같지 않았다. 전 주인이 깜빡하고 물건을 다 두고 가 버린 게 아닐까. 인턴의 과한 열정보다는 그게 오히려 설득력 있을 것 같았다.

그렇지만 다현은 차마 화분이 원래 이곳에 있어야 하는 게 맞는지 물을 수가 없었다. 환영하는 의미로 사 둔 걸지도 모르는 데다가 괜히 제 한 마디에 인턴에게 질타라도 돌아갈까 걱정된 탓이었다.

'부족한 것보다는 낫잖아.'

긍정적으로 생각하기로 했다.

다시 일을 시작할 수 있다는 것만으로도 마음이 들떴다. 더욱이 여기가 그냥 회사인가. 자신이 그토록 들어오고 싶어 했던 한주리테일이 아니던가. 새 출발의 즐거움을 마음껏 누리기로 했다.

승준이 등장하기 전까지만이라도.

"왔습니까."

키보드를 쓸어내리던 다현의 손이 멈췄다. 뒤에서 들린 익숙한 소리에 고개를 돌렸다.

차승준이다.

다현은 급히 자리에서 일어났다. 덩달아 잠깐 느슨해졌던 마음의 끈도 다시금 바투 그러잡았다.

"곧 주간 회의 있으니까 소개는 그때 합시다. 지금은 편히 있어요."

"네, 본부장님."

사무적인 대화만이 두 사람 사이에 켜켜이 쌓였다. 어찌나

서로 예의를 차리던지 누구도 자신들이 친구였다고 생각하지도 못했을 거다.

다현과 간략하게 이야기를 끝낸 승준은 제자리로 돌아가 일에 집중했다. 급하게 처리할 일이 있던 모양이다.

다정함이라고는 찾아볼 수 없는 그의 모습에 내심 안도했다. 혹여 승준과 친한 사이라는 소문이 퍼지기라도 하면 성가셔졌을 게 뻔했다. 지난 회사에서도 소문으로 고생했던 다현이었다. 이제는 소문이라면 딱 질색이었다.

지난 회사의 팀장은 회사에서 오래 살아남는 비법으로 '있는 듯 없는 듯'을 강조했는데, 그게 맞는 것 같았다.

회사에서는 튀지 않는 게 제일이다.

'뭐라도 하자.'

다현은 마우스를 붙잡고는 IM편의점 사이트로 들어갔다. 자체 브랜드 상품인 PB상품으로 무엇이 나왔는지는 대략 알고 있었지만 확실히 눈에 익혀 보자 싶었다.

가만히 앉아 있는 것보다는 무엇이라도 하는 게 나을 것 같았다.

"에그샌드위치, 달고나 밀크티……."

눈앞을 지나가는 여러 상품들을 보자 군침이 돌았다.

얼마나 모니터에 집중했던지 다현은 제 뒤통수가 따갑다는 것도 느끼지 못했다. 자신을 바라보는 승준의 입가에 미소가 도는 것도. 혹시나 그 들뜬 마음이 들킬까, 그가 커다란 모니터에 숨어들어 웃음을 지우기 위해 발버둥 치고 있다는 것도 알 리 없었다.

❖ ❖ ❖

　주간 회의를 준비하는 팀원들의 얼굴에는 긴장이 돌았다. 수다를 떨면서 두근대는 마음을 떨쳐 내려는 듯 보였으나 그게 쉽지 않은 듯했다.

　"아, 미치겠어요. 이번에 매출 되게 안 좋던데."

　"민트 초코 샌드위치 반응도 안 좋았거든요."

　시무룩한 목소리가 곳곳에서 터져 나왔다. 할 수만 있다면 이곳에서 다들 달아나고 싶은 눈치들이었다. 조만간 자신도 이들과 함께 푸념 섞인 말을 내뱉고 있지 않을까.

　"이런 중요한 거는 인턴 시키지 말라니까. 인턴 빠지면 나중에 누구한테 물을 거야. 어?"

　팀원들 중에서도 가장 목소리가 큰 건 이희섭 과장이었다.

　"우리 인턴이 정규직 전환이 될지 안 될지 누가 알겠냐고."

　목소리도 가장 크지만 개념도 없는 것 같았다. 인턴을 앞에 두고 정직원이 될지 모른다는 소리를 하고 앉아 있다니.

　"아, 우리 인턴이 안 될 거란 건 아니고. 내 마음 알지? 다 우리 팀 걱정돼서 그러는 거야."

　아무래도 이 과장은 말을 내뱉기 전에 뇌를 거치지 않는 것 같았다. 그러지 않고서야 개념 없는 말을 저토록 크게 떠들어 댈 수는 없었다.

　애석하지만 아무도 이 과장의 말을 지적하지는 못하고, 웃음만 흘렸다.

　어떻게든 가라앉는 분위기를 바꿔 보려는 노력이었을 거다.

주간 회의의 현장에 앉아 있는 것만으로도 팀 분위기를 대략 알 것 같았다. 회의실로 들어선 승준이 이 분위기를 잘 알고 있는지는 모르겠지만.

승준이 나타나자마자 이 과장이 버선발로 달려 나가 상석의 의자를 빼 주었다.

"여기 앉으시면 됩니다, 본부장님."

이 과장은 금세 아부의 신으로 변해 있었다.

이중인격자.

너무도 빠른 태세 전환에 다현이 속으로 실소를 흘렸다.

"제가 알아서 하겠습니다."

"의자 빼는 게 별것도 아닌데요. 앉으십쇼."

"불편합니다."

그나마 다행인 건 승준에게 그 아부가 먹히지 않는다는 것이었다. 우물쭈물대는 이 과장의 모습을 보자니 왠지 모르게 마음이 뚫렸다.

"주간 회의 시작하기 전에 서로 인사라도 나누는 건 어떻습니까."

"무조건 공감입니다, 본부장님. 같이 일할 사이에 자기소개는 해야죠. 돌아가면서 간단하게 할까요?"

"그러시죠."

"자자자! 인턴부터 직급 순서대로 소개들 하자고."

승준의 허락에 잔뜩 신난 이 과장이 상황을 주도했다. 인턴부터 이 과장까지 한 바퀴를 돌고 돌아 모두의 이목이 곧 자신에게로 집중됐다. 팀원들의 이름과 직급을 매칭하기 위해 노력하던 다현은 갑작스럽게 쏠린 시선에 조금 긴장했다.

자기소개는 왜 매번 이렇게 떨리는 건지.

자리에서 일어난 다현은 제일 먼저 팀원들에게 목인사를 했다. 그다음에 무슨 말을 할지 말끔히 정리가 되지 않았지만, 최대한 간단하게 하고 앉자 싶었다.

"안녕하세요. 앞으로 같이 일하게 된 강다현이라고 합니다. 부족한 부분 많겠지만 잘 부탁드립니다."

"어디서 근무하셨어요?"

짤막한 소개가 끝나기 무섭게 이 과장에게서 질문이 날아들었다.

"RD리테일? 마트? 백화점?"

"호텔에서 근무했습니다. 세일즈 마케팅 담당했고요."

"허허허…… 호텔?"

제 말을 곱씹는 이 과장의 말이 뾰족했다.

"호텔이 이거…… 도움이 되긴 하려나."

유통사에서 일해 보지 않은 제게 그다지 기대도 되지 않는다는 투다.

심드렁한 말투에 한 방을 날려 주고 싶다는 마음이 일었다. 텃세의 서막을 알리는 허허거리는 웃음에 걸려 넘어지고 싶지 않기도 했다.

"제가 협력사하고 줄다리기하면서 단가 낮추는 데는 재주가 있어서 같이 일할 만하실 거예요. 식품 기사 자격증하고 제빵 자격증도 가지고 있고요."

빙긋거리는 다현의 웃음에는 가시가 돋아 있었다.

"경험은 우리 이 과장님께 많이 도움 받을게요. 저도 IM에서 필요로 하는 새롭고 신선한 관점 많이 도와드릴게요. 그럼 다들 잘 부탁드려요."

다현은 웃는 낯으로 이 과장에게 한 방을 먹이고는 자리에 앉았다. 생각지도 못한 대답에 순간, 이 과장의 얼굴에서 깐족거림이 소멸됐다.

제가 한 방을 날릴 거라고는 예상도 못 한 것 같았다. 다른 사람들이 그랬던 것처럼 어색한 미소만 흘려 댈 거라고 생각했겠지.

물론 처음에는 그럴까도 생각했다. 그러나 이 과장의 말투를 도저히 견딜 수가 없었다. 그간 쌓아 왔던 제 커리어를 송두리째 무시하는데 누가 참을 수 있을까.

돌아가는 상황이 재미있는지 승준은 아무 제지도 하지 않았다. 이 과장이 제게 무슨 말을 하든 애초에 관심 없었을 수도 있었다.

억지 미소조차 짓지 못하는 이 과장을 본체만체하며 다현은 제자리에 앉았다.

뚫린 입이라고 아무 말이나 하면 안 된다는 걸 알려 줬으면, 그걸로 됐다.

"내가 누군지 강 대리야 잘 알 테니 따로 소개할 필요 없겠죠."

상황이 어느 정도 정리되자 승준이 입을 뗐다.

"그럼요. 면접 때 봬서 잘 알고 있습니다."

다현은 면접이라는 단어에 특히 힘을 주었다. 은연중이라도 승준과 아무 관계가 아니라는 걸 확실히 해 두고 싶었다. 소문으로라도 승준과 엉키는 건 사양이다.

"잘 기억하고 있다니 다행이네."

"제가 기억력 하나는 좋아서요."

"앞으로 그 기억력, 유용하게 이용해 보도록 하죠."

"업무상 필요한 일이면 얼마든지 돕겠습니다."

승준이 넘어올 수 없도록 확실히 선을 그었다.

"잘 부탁드립니다, 본부장님."

"나야 잘 부탁하죠. 여러모로 붙어 다닐 일 많을 텐데."

티 내지 마.

"새롭고 신선한 관점도 많이 부탁합니다."

승준의 입꼬리 한쪽이 악랄하게 올라갔다.

"지금 나한테 필요한 게 딱 그거거든."

우리 팀에 필요한 게 아니고 콕 집어 자신에게 필요하다고 말하다니. 자신의 한 마디 한 마디에 가만히 있지 못하고 흠칫거리는 제 모습이 마냥 재미있다는 표정이다.

시간만 많이 주어졌다면, 아무도 없었다면 자신을 몇 번이고 진심으로 골려 댔을 거다.

기다란 검지로 자신의 입술을 매만지는 승준을 보면서 다현은 입술을 얼굴에 딱 붙이고 미소만 지어 보였다. 수작질은 개나 주라는 눈빛을 날리면서.

눈치가 빠른 인간이니 제 눈빛을 분명 읽었을 것이다.

'차라리 관심 주지를 말자.'

다현은 수첩으로 고개를 돌렸다. 그를 보지 않는 게 상책이었다. 최소한 벙글거리는 모습을 보지 않아도 되니까.

"소개는 이만하면 된 것 같고 진행 상황들 체크부터 합시다. 간편식품팀. 새 도시락 생산 일정엔 무리 없습니까."

"감자 수급 문제는 해결해서 무리 없이 생산 일정 맞출 수 있을 것 같습니다."

"잘됐네. 보장 용기는?"

"PLA(생분해 플라스틱 소재)로 바꿔서 진행 중입니다."

간편식품팀부터 디저트팀까지 진행 상황을 승준에게 보고하는 자리였다. 모든 팀의 일정을 챙기는 모습이 퍽 능숙해 보였다.

리테일로 배정된 지 얼마 되지 않았다고 들었는데, 이 부서에 아주 오래 있었던 사람 같았다.

언제 어디에서나 적응을 잘하는 게 승준의 능력인지도 몰랐다. 그러니 미국에 간 지 얼마 안 됐는데도 눈에 보이는 성과를 낼 수 있던 거겠지.

"배송에도 문제없고요?"

"네. 패킹에 문제없었습니다."

"다행이네."

다행스럽게도 별다른 이슈는 없었다. 인턴 말에 의하면 처음 승준이 이 편의점사업부로 왔을 때는 사무실이 떠들썩했다고 했다. 그가 이곳에 판매되는 모든 제품에 대한 소비자 반응을 전부 정리해서 가져왔다고.

날 선 말투로 각 부서가 가지고 있는 문제점을 짚어 내는 모습에 모두의 얼굴이 파리해졌다고도 덧붙였다.

일등 하는 이유가 있듯 꼴찌를 하는 이유도 있다나.

그 후로 상품기획과 관련된 모든 업무는 그를 거치는 걸로 로직이 바뀌었다고 했다. 맛도 모르면서 어떻게 판단을 내리는 건지 처음에는 그저 놀라웠다.

그 문제를 해결하기 위해 자신을 불렀다는 걸 뒤늦게 깨달

앉지만.

"회의는 여기까지 하죠."

회의실을 나서는 직원들의 얼굴에는 살았다는 안도감이 가득했다. 한 주를 이제야 가뿐히 시작할 수 있다는 홀가분함도 담겨 있었다.

커다란 산을 넘었다고 생각하는 그들을 좇아 다현이 자연스럽게 자리로 돌아가려던 찰나였다.

"강다현 대리는 나 좀 봅시다."

승준이 제 발목을 잡았다.

의자에 기대앉아 있는 승준은 모두가 나가기만을 기다리는 듯했다. 그 눈빛을 읽었는지 모두들 후다닥 회의실에서 사라졌다. 물론 어서 꺼지라는 그의 시선이 없었어도 죄다 도망쳤을 것이다.

자신들을 잡아먹을 맹수와 마주 앉아 있어 봐야 좋을 게 없다는 걸 다들 본능적으로 알 테니까.

마지막으로 김 주임까지 나가고 나자 회의실이 금세 조용해졌다. 하필 김 주임이 문까지 곱게 닫고 나가는 바람에 승준과 단둘이 한 공간에 남았다는 게 또렷이 느껴졌다.

승준에게서 흘러나오는 가느다란 숨이 자신을 향해 손을 내뻗는 느낌이었다. 제 마음이 하릴없이 물러지도록.

어차피 승준의 허락이 있기 전까지는 나갈 수 없다는 걸 알기에, 다현은 순순히 제자리에 앉았다. 그와 같이 있어도 아무렇지 않다는 얼굴로 앉아 있는 쪽이 나았다.

어떤 헛소리든지 한번 떠들어 봐라.

다현은 딱, 그런 표정이었다.

"하실 말이 뭐예요?"

"출근하고 단둘이 있던 적 없는 것 같아서."

"본부장하고 부하 직원이 따로 있을 일이 있나요?"

"음…….."

"저는 보고할 것도, 진행하는 사안도 없어서요. 용건 없으시면 밖에 나가서 업무 보겠습니다."

승준과 마주 보고 앉아 있으니 홈페이지를 몇 번 더 훑는 쪽이 나았다. 최소한 상품 정보를 머릿속에 더욱 많이 담아 둘 수 있을 테니까.

하지만 인생이란 뜻대로 흘러가지 않을 때가 많은 법이다.

특히 이 회사라는 곳에서는 더더욱.

제가 자리에서 일어나자마자 승준이 자신의 손목을 붙잡았다. 승준의 눈동자에는 순순히 자신을 보내 주지 않겠다는 의지가 일렁거렸다. 그에게 붙잡힌 손을 빼내려고 했지만 역부족이었다.

발버둥을 칠수록 자신을 더 옭아매는 올가미처럼 그는 더욱 꽉 제 손목을 붙잡았다. 절대로 이 손목을 놓지 않으려는 모양이다.

"나쁜 짓이 조금 하고 싶어졌다면?"

뭘 하겠다고?

"너하고, 지금 여기서."

다현이 다시금 묻기도 전에 뒷말이 날아들었다. '허!' 하고 기가 막힌다는 듯 헛웃음을 쏟아 냈다. 농담이라고 해도 불쾌했다. 기가 막히다는 제 반응에도 그의 동공에는 흔들림이 없었다. 자신이 절대 농담을 하고 있다는 게 아니라는 듯이.

사무실에서 스릴이라도 즐기는 괴팍한 취미라도 생겼나? 제가 대학 때처럼 자신의 말이라면 다 좋다고 할 거라고 생각한 거야?

애석하게도 순진했던 그때의 자신은 죽었다. 뒤도 돌아보지 않고 자신을 떠나 버린 그 남자에게 받았던 상처가 너무 커서, 힘든 시절을 혼자 버티는 게 너무 힘들어서.

"공과 사는 확실히 구분해 주셨으면 하는데요. 이런 식으로 직권 남용하시는 것도 자제해 주세요. 제가 생각보다 신고 정신이 아주 투철하거든요. 녹음해서 여기저기 뿌리기 전에 그만두세요."

"신고 정신이 투철한 건 마음에 드네."

"본부장님이 웃을 때가 아니실 텐데요. 여기서 성희롱 상사로 낙인찍히고 싶지 않으면 조심하세요."

"내 걱정 해 주는 거야?"

"경고하고 있는 거야. 까불지 말라고."

다현이 이를 바득 물고는 대답했다.

"지렁이 밟으면 얼마나 지랄 발광을 하는지 똑똑히 보여 줄 테니까."

뾰족한 가시를 한껏 세우고 자신을 보호했다. 누구도 자신을 보살펴 줄 수 없다는 걸 알아 버린 나이였다. 이제 누구에게도 기대지 않을 것이다. 날 도울 사람이라고는 내가 전부니까.

그러니까, 건드리지 마.

"따로 지시 사항 없으신 것 같으니 나가 보겠습니다."

"도망가는 거야?"

"제가 도망을요? 잘못 아셨겠죠. 제가 도망칠 이유가 어디 있겠어요. 그리고 그건 제 전문 아니기도 하고요."

승준이 바란 게 바로 이렇게 제가 뾰족하게 구는 것인지도 몰랐다. 제가 과거 속에서 헤어 나오지 못하고 있다는 것을 확인하려고.

그걸 아는데도 멈출 수가 없었다.

터져 버린 댐처럼 씁쓸한 말이 계속 터져 나왔다.

"도망가는 거, 차 본부장님 전문이시잖아요."

날 버린 건 너다.

좋았던 순간을 모두 버리고 딴 여자하고 즐겁게 떠났던 것도 너다.

그게 행복이라며, 각자 분수에 맞게 살자고 사람을 할퀴었던 것도 내가 아니라 너다.

"맞아. 내 전문이었지."

열받는 건 제 마음은 이렇게 거적때기가 되어 버렸는데, 승준은 너무도 평온하다는 것이었다.

자신의 잘못까지 더럭 인정해 버려 할 말을 잃게 만든다.

"회사 구경은 이따가 하자. 일단 부속계약서에 사인부터 받는 게 좋을 것 같아서."

네 마음이라도 변하면 곤란하잖아.

부속계약서를 내민 승준의 눈빛이 또렷이 읽혔다.

여기서 사인을 끝내면 빼도 박도 못하게 될 거란 건 안다. 그게 다현을 잠시 멈칫하게 만들었지만 마음을 돌릴 이유는 안 됐다.

다현이 시작도 전에 걱정하지 말자 생각하며, 부속계약서를 집어 들었다.

제5조. 을의 권리와 의무

을은 계약 기간 중 다음과 같은 업무를 성실히 이행해야 한다.

1. "갑"이 필요하다고 판단할 때 "을"은 미각이 회복될 수 있는 환경과 기회를 제공한다.

거침없이 조항을 읽어 내려가던 다현의 시선이 제5조에서 멈췄다. 심지어 눈매가 가늘어지기까지 했다.

모든 계약에는 빈틈이 있기 마련이다. 똑같은 문장이라도 다양하게 해석할 수 있으니 하나하나 꼼꼼히 따지는 게 좋았다. 특히 그게 승준과 관련된 경우에는 더더욱 그랬다.

승준이라면 어떤 말장난이든 쉽게 할 사람이다.

그러니 갑의 위치에 있을 수 있는 지금 이 순간, 똑바로 정신을 차리는 게 중요했다. 자신에게 불리한 조항을 뺄 수 있는 유일한 시간이기도 했고.

수능을 볼 때도 이만큼 집중했던 것 같지는 않다. 다현은 미간에 주름살이 잡힌지도 모르고 문장 하나하나를 열심히 뜯어 댔다.

다행스럽게도 승준은 제가 조항들을 읽어 내려갈 때까지 아무 말도 꺼내지 않았다. 도리어 원한다면 얼마든지 조항을 바꿔 줄 수도 있다는 여유까지 부렸다.

"5조 1항부터 수정해야겠는데요."

"문제 있어?"

"많죠. 갑이 아무 때나 필요하다고 판단하면 곤란하잖아요. '업무적으로 필요할 때만'이라는 말 넣어 줘요. 아까 보니까 공과 사를 구분 못 하던데. 확실히 해 둬야겠어요."

"그거 말고는?"

허점을 더 찾아내려고 다현이 눈에 불을 켰다.

"없어."

하지만 아쉽게도 건진 게 없었다.

"사인할게요."

더 이상 부속계약서로 골머리 앓기 싫다는 듯 다현이 볼펜을 꺼냈다. 볼펜 촉을 종이 끝에 대자, 승준이 제게 가까이 다가섰다.

"후회 안 하겠어?"

그 한마디에 문득 오래전 승준이 제게 했던 말이 생각났다.

'후회하면 안 돼, 다현아.'

하늘이 던지는 마지막 경고인지 몰랐다. 그때도 후회하지 않았냐며 누군가 귓가에 속살대는 것 같았다.

"후회할 거면 애당초에 한다고 하지도 않았어."

"좋네."

뭐가 좋다는 건지 모르겠다. 목숨줄 같던 제가 사라지지 않을 테니까? 이제 걱정을 덜게 돼서?

승준의 말은 항상 애매모호해서 자꾸만 곱씹게 된다. 이러다가 종일 그를 생각한대도 이상하지 않을 것 같았다. 그런 끔찍한 일이 일어나기 전에 얼른 계약을 끝내고 자리로 돌아가자 싶었다.

다현이 서둘러 마지막 장에 사인을 끝마쳤다.

부속계약서를 나눠 가지고 자리로 돌아갈 때까지도 다현은 알지 못했다. 그가 왜 제게 후회하지 않겠냐는 질문을 던졌는지.

한주리테일 본사 규모는 상당했다.

빌딩에는 편의점사업부뿐만 아니라 대형마켓, 아울렛, 백화점 사업부까지도 몽땅 한자리에 모여 있었다.

23층의 거대한 빌딩에는 다양한 시설이 들어 있었는데 그중에서 가장 마음에 드는 건 루프 가든이었다. 봄이 되면 예쁜 정원을 구경하는 재미도 있을 것 같았다. 로비에서 한 층 올라가면 의무실이, 그 위에는 피트니스 센터와 휴게실이 있었다.

휴게실에는 돈을 넣지 않아도 간식을 뽑아 먹을 수 있는 자판기까지 있었다.

더욱이 회사라는 게 믿기지 않을 만큼, 창밖을 바라보며 피로를 풀 수 있는 안마 의자까지 놓여 있다니! 왜 이곳이 대학생들에게 꿈의 직장이 됐는지 충분히 이해됐다.

빌딩 곳곳을 소개해 주겠다고 승준이 나서지만 않았더라면 이 투어가 더욱 재미있었을 것이다. 시원한 커피도 한 잔 마셨을 테고.

그리고 보니 아침부터 카페인 한 잔 들이켜지 못했다.

"할 말 있어?"

"없는데요."

"있어 보이는데. 예를 들면 커피 한 잔 하고 싶다든가."

당연하다는 듯 들이친 말에 다현은 흠칫했다. 설마하니 승준이 매일 아침마다 커피를 마시는 제 오랜 습관을 기억하고 있는 건 아닐까 싶었다.

그러나 이내, 제가 쓸데없이 호들갑을 부린 걸 깨닫게 됐다. 아침부터 커피를 즐기는 사람이야 차고 넘치지 않나.

"너 좋아하는 브랜드 커피잖아."

승준이 빌딩 내부에 있는 카페를 가리키며 말했다.

"제가 언제 좋아했다고."

"대학교 때 내내 저기 커피만 마셨잖아. 신맛이 약간 도는 게 좋다고."

기억력 하나는 끝내주는 인간이다.

"5년이면 강산 절반이 변해요, 본부장님."

"변하지 않는 것도 있어."

자신에 관해 모든 것을 알고 있다는 듯한 말투가 거슬렸다. 저 브랜드 커피를 계속 마시고 있다는 게 어디 뒷조사에서도 나오기라도 했나.

만약 그런 거라면 정말 소름 끼칠 것 같았다. 제 취향마저 돈으로 알 수 있다는 소리니까.

"아침에 정신없어서 커피 한 잔도 제대로 못 마셨을 텐데 내가 한 잔 사 줄게."

"거절 안 할게요."

냉큼 승준의 호의를 받아들였다.

청개구리처럼 구는 게 도리어 승준의 흥미를 끌고 있는지 모르겠다는 생각이 들어서였다. 공짜 커피가 마냥 싫지도 않기도 했고.

승준은 제가 예전부터 뭘 즐겨 마셨는지 똑똑히 기억한다는 듯 능숙하게 주문을 마쳤다.

"주문하신 커피 나왔습니다."

다현이 픽업대에 놓인 커피 한 잔을 승준에게 내밀었다.

"잘 마시겠습니다, 본부장님."

선을 제대로 지키라고 말하는 것처럼 다현이 본부장이라는 말에 힘을 눌러 담았다.

본부장과 대리.

딱 그 안에 있는 게 마음 편했다. 그 이상도 이하도 바라지 않았다. 승준이야 언제든 우리가 친구라도 될 수 있기를 바라는 듯했지만 그런 게 가능할 리 없었다. 여기가 할리우드도 아니고, 제가 열린 마음을 가지고 있는 것도 아니었다.

제게 승준이란 최악이었던 첫 남자 친구로 영원히 남는 게 맞았다.

"이제 사무실로 돌아가면 되는 거죠?"

본부장실이라도 보여 주겠다며 승준이 능청스러운 제안을 던지려던 순간, 한주리테일의 백화점 사업부 박 전무가 승준을 발견하고는 급히 그에게로 방향을 틀었다.

제발 이쪽으로는 오지 말라는 승준의 눈빛을 박 전무는 전혀 읽지 못했다.

피리 부는 사나이처럼 뒤에 이사진까지 우르르 매달고 온 바람에 픽업대는 어느새 문전성시를 이뤘다.

젠장, 오지 말라니까.

"차 본부장님. 저 백화점 사업부 박 전무입니다. 기억하세요? 예전에 회장님 댁에서 뵌 적 있는데."

"안녕하십니까."

"상품기획팀에 오셨다는 얘기는 들었는데 제가 요새 정신이 없어서 찾아뵙지를 못했네요."

하하하 웃음을 터뜨리는 박 전무에게서는 승준에게 잘 보이고 싶다는 욕망이 보였다.

'지가 회장 손자면 다야?'라고 배짱을 부리고 있었는데, 정작 승준이 찾아가지 않자 어지간히 마음을 졸였던 듯했다.

"바쁘실 텐데 가던 길 가셔도 됩니다."

"아이. 그래도 본부장님하고 담소 나눌 시간 충분합니다. 미뤄도 되는 일정이라서요."

"제가 새 직원이랑 할 이야기가 남아서."

"아아……."

박 전무의 시선이 다현에게로 향했다. 누가 승준과 다니는지 하나도 놓치지 않겠다는 눈빛이다. 박 전무와 눈이 마주친 다현이 꾸벅 고개를 숙였다.

'어디서 본 것 같단 말이지…….'

박 전무의 고개가 살짝 기울어졌다.

"더 하실 말씀이라도 있으십니까."

승준이 다현에게 가까이 다가서려는 박 전무의 앞을 가로막으며 물었다.

"아, 뇨. 그건 아니고……."

"그럼 저 먼저 올라가 봐도 되겠습니까. 할 일이 남아서."

"아휴우! 당연하죠."

"다음에 제가 직접 찾아뵙고 다시 인사드리겠습니다."

승준의 말에 박 전무의 낯빛이 환해졌다. 덩달아 부스러기라도 받아먹으려는지 박 전무 뒤에 있던 이사진들도 눈도장을 찍기 위해 연신 기웃거렸다.

"그럼."

다현은 커피를 들고 엘리베이터로 발길을 돌리는 승준의 뒤를 급히 따랐다.

모두의 이목이 집중되는 게 단박에 느껴졌다. 제가 소문으로 고생할 때와는 다른 이유지만, 관심을 받는 게 부담스럽다는 건 별반 다르지 않았다.

혹시나 하는 마음에 승준을 슬쩍 올려다봤다.

아무렇지 않을 거라는 제 예상과는 달리 승준의 표정이 좋지 않았다. 쏟아지는 시선이 불편한 건 그도 똑같나 보다.

어떤 시선을 받든 무덤덤히 넘길 거라 생각했는데, 그건 제가 만들어 낸 승준의 이미지였는지도 모르겠다. 그러나 승준의 다른 면을 봤다고 해서 백마 탄 공주처럼 그를 구해 줄 마음은 없었다.

자신이 아는 승준이라면 분명 척박한 이 세계 속에서도 잘 살아남을 테니까.

매주 신상품을 낸다는 것도 놀라웠지만, 다현이 한주리테일에서 가장 인상 깊었던 건 회사에서 제공되는 커피가 특히 꿀맛이라는 것이었다. 어찌나 맛있던지 점심을 해치우고도 가장 큰 사이즈로 한 잔 더 시켰다.

"본부장님 점심 안 사도 되겠죠?"

"어차피 안 먹을 텐데 됐어. 어디서 몰래 프로틴이라도 먹고 있겠지. 그 몸매가 그냥 이뤄지는 거겠어? 다 고통의 산물이라니까."

"저희끼리만 먹으니까 괜히 눈치 보여서요."

승준이 팀원들과 밥을 먹지 않는 이유야 뻔했다. 자신의 치부를 들켜서는 안 될 테니까. 다른 곳도 아니고 편의점 메뉴를 개발하는 상품기획팀 본부장이 아닌가. 혹여 승준이 맛을 모른다는 사실이 알려지면 어느 누구도 그의 의견을 신뢰하지 않을 것이다.

그래도 먹을 건 먹어야 일을 하지 않나 싶었다. 이런 쓸데없는 인류애는 버려야 되는데…….

"먼저들 올라가세요. 저 잠깐 다녀올 데가 있어서요. 금방 갈게요."

다현은 결국 인류애에 굴복하고 말았다. 어쨌거나 승준이 제게 기회를 준 건 변함없는 사실이니, 딱 한 번만 보답하는 거라고 생각하기로 했다.

샌드위치 하나에 큰 의미를 둘 필요도 없었다. 고작 빵 조각 하나다. 그것도 몰래 승준의 책상에 가져다 놓으면 누가 줬는지도 모를 거다.

팀원들을 먼저 올려 보낸 다현이 카페로 향했다. 한 손에 커피를 든 채 카페만 보고 걷던 그녀가 순간 멈췄다.

"엄마야아!"

외마디 비명과 함께 제 앞을 지나가던 남자와 부딪히고 만 거다. 문제는 그의 코트에 커피를 왕창 쏟아 버렸다는 거였다. 이래서 사람은 안 하던 짓을 하면 안 된다는 건가 보다.

다현은 뜨악한 얼굴로 남자의 코트를 뚫어져라 쳐다봤다. 감색 코트에 벌써 얼룩이 져 있었다.

"죄송해요. 어디 다치신 데는 없으세요?"

종일 벙찐 얼굴로 서 있을 수는 없어 다급히 옷소매로 남자의 코트를 두드렸다. 제 옷은 문제가 아니었다.

"이렇게까지 안 하셔도 되는데. 괜찮습니다."

"냅킨이라도 우선 가져올게요."

괜찮다는 남자의 말을 등지고 서둘러 카페로 들어섰다. 서비스 테이블에 있던 깨끗한 냅킨을 들고 와 어떻게든 상황을 수습하려고 했다. 제아무리 냅킨으로 올코트를 두드려 봐야 처음 상태로 되돌릴 수 없다는 걸 알지만 말이다.

샌드위치가 뭐라고!

거기에 정신이 팔려서 앞을 제대로 보지 못한 죄가 컸다. 승준이 굶든 말든, 인류애가 생겨났든 아니든 팀원들과 같이 사무실로 올라갔어야 했다.

적어도 그랬다면 이런 대참사는 일어나지 않았을 거다.

"그냥 놔두세요."

"그치만 많이 젖어서……."

"난방이 세니까 금방 마를 거예요."

"얼룩질 것 같아서요."

"피곤했는데 커피 향기도 나고 정신 번쩍 드는데요?"

고개를 들자 남자의 얼굴에 번진 다정한 미소가 보였다.

매끄러운 볼에 우묵하게 들어간 보조개가 인상적인 사람이었다. 둥그스름한 눈매 덕분인지, 나긋한 말투의 힘인지 그가 다정하게 느껴졌다.

맑고 싱그러운 기운을 풍겨 내는 남자를 어디선가 봤던 것도 같았다. 우리 어디서 만난 적 없냐는 구닥다리 질문이 자칫 입 밖으로 튀어나올 뻔했다.

"찝찝하실 텐데……."

신경도 많이 쓰일 거다.

아랫입술을 감춰문 다현의 머릿속이 복작거렸다. 그때 남자의 코트 주머니 밖으로 삐죽 나와 있는 사원증 목걸이 끈이 보였다. '한주'라고 영어로 적혀 있는 걸 봐서는 다행히 같은 회사 사람인 듯했다.

"혹시 지금 어디 외근이라도 나가세요?"

"그건 아닌데."

"그럼 코트 잠깐만 벗어 주실 수 있을까요?"

다현이 진지하게 물었다.

"제가 근처에 빨리 세탁되는 곳 찾아서 세탁해 드릴게요. 회사도 많고 하니까 당일 드라이 되는 곳 있을 거예요. 코트 주시면 제가 책임지고 퇴근 전까지는 세탁해서 드릴게요."

"밖에서 점심이라도 해결하려고 했는데 그건 어렵겠네요."

"점심도 제가 사다 드릴 수 있는데."

다부진 다현의 모습에 남자가 풋 하고 웃음을 터뜨렸다. 원하는 것을 다 들어주겠다는 호방한 기세를 온몸으로 느꼈나 보다.

"여기서 간단하게 먹을게요. 카페도 있고 구내식당도 있으니까 걱정 안 하셔도 돼요."

"저 때문에…… 죄송해요."

"대신 나중에 밥 한 끼 같이 먹어 주세요, 강다현 선생님."

남자가 곱게 눈을 접으며 웃었다.

"맛있는 걸로…… 어? 근데 저 아세요?"

거하게 대접하겠다는 말을 끝맺지 못했다. 남자가 제 이름
을 부른 탓이다.

당황한 표정이 여과 없이 다현의 얼굴에 떠올랐다. 남자에
게 제 이름을 말한 적이 있었나? 황급히 기억을 더듬었다. 그
런데 아무리 기억을 헤집어도 제 소개를 한 적이 없었다.

그런데 어떻게 제 이름을 알고 있는 걸까.

사원증도 받지 않았던 터라 어디에서도 제 이름을 알 수
있을 만한 단서가 없었다.

"네."

"어떻게요?"

"저 기억 안 나세요?"

"죄송해요."

기억이 날 듯 말 듯 나지 않았다.

"아쉽다. 저는 바로 알아봤는데."

"저희가… 어떻게 아는 사이예요?"

"나중에 같이 저하고 밥 드셔 주시면 그때 말씀드릴게요,
선생님."

선생님이라는 호칭이 낯설었다. 저기에 힌트가 숨어 있기
라도 한 건가. 다현이 추리를 펼치기도 전에 남자가 코트 주
머니에 있던 사원증을 꺼내 들었다. 흠결 없이 반들반들한

사원증이 어느새 다현의 코앞에 나타났다.

편의점사업부
식품연구소 연구원 남준열

어딘가 모르게 이름이 익숙했다. 어디서 많이 불러 본 것 같은 느낌.

준열의 이름을 곱씹던 다현의 눈이 가늘어졌다. 쉽사리 떠오르지 않는 기억이 원망스러울 정도였다. 사원증과 준열을 번갈아 쳐다보는 다현의 고개가 느릿하게 움직였다. 얼마나 집중했던지 다현의 코가 사원증에 닿을락 말락 했다.

"어디서 일하세요?"

"저는 저기, 상품기획팀에서 일해요."

"자주 뵙겠네요."

"그런가요? 제가 첫날이라 익숙하지가 않아서. 아무튼 코트……."

코트를 벗겨 버릴 기세로 준열에게 다가선 다현의 목적은 달성되지 못했다.

"여기 있었네, 강다현 대리."

어정쩡한 타이밍에 승준이 나타났다.

"다들 사무실로 복귀했는데 안 오길래. 아는 사람이라도 만났나 하고."

승준의 시선이 준열에게 날카롭게 꽂혔다.

그 차가운 눈빛에도 준열은 꿈쩍하지 않았다. 담력 하나는 끝내 주는 남자였다. 대개 승준이 나타나 한 소리를 던질 때면 모두들 주눅이 들었기 때문이다.

"제가 실수를 해서…… 수습하고 올라가려던 길이었습니다."

괜히 으르렁거리는 승준을 끌고 사무실로 올라갈 생각이었다. 밥을 먹지 못해 예민해진 걸 애먼 데 푸는 꼴을 두고 볼 수 없었다.

"우리 강다현 대리가 어떤 실수를 했길래 이렇게 꼼짝을 못 하나."

"커피를 쏟아서요. 금방 해결하고 올라가겠습니다."

"부하 직원이 실수했는데 지나칠 수 있어야 말이지."

승준이 재킷에서 지갑을 꺼내고는 준열에게 돈을 내밀었다.

돈이 남아도냐, 차승준?

아무도 없었다면 승준의 멱살이라도 붙잡고 쓴소리를 쏟아냈을 거다. 거만한 승준의 태도가 꼭 이 돈을 받고 썩 제 아들에게서 떨어지라고 소리 지르는 재벌가 사모님처럼 보였으니까.

"저희끼리는 합의가 끝났습니다. 돈 안 주셔도 됩니다."

준열도 만만치 않았다. 그는 승준을 응시하다가 웃는 낯으로 거절을 날렸다. 누구 하나 물러서는 법이 없으니, 제가 말리지 않으면 지루한 기 싸움이 될 듯했다.

"제가 본부장님하고 잠깐 올라가 봐야 할 것 같아서요. 나중에 연락드릴게요."

다현은 적당한 선에서 두 남자의 대화를 잘랐다.

승준을 보며 빙긋이 웃고 있었지만, 그녀의 눈에서는 '어서 따라오라'는 무언의 메시지가 넘실거렸다. 그 눈빛이 통했는지 그는 더 이상 준열에게 달려들지 않았다.

그저 제 뒤를 쫓아 엘리베이터로 발길을 돌렸을 뿐.

갑자기 승준이 나타나 어찌나 놀랐던지 준열에 대한 호기심은 완벽히 사라졌다.

'저 기억 안 나세요?'

귓가를 돌던 그 물음조차도 말끔히 사라졌다.

제5장
그 남자의 정체

다현은 바로 사무실로 돌아가려고 했으나 그러지 못했다. 반드시 해야 할 일이 생겼다며 승준이 본부장실로 자신을 끌고 간 탓이었다. 부속계약서에 사인을 해 버린 뒤라 군말을 할 수도 없었다.

업무와 관련된 일이면 언제든 협조를 하겠다고 약속하지 않았나.

"준비는 다 됐어?"

"안에 놔뒀습니다."

남 비서가 시원하게 대답하며 집무실 문을 열었다.

뭘 준비했다는 건지.

불안한 마음을 안고 승준을 따라 안으로 들어갔다. 제일 먼저 다현의 시선을 사로잡은 건 집무실의 규모였다. 탁 트인 본부장실만 줄여도 집무실 몇 개는 더 나올 것 같았다.

사용하지도 않을 본부장실을 굳이 유지해야 하는 건지 의구심이 들기는 했지만, 승준이 알아서 할 일이라 생각했다.

　큰 보폭으로 걷던 승준이 소파 앞에 멈춰 섰다. 덩달아 다현의 걸음도 멈췄다. 남 비서가 뭘 준비했는지는 묻지 않아도 됐다. 테이블에 놓인 여러 개의 도시락만 봐도 승준이 벌써 '일'을 시작하려는 거구나를 알 수 있었다.

　"내가 이 도시락 맛 평가를 미리 해야 돼서."

　묻지도 않았는데 승준이 먼저 입을 열었다.

　"저는 나가 있겠습니다. 필요한 것들 생기시면 말씀 주세요."

　앞으로 이 안에서 어떤 상황이 펼쳐질지 안다는 듯 남 비서가 문을 닫고 나갔다. 문을 꽉 닫고 나갈 필요는 없는데……. 볼멘소리가 입 밖으로 나가기도 전에 상황은 끝났다.

　덩그러니 소파 앞에 선 자신과는 달리 어느새 승준은 소파에 앉았다.

　"앉아."

　그가 어서 자리에 앉으라며 턱짓을 했다. 마냥 서 있을 수는 없어 승준과 가장 멀찍이 떨어진 자리에 자리를 잡고 앉았다. 그래 봐야 한 테이블 안이지만 말이다.

　조용한 기류에 가시방석에 앉아 있는 것처럼 자리가 불편했다. 제가 이제부터 뭘 해야 할지 알기 때문이기도 했다.

　이 상황이 닥칠 거란 것을 생각 못 했던 건 아니다. 출근하기 전까지도 몇 번을 상상했던 상황이다.

　다만 승준과 입을 맞춰야 하는 순간이 이렇게 빨리 찾아들

줄 몰랐다. 회사 건물이 어떻게 생겨 먹었는지 파악하기도 전에 입맞춤이라니……. 목구멍 뒤로 넘어가는 타액이 심히 뜨거웠다. 업무 중에 하나를 처리하는 것뿐인데, 뭘 이렇게도 긴장이 되는 건지 알 수 없었다.

어찌 됐든 살덩이가 맞부딪치는 일이니 지극히 당연한 반응이려나.

"먹을 만해 보여?"

"무, 뭐가?"

본능적으로 승준의 입술을 쳐다보던 다현이 흠칫 놀랐다.

입술에서 무슨 맛이 난다고. 맛있기는!

"도시락."

승준의 대답이 조금만 늦었어도 입술을 말하는 거냐고, 제가 되물었을지도 몰랐다.

"왜, 딴 거 먹고 싶어?"

"뭘 생각하는지는 몰라도 나 배불러서 아무 생각도 안 해."

"내 입술을 너무 뚫어지게 보길래."

"내가? 잘못 봤겠지. 이상한 소리 계속 할 거면 이만 갈게. 매출 확인이나 하고 있는 게 훨씬 효율적일 것 같거든."

다현은 자연스럽게 자리에서 일어나 집무실에서 나가려고 했다. 어떻게든 오늘의 할 일을 뒤로 미뤄 보자는 심산이었다. 하지만 이곳까지 잘 몰고 들어온 물고기를 승준이 놓칠 리가 없었다.

쾅—

다현이 간신히 열었던 문이 승준의 힘에 세게 닫혔다. 바로 뒤에 선 승준의 숨소리와 온기가 선명히 전해졌다.

"어디 가, 다현아?"

저음이 평온했던 공기마저 뒤흔든다.

고개를 돌리자 승준의 얼굴이 가까이에 있었다. 뜨뜻한 숨이 피어올라 눅진하게 제 입술에 달라붙었다.

"네가 해야 할 일 있잖아."

승준의 울타리 안에 기어코 들어오고 말았구나 싶었다.

단단한 문이 등 뒤로 느껴지고, 제 앞에는 차승준이 있다. 꿈에서와는 또 다른 느낌이었다. 승준을 올려다보고 있는 것만으로도 심장이 벌렁거렸다.

5년 만에 만난 첫 남친과 다시 입을 맞춘다는 게 정상적인 상태로는 쉽지 않은 일임이 분명했다. 그 힘든 일을 자신은 반드시 해내야만 했다.

"떨려?"

"부속계약서에 잉크 마른 지도 얼마 안 됐으니까."

당연한 일이라는 듯 담담히 말하려고 애썼다. 제 가슴이 들썩거리는 게 부디 기대감 때문이라고 비춰지지 않기를 바랐다.

"나도 이렇게 빨리 네 도움 받게 될지 몰랐는데."

거짓말.

세세하게 일정까지 챙기던 사람이 도시락 맛을 확인해야 할 일정을 몰랐을 리가 없다.

지기 싫다는 듯 빳빳이 고개를 든 다현의 마음이 좀체 진정되지 않았다. 이러다가는 쿵쾅거리는 소리가 밖에까지 들릴 것 같다. 차라리 빨리 끝내고 나가는 게 나을지 몰랐다. 자신한테 설렜냐는 말을 듣기 전에.

눈 한 번만 딱 감고 끝내기로 결심했다.

무엇이든 처음이 어렵고 힘든 법이다. 한 번만 지나면 된다. 그러면 그다음에는 아무렇지도 않을 것이다.

'이건 목석이다. 인간이 아니다.'

주문처럼 그 말을 되뇌었다.

"견딜 수 있겠어?"

"일인데 못 하는 게 이상하잖아? 내가 지금 연애하는 것도 아니고. 본부장님이나 잘 견뎌 봐요. 괜히 이상한 마음 생겨서 나 피곤하게 하지 말고."

"자신감 넘쳐서 좋네."

"당연하지. 난 너 안 좋아할 자신 차고 넘치거든."

최고의 방어는 공격이었다.

단번에 승준의 목을 휘감고는 제 쪽으로 끌어당겼다. 애초에 버틸 마음도 없었다는 듯 승준이 끌려왔다. 저돌적인 몸짓에 두 사람의 입술이 곧장 닿았다.

말캉한 감촉이 삽시간에 온몸에 퍼져 나갔다.

따뜻함이 다현을 붙잡고 놓아주지 않았다.

이 정도면 되는 건가. 얼마나 입술이 붙이고 있어야 하는지 감도 잡히지 않았다. 예전이야 좋아하는 마음이 너무도 컸으니 서로 엉겨 붙어 떨어지지 않으려고 했었으니까. 하나 지금은 상황이 달랐다.

될 수 있으면 최소로 승준과 맞붙고 싶었다.

다만 만약 입술을 뗐는데 승준의 미각이 돌아오지 않을까 걱정됐다. 반응이 올 때까지 두 번 세 번 계속 입맞춤을 해야 될 테니까.

그런 최악의 상황이 펼쳐지는 것보다는 한 큐에 끝내는 게 나았다.

승준의 목을 감았던 손을 떼고 입맞춤을 끝낼 기회를 노리던 순간.

"차승, 으읍……."

승준이 제 머리를 감싸고는 뒷머리를 눌렀다. 동시에 고개를 기울인 승준의 입술이 벌어졌다. 이건 뽀뽀의 수준을 넘어서는 행위였다. 제가 승준의 이름을 부르려고 할 때마다 녀석이 깊숙이 제 안을 침범했다.

꿈과는 비교할 수도 없을 만큼 승준의 숨이 뜨거웠다.

묵직한 우드 향이 승준에게서 벗어나 제게 녹아드는 것도 같았다. 혀에 있는 돌기 마디마디마다 그 향기를 원하는 듯했다. 당장이라도 모든 걸 빨아들이겠다는 듯 연신 움찔거리는 것만 봐도 그랬다.

일단 승준에게서 벗어나야 했다. 이대로 더 가면 안 된다.

"음으읍, 그, 흡! 그만!"

다현이 힘껏 승준의 가슴팍을 밀어냈다.

제 모든 것을 집어삼킬 듯 굴었던 그가 금세 잠잠해졌다. 불안정한 호흡이 살짝 떨어진 거리 사이로 켜켜이 쌓여 갔다.

승준을 가만히 쳐다보며 숨을 고르던 다현이 불결한 것을 없애려는 듯이 손등으로 입술을 훔쳤다. 더 이상 그와의 키스가 제게 감미로운 것이 아니라는 걸 똑똑히 보여 주고 싶기도 했다.

계약에 의해 행해지는 행위. 그 이상도 이하도 아니다.

그런데 승준이 거침없이 제 안을 파고들어 따뜻한 숨을 쏟아 냈을 때는 순간, '일'이라는 생각이 사라졌다. 잇새를 스치는 열감이 자신을 그대로 집어삼키는 것 같았다.

그 야릇한 열기에 취해 본능이 깨어나 버릴지도 모른다는 불안이 솟구쳤다. 자신도 모르게 승준의 입술을 물고 단물을 빨아내듯 키스에 집중해 버리면 큰일이지 않나. 살덩이가 맞닿아 버린 이상, 제 마음의 변화 또한 빨리 눈치챌 터다.

"이렇게 길게 할 필요 없잖아."

"왜, 자꾸 느끼게 돼?"

"누가 느낀다는 거야. 아무 감흥 없거든."

"네가 계속 반응하길래 더 해 달라는 건 줄 알았지."

"난 분명 그만하라고 했어."

그런 소리는 듣지도 못했다는 듯 승준이 어깨를 으쓱거렸다.

"확실히 해서 나쁠 거 없잖아?"

"그건 그렇지만……."

조금씩 승준에게 밀리는 기분이 들었다. 분명 녀석이 이 기회를 놓치지 않을 텐데.

"내가 업무상 필요할 때 성실하게 움직이겠다고 네가 사인까지 했고."

"누가 계약대로 안 하겠대? 그냥 우리가 각자 생각한 입맞춤이 다르다는 거지. 입술만 닿아도 충분한데. 그런데……."

"그런데?"

다음 말이 차마 쉽게 나오지 않았다. 입술을 벌리고 서로의 타액을 섞고…… 그 말들을 어떻게 순화해야 할지 고민이 됐다. 그는 제가 있는 그대로 말해 버리기를 바라는 것 같았지만.

승준이 바라는 대로 해 주고 싶지 않았다. 그럴 만큼 대범하지도 않았고.

"너는, 너무 과해."

"그럼 어떻게…… 얼마나 하는 게 적당한지 실험이라도 해봐?"

한 발자국 뒤로 물러섰던 승준의 한쪽 눈썹이 들썩거렸다. 여유 넘치는 승준을 보고 있자니, 확실히 지금 그에게 말려들고 있다는 게 느껴졌다.

"근데 여러 번 해 봐야 정확한 시간 추출이 가능한 건 알지?"

제가 원한다면 몇 번이고 입맞춤을 시도하겠다는 소리다.

"개수작 그만하고, 그래, 어…… 저 도시락 먹는다며. 그거나 얼른 먹어. 난 할 만큼 다 했으니까 갈게. 출근 첫날부터 자리 오래 비워 봐야 좋을 것도 없고."

괜한 짓에 휘말리기라도 할까, 다현은 황급히 집무실을 빠져나왔다. 혹여라도 승준이 또다시 제 앞길을 가로막지 않을까 걱정했는데 순순히 자신을 보내 주었다.

"벌써 가세요?"

문을 열고 나오자 남 비서가 벌떡 자리에서 일어섰다. 제가 오래 집무실에 있을 거라고 생각했던 모양이다.

"본부장님하고 볼일 끝나서요. 수고하세요."

안이 소란스러웠으니 무슨 일이 있었겠거니 남 비서도 생각했을 터다. 그렇지만 다현은 안에서 어떤 일이 일어났는지 내색하고 싶지 않았다. 여전히 벌렁거리는 심장을 부여잡으며, 애써 담담한 얼굴로 끝인사를 날렸다.

덩달아 남 비서도 고개를 숙여 화답했다.

그녀는 어색한 눈웃음조차 흘리지 않고 곧장 본부장실을 나섰다. 다시는 이곳에 발도 들이고 싶지 않았다. 그래서 엘리베이터 앞에 도착할 때까지 단 한 번도 뒤를 돌아보지 않았다.

'자꾸 느끼게 돼?'

제 마음을 꿰뚫어 보던 거만한 그 목소리를 서둘러 떨쳐 내고 싶었던 거다.

집무실에 홀로 남게 된 승준은 커다란 손으로 얼굴을 쓸어 내렸다. 처음부터 다현을 이렇게까지 밀어붙일 생각은 없었다. 부속계약서에 사인을 받자마자, 그녀의 도움을 받을 마음도 없었다.

FF MD(신선 식품 개발자)들과 CVS MD(상품 소싱 담당자)들이 모두 모이는 제품 품질 평가 자리에서 할 말이라면 이미 준비돼 있었다.

남 비서의 도움을 많이 받긴 했지만.

그런 승준이 돌아 버린 건 커피를 사러 내려가다가 그녀가 다른 남자와 있는 걸 본 순간부터였다.

제게는 보이지 않던 미소였다. 곱게 눈을 접으며 다정한

129

대화를 나누는 모습에 속에서 열이 끓었다.

'저는 저기, 상품기획팀에서 일해요.'
'자주 뵙겠네요.'

더욱이 사원증까지 내밀며 능청스럽게 대화를 끌어 나가는
남자의 눈빛이 심상치 않았다.

마치 다현을 잘 알고 있는 듯한 얼굴. 커피 한 번 흘린 실
수를 계기로 다현에게 무섭게 다가설지도 모를 일이다. 거기
까지 생각하는 것만으로도 짜증이 치밀었다.

'저희끼리는 합의가 끝났습니다.'

게다가 적당한 선에서 상황을 종료시키려 했더니 남준열이
란 자식이 대뜸 '저희'라는 표현까지 써 댔다. 그 소리에 간신
히 붙잡고 있던 이성이 무참히 끊어졌다. 도시락을 핑계 삼
아 다현을 데리고 올라와 제멋대로 굴고 말았다.

하…….

훅 밀려든 후회에 머리카락만 쓸어올렸다.

다현의 마음이 조금이라도 열릴 때까지 기다리자 다짐했으
면서도 그러지 못했다. 다현의 일이라면 눈이 뒤집히고 화가
치밀었다. 평정심을 유지하기 쉽지 않았다. 자신이 감정적으
로 굴수록 그녀가 멀어질 거란 걸 알면서도.

웃기지 않게도 이 상황에서 열받는 건 다현에게 개수작을
부리던 남준열이 어떤 새끼인지 궁금해 미치겠다는 거다.

승준은 자리에 앉지도 못하고 집무실을 나섰다.

벌써 사무실에 돌아갔는지 밖에는 남 비서만 앉아 있었다.

"아까 나가셨는데……."

제가 잡았어야 했나요?

남 비서의 눈빛이 딱 그렇게 말하고 있었다.

"연구소 쪽 사람 하나만 알아봐."

"누구요?"

"남준열."

"어디까지 알아볼까요?"

"확인 가능한 건 전부."

"네, 알겠습니다."

어떤 자식인지 확인해 보겠다는 심산이었지만 까놓고 말하자면 적을 이기기 위한 일종의 발버둥이었다. 다현의 곁을 내어 주지 않겠다는 욕심이 동했던 거다.

"나도 사무실로 내려갈 테니까 급한 일 생기면 전화해."

"네."

본부장실을 나오던 승준의 핸드폰이 울렸다.

[권혜승]

핸드폰을 꺼내 든 승준의 미간이 구겨졌다. 제게 별반 도움이 될 만한 전화는 아닐 것 같았다. 지난번 도우와 같이 만났던 것만으로도 혜승과의 만남은 충분했다. 끝없이 울리는 핸드폰을 주머니 깊숙이 박아 두고는 사무실로 향하는 발길을 재촉했다.

지금 제게 필요한 건 다현뿐이었다.

❖ ❖ ❖

사무실에 복귀한 이후로 다현은 영 일에 집중하지 못했다. 입술에 번져 나간 열기가 좀처럼 빠지지 않았다.

화장실로 달려가 입술을 닦아 내 봐도 그랬다. 승준의 향기가 여운처럼 남아 지독히 자신을 괴롭혔다. 가끔 그가 꿈에 찾아들 때마다 저를 불운 속에 빠뜨린 것처럼.

본부장실에서 있었던 일을 잊어 내려고 발버둥치는 자신과 달리 승준은 아무 일도 없던 것처럼 담담했다.

지극히 당연한 일이었다. 이 모든 게 비즈니스일 뿐이니까.

간만의 입맞춤에 정신을 차리지 못하는 제 마음이 도리어 이상했다. 입술이 닿은 게 뭘 이리 호들갑을 떨 일이라고.

"강 대리."

다현은 승준이 자신을 부르고 있다는 것도 알지 못했다. 추 대리가 제 팔을 붙잡지 않았더라면 아직도 멍하니 모니터만 보고 있었을 거다.

"강다현 대리."

그제야 자리에 서서 제 이름을 불러 대는 승준의 목소리가 또렷이 들렸다.

"네, 본부장님."

다현이 급히 자리에서 일어나며 대답했다.

'왜 불러.' 딱 그 표정을 짓고서.

"여유 넘치시는 모양인데 나하고 휴게실 좀 갑시다."

내가 왜?

"싫어요?"

"개인 면담이라도 하시는 건가요?"

"입사 첫날부터 고민이 생긴 모양인데 그건 나중에 따로 들어 줄게요. 우선은 제품 품질 평가하는데 같이 들어가서 보자고. 종일 모니터나 들여다보는 것보다는 재미있을 겁니다."

왜 처음부터 자신을 부른 이유를 말해 주지 않았냐는 눈빛을 던졌지만, 승준은 가뿐히 무시했다. 제가 할 수 있는 일이라고는 수첩을 들고 승준의 뒤를 쫓는 것뿐이었다.

문을 열고 휴게실로 들어섰다. 보통의 휴게실과 다른 풍경이었다.

일단은 제가 일하던 호텔 휴게실과는 비교도 안 될 만큼 규모가 컸다. 서너 대의 대용량 냉장고가 벽 쪽에 자리 잡고 있었는데, 그 안에는 편의점 상품들이 말끔히 진열돼 있었다.

폭신한 소파뿐만 아니라 전자레인지에, 아이스크림 자판기까지…… 없는 게 없어 보였다.

휴게실 한쪽에 놓여 있는 테이블에는 갓 전자레인지에 돌린 도시락들이 올려져 있었다.

"도시락 제품 품질 평가 자리니까 잘 봐 두라고."

승준이 제 쪽으로 가까이 붙으며 말했다. 상품기획팀 업무를 보여 줄 기회라고 생각한 듯했다. 그것도 모르고 쓸데없이 발톱이나 세웠다니.

제가 집무실에서의 일을 여태 잊지 못하고 있다는 걸 단박에 눈치챘을 터다.

"다들 편히 앉아요."

테이블을 둘러싸고 선 팀원들을 보며 승준이 앉으라고 손 짓했다. 그제야 다들 자리에 앉았다.

"강 대리도 같이 보면 좋을 것 같아서."

그는 사람들에게 자신을 데리고 온 이유를 설명하긴 했으 나 모두들 영혼 없이 고개를 주억거렸다. 어떤 평가가 나올 지 모르니 다들 긴장한 듯 보였다.

테이블 위에 올려진 제품 평가서가 유난히 비장해 보였다.

"이번에 출시될 저탄고지 도시락입니다. 이건 키토 김밥이 고요."

새로 출시될 도시락 말고도 이미 판매 중인 도시락도 올라 왔다. 제품을 골고루 맛보며 상태를 확인하는 자리인 듯했 다.

"근데 이거 계란 수급 제대로 잘 되겠어?"

"계약된 농가가 있어서요. 그쪽하고 단가 협약이 잘 돼서 무리 없을 것 같습니다."

"맛있는데요?"

"약간 짭조름하지 않아?"

처음에는 테이블 분위기가 잔뜩 얼어붙어 있었는데, 시간 이 지나자 금세 자유롭게 대화가 오갔다. 승준의 옆자리에 앉아 다현은 조용히 제품 평가서의 빈칸을 채웠다.

"간 다시 맞춰 볼까요, 본부장님?"

그러다 갑작스럽게 던져진 질문에 더럭 긴장했다.

미각이 돌아왔나 확인도 하지 않고 본부장실을 나왔기 때 문이었다. 혹시라도 입맞춤이 아무 효과가 없으면 어쩌지?

다현은 아무 감흥 없이 저작운동을 하고 있는 승준의 입술을 뚫어져라 쳐다봤다.

여전히 맛을 느끼지 못하는 걸까. 동화만 봐도 애정이 있어야 저주에서 풀려나지 않나. 자신들 사이에 사랑의 '사' 자도 존재하지 않는 지금, 키스가 도움이 되지 않았을 수도 있었다.

어떤 맛인지 대충 문자 메시지라도 보낼까. 그게 훨씬 도움이 될지도 몰랐다. 부속계약서에 승준을 돕겠다고 했으니, 그 정도는 해 줄 수 있었다.

한 번이다, 딱 한 번!

[약간 짭조름한 맛이 있어서 맛 조절이 필요할 것 같습니다. 타깃층이 담백한 맛을 선호…….]

테이블 아래에서 문자 메시지를 두드리는 다현의 손길이 빨라졌다.

한시가 급했다.

모두 차승준, 너만 보고 있단 말이야.

"짠맛 줄이는 게 좋겠군요. 담백함을 높이는 게 우선이니까."

제가 메시지를 보내기도 전에 승준이 대답했다. 다행히도 미각이 돌아왔나 보다. 키토 김밥에 대한 평가를 던진 이후로 그는 간간이 맛에 대한 의견을 내놓았다.

그 모습을 보자 안도가 됐다. 최소한 제가 쓸모없어져서 눈치 보는 일이 생기지는 않을 테니까.

"컵떡볶이 가져와도 될까요? 맵기가 어떤지 의견 듣고 싶어서요."

자연스럽게 화제가 다른 제품으로까지 이어졌다.

"그러시죠."

팀원의 열정에 화답하듯 승준이 바로 대답했다.

제품이 준비되기를 기다리며 테이블에서는 시시콜콜한 잡담이 오갔다. 정작 어떤 이야기도 승준의 관심을 끌지는 못했지만.

물로 입을 헹구던 승준의 핸드폰이 울렸다. 이미 친한 사람들끼리 나누는 사담에 참여하지 못하는 다현만이 그 진동에 고개를 돌렸다. 그게 문제였다. 녀석의 핸드폰이 울리든지 말든지 관심도 보이지 않았어야 했는데…….

[RD 권혜승]

익숙한 이름이 승준의 핸드폰 위로 반짝거렸다.

순간 누군가 자신의 심장을 움켜잡고 쥐어짜 대는 것 같았다. 우악스럽게 목을 잡고 자신을 뒤흔드는 느낌이 들기까지 했다.

저 이름을 잊었다고 생각했다. 그런데 잊은 게 아니라 어딘가 조용히 묻어 뒀던 것 같다. 삽시간에 혜승과 카페에 마주 앉아 웃기지도 않는 대화를 했던 때가 떠올랐다.

'승준이한테 미안하지 않아요? 이렇게 질척대는 거, 당하는 사람 되게 피곤한 거거든. 이러니까 버스가 못 견디고 떠나지. 매력 없고 질리니까.'

'친구랍시고 이렇게 찾아와서 저한테 막말하는 것도 매력 없는 건 아시죠?'

'막말?'

136

'생각나는 대로 막 말하면 막말인 거죠. 그러니까 괜히 저 불러서 이런 조언 그만하세요. 저희 일은 저희가 알아서 할게요.'

승준의 소꿉친구이자, 5년 전 그와 함께 미국으로 떠났던 여자였다.

그녀는 제가 일하던 학원까지 찾아와 자신과 꼭 대화를 해야겠다며 우아한 난동을 부렸다. 심지어 학원 근처 카페에서 곧장 제 뺨을 올려붙이기까지 했으니, 인내심이 있는 타입의 인간도 아니었다.

'너희 일, 이제 내가 끼어야겠는데?'
'그쪽이 왜?'
'나 승준이하고 잤거든.'
'그게 지금⋯⋯.'
'남의 남친 그만 괴롭히라고, 거지 같은 년아.'

제가 받았던 대로 혜승에게 똑같이 돌려주는 일이라면 어렵지 않았다. 신명 나게 욕설을 할 수 있었고 따귀를 때릴 수도 있었다. 하지만 그때는 그것보다는 그녀의 말이 사실인지 알고 싶었던 것 같다.

그래서 곧바로 승준에게 달려가 그녀의 말이 맞냐고 따져 물었다. 자신이 바란 것은 아니라는 대답이었다.

'마음대로 생각해.'

하지만 승준에게서는 제가 바라는 대답이 나오지 않았다.

혜승이 제게 무슨 짓을 했는지 토로해 봐도 달라지는 건 없었다. 언제나 제 편이 되어 주던 승준이 이제는 없다는 게 더욱 분명해졌을 뿐이다.

그들의 사랑이 제게는 얼마나 끔찍한지 알기는 할까. 하기야 돌멩이를 던진 인간이 개구리가 죽었는지 아닌지 관심 있을 리가 없다.

"이야기 계속해요. 난 전화 좀 받고 오죠."

핸드폰을 든 승준이 곧 자리에서 일어났다.

5년 동안 혜승과 잘 사귀고 있던 모양이다. 하긴 장애물을 없애고 진정한 해피엔딩을 맞았지 않았나. 미국에서 그들이 얼마나 행복했을지 생각조차 하기 싫었다. 그가 떠나고 제가 마주했던 비참한 순간들이 맞물려 떠올랐으니까.

행복한 시간을 보냈던 승준과 제 인생을 비교하며 비참한 감정에 처박히고 싶지 않았다.

'잘 먹고 잘 사귀고 있었나 보지.'

대수롭지 않게 생각하기로 했다.

불쾌한 표정이라도 지으면 제가 질투한다고 생각할 게 뻔했다. 무표정만이 답이었다. 모른 척하자.

"어, 말해."

안 들리는 척하자.

"지금 직원들하고 있어서 못 내려가. 다음에……."

문을 나서는 승준의 목소리가 작아지다가 이내 사라졌다. 혜승이 승준을 보러 회사까지 찾아온 모양이다. 승준은 제가 이곳에 있다는 걸 그녀에게 말했을까.

어쩐지 그러지는 않았을 것 같다. 만약 혜승이 이 상황을 안다면 득달같이 제게 달려와 멱살을 잡았을 게 뻔했다. 그런데 이렇게 조용하다는 건 혜승이 아무것도 모르고 있다는 소리인데…….

이대로 괜찮을까 걱정이 되긴 했지만 신경 쓰지 않기로 했다.

승준이 제안한 일이니 그가 알아서 해결할 터다. 자기 여자 친구한테 비밀로 하든, 어쩔 수 없는 상황을 설명하든 뭐라도 하겠지.

"아, 맞아. 근데 그 소문 들었어요?"

"어떤 소문?"

"이거 진짜 비밀인데…… 본부장님이요."

승준이 자리를 비우자 곧장 그의 이야기가 화두로 떠올랐다. 모두 테이블 쪽으로 몸을 기울이고는 어떤 소문인지 궁금한 듯 두 눈을 반짝거렸다.

다현은 승준의 소문에 관심도 없다는 듯 앞접시에 떡볶이를 덜고 있었으나, 그녀의 모든 신경은 다음 말을 기다리고 있었다. 이건 그저 회사 소문에 몸이 반응한 것뿐인 거다. 다른 이유는 없다.

그렇게 잠깐의 침묵이 지나가고.

"결혼하신대요."

모두의 이목을 받고 있던 직원이 거대한 폭탄을 던졌다.

망치로 머리를 얻어맞기라도 한 듯 다현의 머리가 멍해졌다.

차승준이 결혼이라니.

도통 매치가 되지 않았다. 그 말이 왜 이리도 이질적이게 느껴지는지 알 수 없었다. 아직도 제게는 승준이 대학 시절의 차승준으로만 보이기 때문인지도.

"헐! 누구하고?"

다시 한번 귀가 쫑긋거린다.

"저 완벽주의를 어떻게, 누가 맞춰?"

"그게…… RD리테일 본부장이래요."

"그 사람 아니야? 그, 그 권혜승인가? 나 SNS 팔로우도 했을 텐데."

"정략결혼인가?"

"연애결혼인 것 같던데요?"

분수에 맞춰서 살자는 말을 승준은 잘 실행하고 있는 듯했다.

다만 이런 중요한 이야기를 남의 입을 통해 듣고 있다는 게 어이없었다. 결혼할 여자도 있는데, 입을 맞추자고?

승준이 성공에 완전히 미쳐 버린 걸까. 그게 아니면 사람들이 잘못 알고 있는 걸까.

마음이 불편했다. 승준과 나누고 있는 비밀이 마음에 걸리는 탓일 거다. 그 불편함을 질투로 오해해서는 안 됐다.

"강 대리님, 강다현 대리님?"

"네?"

"안 매우세요?"

직원 하나가 놀란 얼굴로 제게 물었다. 그제야 다현은 자신이 아무 생각 없이 떡볶이를 입에 밀어 넣고 있다는 걸 깨달았다.

"그거 매울 텐데. 스코빌 지수(매운맛 표준 단위) 장난 아니거든요. 청양고추 때려 넣은 수준인데."

"아⋯⋯."

입안이 불타오르고 있다는 것도.

이미 먹어 버린 떡은 둘째치더라도 혀에 남은 매운기에 어쩔 줄 몰랐다. 이대로 영영 혀를 잃는 게 아닐까 걱정될 정도였다.

매운 걸 잘 먹지도 못하는데⋯⋯. 쓸데없는 데 정신이 팔려 넋을 놓아 버렸다.

"저⋯⋯ 저, 물, 스읍!"

다현은 찬물을 벌컥벌컥 들이켰으나 소용없었다. 홧홧한 열기가 확 올라와 다현의 얼굴을 순식간에 시뻘겋게 만들었다. 용기에 '땡초 떡볶이'라고 써 있는 걸 진즉 봤더라면 당장 패스를 외쳤을 거다.

눈물이 찔끔 나고 콧물까지 쏟아졌다.

한마디로 최악의 몰골로 변해 가고 있는 중이었다.

"먹어요."

그때 어느샌가 자리로 돌아온 승준이 제 앞에 초코맛 빵을 내려놨다.

하필 제가 제일 좋아하는 빵을 가져올 건 뭐람.

"괜찮습니다."

"전혀 안 괜찮아 보여서."

얼굴이 엉망이라는 건가.

"빵 먹으면 좀 괜찮아질 겁니다."

"저는⋯⋯."

"부담 갖지 않아도 돼요. 내 주머니에서 나오는 돈으로 산 것도 아니고. 기획팀한테는 혀보다 중요한 것도 없는데 다쳐서야 되나."

능청스럽게 쏟아진 말에 공연히 흠칫했다. 불현듯 제 잇새를 훑던 승준의 움직임이 떠올라 버린 탓이다.

왜 하필 이 타이밍에 그게 생각나는 건데?

불건전한 머릿속을 탓하며 빵을 집어 들었다. 매운기에 얼굴이 후끈거렸던 게 도리어 다행이이었다. 최소한 본부장실에서 있던 일을 다시 떠올리고 있다는 걸 들키지는 않을 테니까.

거칠게 빵을 뜯어 먹는 다현의 모습을 보는 그의 얼굴에 만족스러운 기색이 스쳤다.

"그럼 계속 진행합시다."

승준은 눈치 없이 올라가려는 입꼬리를 붙잡으며 자리에 앉았다.

차승준의 결혼설로 한껏 반짝였던 눈빛들이 금세 사라졌다. 하지만 안타깝게도 다현의 머릿속에서는 '결혼'이란 단어가 쉽게 빠져나가지 못했다.

"출근 첫날이라 정신없으셨죠?"

일찍 퇴근한 다현이 엘리베이터를 기다리는데, 추민정 대리가 먼저 말을 걸어왔다. 정신없었던 자신만큼이나 핸드백 끈을 추켜올리는 추 대리의 얼굴에도 피곤이 눌어붙어 있었다. 새로 나올 디저트를 기획한다고 정신없던 모양이다.

승준이 빠른 성과를 원하는 데다가, 디저트 개발을 주력으로 하고 있었으니 그럴 만도 했다.

"저도 정신없어서 잘 챙겨 드리지도 못했네요. 커피 한 잔도 못 하고."

"시간 되실 때 말씀 주세요. 전 언제나 열려 있어요."

제 대답에 추 대리가 웃어 보였다.

"강 대리님 타세요. 저희 얼른 이 노예 소굴에서 도망가요."

퇴근에 대한 열망이 추 대리의 두 눈에서 빛났다. 더 이상 일하지 않겠다는 그 의지가 덩달아 자신을 당겼다.

그녀가 정확히 어떤 사람인지는 몰라도 사람을 편안하게 해 준다는 것만은 똑똑히 알 것 같았다.

일찍이 퇴근을 하는 사람들로 엘리베이터는 북적거렸다. 만약 추 대리가 자신을 꾸역꾸역 밀어 넣지 않았더라면 엘리베이터 몇 대는 더 보냈어야 했을 거다. 비좁기만 한 공간을 여차저차 뚫고 서 있다는 게 신기할 따름이었다.

"아, 맞다. 강 대리님. 저희 다음 주 금요일에 회식 있는 거 못 들었죠?"

"본부장님도 오세요?"

"아마도? 기획팀 전체 회식이거든요."

추 대리는 단합을 위한 자리니 승준이 빠지지 않을 거라고 단언했다. 하지만 다현의 생각은 달랐다. 무미각증인 승준에게는 분명 수고로운 자리일 거다. 그러니 어떤 이유를 대서라도 회식 자리에 오지 않을 게 빤했다.

아니면 계약을 들먹이며 입을 맞추자고 달려들려나?

정상적인 인간이라면 몰라도 승준이라면 왠지 그럴 것도

같았다. 원하는 걸 얻기 위해서 매몰차게 찬 전 여자 친구까지 찾아올 수 있는 철면피가 아닌가.

만일에 대비해 준비라도 해 둬야 하나.

오래 입을 맞추기 싫게 마늘이라도 왕창 먹을까. 그가 냄새를 견디지 못하고 먼저 입술을 뗄 수도 있었다.

"강 대리님도 퇴근해서 좋으신가 보네. 저희 그럼 내일 봐요."

인상을 찌푸릴 승준에 자신도 모르게 만족스러운 미소가 터져 버렸나 보다. 신나서 올라간 양쪽 입꼬리가 그제야 느껴졌다.

저를 향해 끝인사를 날린 추 대리가 먼저 엘리베이터에서 내렸다. 빌딩에서 나가는 것만이 그녀의 최종 목표라도 되는 듯 보였다.

이해 못 할 바도 아니었다. 일이 끝나면 회사에서 최대한 멀어지는 게 최고지 않나. 회사 근처를 어슬렁거리다가 회사 사람과 마주치기라도 하면 피곤하니까.

그게 상사라면 더더욱.

추 대리를 쫓아 빌딩을 나서려던 다현의 핸드폰이 울렸다.

[김 사장님]

미지의 전화였다. 출입 게이트를 나서며 미지의 전화를 받았다.

- 너 퇴근했어?

"하는 중. 왜?"

- 나 출판사 갔다가 집 가는데 딱 너 생각나서. 같이 밥 먹자고 전화했지. 너희 회사 앞에 거의 다 왔는데, 시간 돼?

"잘됐다. 나 배고팠는데."

– 추우니까 로비 안에서 볼까?

"응, 기다리고 있을게. 도착하면 전화해."

– 오케이.

다현은 로비 한쪽에 서서 미지가 도착하기만을 기다렸다.

그게 잘못이었는지 모르겠다. 차라리 밖에서 기다리든가 미지가 있는 곳까지 제가 달려갔어야 했는지도. 만약 그랬다면 혜승을 보지는 않았을 테니까.

자신의 회사라도 되듯 빳빳이 고개를 들고 로비를 걷는 혜승의 모습이 보였다. 웃기지 않게도 아주 오래전에 혜승에게 맞았던 뺨이 욱신거리는 것 같았다.

'나 승준이하고 잤거든.'

그때, 그녀가 했던 말이 머릿속에 울려 퍼지기까지 했다.

그나마 다행인 건 혜승이 자신을 보지 못했다는 것이었다. 혜승의 소중한 것을 훔치기라도 한 도둑처럼 그녀를 피해 카페 쪽으로 다급히 발걸음을 옮겼다. 적어도 얼굴을 보지 않으면 소란은 일어나지 않을 거다.

그 바람에 다현은 어쩔 수 없이 로비 카페에서 커피까지 주문했다. 야근에 지쳐 커피를 주문하는 직원 중의 한 명으로 보였을 터다.

"아이스 아메리카노 바로 준비해 드릴게요."

"네네."

대답을 하면서도 다현의 시선은 자꾸만 뒤로 돌아갔다. 멀리서 봐도 멋스럽게 꾸민 티가 나는 혜승이 여기서 뭘 하려는 지 내심 궁금했다.

집요하게 혜승의 빨간 셔츠를 좇던 시선이 순간, 멈췄다.

승준이 로비까지 내려와 그녀를 맞았다.

어떤 대화가 오가는지는 들리지 않았다. 기껏해야 반갑다 거나 보고 싶었다거나 하는 말이 오가고 있겠지.

조만간 두 사람이 함께 퇴근할 거라는 제 예상과는 달리, 승준은 혜승을 데리고 출입 게이트 안쪽으로 들어갔다.

생각과는 다르게 전개되는 상황에 다현의 몸은 어느새 카 페를 벗어났다. 두 사람이 엘리베이터에 올라탔다. 어디로 가는 걸까.

다현의 머릿속에 스치는 장소는 단 하나뿐이었다.

차승준의 집무실.

이 회사에서 그곳만큼 비밀스러운 공간은 없었다.

'미국 마인드 한번 대범하네. 집도 아니고 회사에서? 어? 자기 사무실에서?'

부정적인 생각이 쉴 새 없이 튀어 올랐다.

"아이스 아메리카노 한 잔 나왔습니다."

카페 직원이 자신을 부르지만 않았더라면 당장이라도 집무 실에 올라갔을지 몰랐다. 둘이 거기서 어떤 짓을 하든 무슨 상관이라고.

"감사합니다."

다현은 커피를 받아 들고는 그대로 카페인을 들이켰다. 쓸 데없는 호기심을 누르려는 나름의 발버둥이었다.

차디찬 커피가 들끓었던 속을 시원하게 식혀 주는 듯했다.

애초에 열을 낼 것도 없는 일이었다. 두 사람이 변함없이 돈독한 관계를 유지하고 있다는 것도 알고 있었고.

더욱이 승준이 누구를 만나든 자신이 간섭할 이유도 없었다. 그도 자신도 서로를 이용해 먹는 것뿐이니까.

곧 미지에게서 다시 전화가 왔다.

"건물 안에 들어왔어?"

– 어어. 나 지금 로비인데.

"나 카페 쪽에 있는데 보여? 여기."

다현이 한 손을 번쩍 들었다.

– 아, 봤어!

백 년 만에 상봉한 사람처럼 미지도 반갑게 손을 흔들며 제게 걸어왔다.

"우리 얼른 밥 먹으러 가자. 배고프다."

다현은 미지의 팔짱을 꼈다.

미지에게서 터져 나오는 약간 서늘한 공기가 어쩐지 제 마음을 야금야금 갉고 있는 것 같았다. 그러지 않고서야 이상하게 마음 한구석이 허한 이유를 찾을 수가 없었다. 어쩌면 단순히 배가 고픈 걸 허한 감정으로 착각한 건지도 몰랐다.

소란스러운 생각을 모두 털어 내겠다는 듯 다현은 서둘러 빌딩을 나섰다. 최대한 멀리멀리 이곳을 벗어나야겠다는 일념 하나로.

따뜻한 피자가 테이블 위에 올라왔다. 미지가 토핑이 잔뜩 올라간 피자 한 조각을 제 앞에 놔주었다. 생맥주까지 곁들이니, 천국이 따로 없었다.

승준도 지금쯤 자신의 여자 친구와 밥을 먹고 있을까. 미각이 살아났으니 즐겁게 데이트를 하고 있을지도 몰랐다. 아직도 집무실에 있는 건 아니겠지?

승준의 집무실을 떠올리자 공연히 입술이 찌릿거렸다. 강렬한 느낌에 다현은 자신의 입술만 만지작거렸다.

'견딜 수 있겠어?'

뜨뜻한 숨과 함께 제 입술을 적시던 승준의 목소리가 살아났다.

계약을 이행한 게 처음이라 힘든 건지도 몰랐다. 무엇이든 처음이 힘든 법이지 않나. 이런 후유증조차 언젠가는 나타나지 않을 거다.

"깡따, 피자 들고 고사 지내?"

"어?"

"안 먹길래."

"간만에 출근하니까 정신이 없어서. 얼른 먹어야겠다. 진짜 배고파."

다현은 피자를 크게 한 입 베어 물었다. 고소한 치즈의 풍미가 입안 가득 번졌다.

"첫 출근 고생했다."

피자를 오물거리는 다현을 향해 미지가 맥주잔을 내밀었다.

미지에게 승준과의 계약은 말하지는 않았다. 자신의 선택이 잘못됐다는 걸 확인받게 될까. 그게 무서웠다.

그녀라면 당장 승준과의 계약을 파기하라고 할 게 뻔했다. 그리고 어떻게든 자신을 도와주려고 할 것이다. 늘 그래 왔으니까.

하지만 이 이상 미지의 도움을 받고 싶지 않았다. 더는 미안해서 그럴 수 없었다.

게다가 승준의 제안은 분명히 제게 이득이었다. 고작 입술만 몇 번 닿으면, 아버지의 병원비를 걱정하지 않아도 됐다.

그러니 승준과의 일은 당분간 묻어 두는 게 좋았다.

"짠."

다현이 맥주잔을 들어 올리며 건배를 외쳤다. 유리잔 두 개가 청량한 소리를 내면서 부딪쳤다. 다현은 단숨에 잔을 비워 냈다. 목을 타고 넘어가는 술이 오늘따라 유난히 썼다.

"아차차! 자, 이거 받아."

미지가 가방 깊숙이 넣어 둔 쇼핑백을 꺼내 제게 내밀었다.

"이거 뭐야?"

"취업 선물."

"뭘 이런 걸 샀어."

"내 베프가 원하는 곳에 딱 들어갔는데 이 정도는 해 줘야지. 별것도 아냐. 그냥 너 돈 많이 벌어서 나중에 덕 보려는 까만 속내지."

미지가 너스레를 떨면서 쇼핑백을 떠밀었다.

"우선 떼돈까지는 조금 걸릴 것 같구. 대신 여기는 내가 쏠게."

"야, 됐어."

"내가 됐거든. 취직턱이니까 많이 먹어."

"최선을 다해서 먹어야지."

미지가 씩 웃어 보이고는 어서 선물을 풀어 보라며 채근했
다. 쇼핑백에 든 박스 안에는 반지갑이 들어 있었다. 브랜드
이름이 곳곳에 박혀 있는 가죽 지갑이 꽤 비싸 보였다.

매번 미지에게 받기만 하는 것 같아 미안하고, 고마웠다.
그녀가 없었더라면 지금까지 버티지 못했을 거다. 아버지가
애먼 사람을 치고 가드레일까지 박아 버린 그 끔찍한 순간들
을 혼자 견딜 수 있을 리가.

"많이 먹어."

다현이 커다란 피자 조각을 미지의 앞에 놓아주었다.

훈훈한 저녁 식사 시간 속에서 승준에 대한 생각이 까맣게
잊혀져 갔다.

"맥주 한 잔 더 시킬…… 어?"

빈 잔을 밀어 두고 호출벨을 누르려던 다현이 순간 멈칫했
다. 익숙한 얼굴의 남자가 자신의 테이블 앞에 멈춰 섰기 때
문이다. 가늘게 눈을 뜬 다현의 머릿속에 사원증이 스쳐 지
나갔다.

연구원 남준열.

"여기서 또 뵙네요."

"어? 어, 그러게요. 안녕하세요."

어느새 다현은 자리에서 일어나서 꾸벅 인사를 날렸다.

"여기는 어떻게……?"

"동기들하고 술 한잔 하러 왔어요. 선생님은요?"

"저도 친구하고 간단하게 한잔 하려고 왔어요."

다현이 서둘러 미지를 돌아보며 대답했다. 미지가 싱긋거리며 준열의 목인사에 화답했다.

계속 인사만 하고 있을 수는 없다는 생각에 준열에게 끝인사를 하려는데, 그가 갑자기 제게 핸드폰을 내밀었다.

"혹시 선생님 전화번호 물어봐도 될까요?"

뭐야, 뭐야?

번호 따이는 것 같잖아.

"제…… 번호요?"

"나중에 식사라도 얻어먹으려면 번호 정도는 알고 있는 게 좋을 것 같아서요. 혹시 부담스러우시면 내선 번호로 연락드릴게요."

불현듯 준열의 감색 코트가 떠올랐다. 그것도 제가 커피를 한 사발 부어 버린 코트.

다현은 급히 준열의 핸드폰을 받아 들었다. 자신의 실수를 어떤 식으로든 보상하기는 해야 했다. 핸드폰 번호를 찍어 주자, 준열이 바로 전화를 걸어왔다.

테이블에 있던 제 핸드폰이 울렸다. 제게 핸드폰을 건네는 미지의 입꼬리가 자꾸만 위로 올라갔다. 누가 봐도 잔뜩 신난 얼굴이었다. 어떤 상황에서든 사랑이 피어오르는 장면을 만들어 내는 미지의 직업병이 도진 듯했다.

"제 번호거든요. 남준열. 저장해 주세요."

"아, 네네. 그럴게요."

"그럼 저는 먼저 가 볼게요. 동기들이 자꾸 불러 대서. 조만간 봬요."

"들어가세요."

모두들 준열을 부르는 걸 보니 동기들 사이에서 꽤 인기가 있는 모양이다. 아니면 번호를 따고 있는 상황이 궁금해서 불러 대는 중이든가.

준열이 사라지고 나자, 미지가 바짝 고개를 들이밀며 두 눈을 반짝거렸다.

"대박. 걔지, 걔?"

누구냐고 물어본 줄 알았더니 갑자기 '걔' 타령을 해 댔다.

"유명한 사람이야?"

자신만 모르는 유명인인지도 몰랐다. 왜 요새 SNS스타들 많지 않나.

"너 진짜 몰라?"

"모르는데. 왜?"

"전에 네가 학원에서 일할 때 가르치던 애잖아. 너 잘 따르던 훈남."

"훈……남?"

누군지 퍼뜩 기억이 나지 않았다.

"와, 나는 딱 보니까 알겠던데. 저 얼굴을 어떻게 잊어? 너한테 꽃까지 선물해서 내가 저거 된 놈이라고 그랬잖아. 기억 안 나?"

학원과 꽃이라는 소리에 그제야 다현의 눈이 커졌다. 해묵었던 기억 속에서 준열의 얼굴이 떠올랐기 때문이다.

허억!

얼마나 놀랐는지 다현의 입이 벌어져 다물리지 않았다.

저만치 앉아 있는 준열을 뚫어지라 쳐다봤다. 이제 보니 교복을 입은 예전의 모습이 겹쳐 보이는 듯했다.

"......!"

동기들과 웃고 있던 준열은 우리들의 시선을 느끼기라도 했는지 제 쪽을 돌아봤다. 덜컥 눈이 마주치자 괜히 민망스러워 어색한 눈인사만 날렸다.

세상이 참 놀랍도록 좁았다.

아르바이트를 하면서 만났던 학생을 회사에서 다시 만날 줄이야. 꿈에도 생각 못 한 일이었다.

그게 퍽 반가우면서도 싫었다. 자꾸 과거를 기억하게 되니까. 그리고 그 과거에는 승준에 대한 기억만 가득하니까.

제6장

네가 그리운 밤

'딱 순정남 롤이라니까! 고딩 때부터 이어지는 순정. 야야, 이거 대박인데?'

미지는 목에 퍼런 핏대까지 세우며 흥분했다. 얼마나 순정 남 타령을 하던지 집에 와서도 그녀의 목소리가 들리는 듯했 다.

[오늘도 훈남한테선 연락 없어?]

그날 이후, 미지에게서는 빠짐없이 문자 메시지가 날아들 었다. 어떻게든 똥차들을 밀어내고 새 남자를 연결시켜 주고 싶었던 것 같다.

하지만 애석하게도 준열에게는 아무런 연락이 없었다. 게 다가 지금 다현에게 중요한 건 남자가 아니라 신제품 기획이 었다.

아, 물론 오늘 회식 자리에 승준이 오느냐 아니냐도 중요하고.

한동안 잠잠하던 승준이 제 도움이 필요하다고 부를지도 몰랐다. 이럴 줄 알았으면 계약이 진행될 기간 말고 시간도 똑똑히 적어 둘 걸 그랬다. 벌써 사인을 끝내 버려 협상의 여지조차 없지만.

빈 승준의 자리를 보다가 모니터로 고개를 돌렸다.

"어? 남 주임 왔어?"

추 대리가 자리에서 일어나 누군가를 반겼다. 자신의 목숨을 살려 줄 은인이라도 맞이하는 모양새였다.

"일찍 오려고 했는데 죄송해요. 해결이 안 되는 게 있어서. 아, 그리고 이건 다 같이 나눠 드시라고. 회사 근처에 생긴 딸기 롤케이크 집인데 맛있더라고요."

"뭘 이런 또 사 왔어."

"나눠 먹으면 두 배로 맛있잖아요."

고개를 들자, 너스레를 떨며 빙긋이 웃는 준열이 보였다. 그는 추 대리에게 자그마한 상자를 건넸다.

예쁘게 정중앙에 딸기가 박힌 롤케이크가 든 상자였다.

"남 주임만큼 여심 저격하는 법 잘 아는 사람도 없다니까. 내가 이러면 살살 풀리지."

추 대리의 입가에서 미소가 떠나지 않았다.

"아, 맞아. 남 주임은 강 대리 처음 보지?"

제 소개를 해 주려는 추 대리의 말에 다현이 엉거주춤 자리에서 일어났다.

"몇 번 뵀어요."

"누굴? 강 대리를?"

"네."

"어디서?"

"예전부터 알던 사이거든요."

대답을 끝낸 준열이 곱게 눈을 접으며 웃었다.

저기요. 거기까지만 말하면 어떡해? 엄청난 거라도 있는 것 같잖아!

"강 대리 인맥이 장난 아니네."

이 과장이 빈정대듯 말했다. 자기소개 이후, 그는 제가 하는 모든 게 마음에 들지 않는 듯했다. 따박따박 말대꾸했던 게 큰 인상을 남겼나 보다. 제가 부서를 바꿀 때까지 그의 이죽거림은 쉽게 사라지지 않을 거였다.

하지만 애석하게도 다현은 그에게 관심을 줄 겨를도 없었다.

"웃고 떠들 시간이 있나 봅니다. 친목질이나 하고 있는 걸 보면?"

차승준이라는 거대한 벽이 있는 한.

"업계 꼴찌는 당연하다 이건가?"

저 주둥이에는 가시라도 박혀 있나 보다. 어디서 나쁘게 말하기 연습이라도 하고 오나? 그러지 않고서야 사람을 비꼬는 말을 저토록 끝없이 쏟아 낼 수 없었다.

삽시간에 모두의 얼굴에서 미소가 싹 사라졌다.

단 한 사람, 준열만 빼고.

승준의 공격이 무색하게 준열의 표정에는 아무런 변화도 없었다. 반면 이 과장은 이곳에 존재하지도 않는 것처럼 쥐

죽은 듯 앉아 있었다.

"다른 팀 사람이 여기는 어쩐 일이에요?"

"딸기 크레페 단맛 조절이 필요하다고 본부장님이 그러셨다고 하셔서요. 의견이 나왔으니까 열심히 조정해 봐야죠."

"내 의견이 아니고 소비자 반응입니다, 남준열 주임."

승준이 준열의 사원증을 뚫어져라 쳐다보며 말했다.

"그럼 일하러 가 보겠습니다."

위압적인 분위기에도 꿈쩍하지 않는 준열의 모습에 도리어 주변인들만 마음을 졸였다.

다행히도 준열은 추 대리와 함께 회의실로 발길을 돌렸다. 그 덕에 어마무시한 대격돌은 일어나지 않았다. 다만 승준은 제자리에 앉고서도 한동안 기분이 몹시도 언짢아 보였다. 그러든지 말든지 가만히 놔두는 게 상책이었다.

시간이 지나면서 기획팀에 다시 평화가 찾아왔다.

하지만 누가 그랬던가. 회사에서 반나절 이상 가는 평화란 존재하지 않는 법이라고.

추 대리와 회의를 마친 준열이 연구실로 돌아가지 않고, 다시 기획팀에 왔다. 아니, 정확히는 신제품 아이디어를 내기 위해 즙을 짜듯 머리를 짜내고 있는 다현에게.

"대리님."

"네? 저요?"

"네."

"잠깐 시간 되세요?"

당연히 시간이 있다고 말하려는데 이상하게 뒤통수가 따가

웠다. 누군가 자신을 노려보고 있는 듯한 느낌이랄까. 부디
제 느낌이 틀리기를 바랐지만 고개를 슬쩍 돌리자마자, 승준
과 눈이 마주쳤다.

당장 시간이 없다고 말하라는 눈빛이다.

"네네. 시간 아주 많아요."

승준을 향해 빙긋이 웃던 다현이 그가 원하지 않을 대답을
내놓았다.

"탕비실로 갈까요?"

부담스러운 눈빛을 외면하면서 자리에서 일어났다.

승준의 심기를 건드릴 수 있는 일이라면 무엇이든 못 할
것도 없었다. 그가 인상을 찌푸릴수록 제 속은 시원해지니
까. 보는 눈이 많아선지 승준은 선뜻 자신을 붙잡지 못했다.

그 덕에 아무 방해도 없이 준열과 함께 탕비실로 들어섰
다.

승준을 골려 먹는다고 생각했을 때는 발걸음이 가벼웠는데
막상 준열과 단둘이 탕비실에 오자, 할 말이 없었다. 다짜고
짜 과거 이야기를 꺼내는 것도 이상할 것 같았다.

"근데 할 말이 뭐예요?"

다현이 꽤나 공손한 포즈로 물었다.

"혹시 그림 좋아하세요?"

"만화요?"

"만화는 아니고. 이거……."

준열이 재킷에서 티켓을 꺼냈다.

[초대권: 장하리 개인전]

"친구가 한국에서 개인전을 한다는데 선생님하고 같이 보

159

고 싶어서요."

또 나왔다, 선생님.

"근데 제가 그림 보는 눈이 없어 가지구…….."

"코트 세탁값이라고 생각해 주셔도 되고요."

"아, 맞아. 코트 어떻게 됐어요?"

"세탁 잘해서 멀쩡해졌어요."

"얼마인지 알려 주면 세탁비 드릴게요."

"전시회 보고 밥 사 주시는 건 어때요? 피해자가 원하는 보답이 제일 아니에요?"

답이 정해진 질문지를 받아 든 기분이었다. 물론 어느 쪽을 선택하든 지뢰는 아닐 것 같았다.

다현은 전시회 티켓을 보며, 잠시 고민했다. 그래도 단둘이 전시회를 보러 가는 것은 너무 갔다 싶었다.

아무래도 다른 보상을 하는 게 나을 듯했다.

다현이 거절을 날리려던 순간, 어디선가 달그락거리는 소리가 들렸다. 그쪽으로 고개를 돌리자, 복사기 주변을 어슬렁거리는 승준이 보였다. 제가 무슨 대답을 할지 그가 귀를 쫑긋 세우고 있다는 게 느껴졌다.

"좋아요."

다현은 보란 듯이 티켓을 받아 들었다.

연신 복사 버튼만 눌러 대는 승준의 심기를 마구 건드리고 싶었다. 그가 여기까지 와서 심술을 부리는 건, 전 여친 연애는 죽어도 보기 싫다는 더러운 심보 때문일 테니까. 자기는 신나게 연애 중이면서.

"모레 볼까요?"

"대리님만 괜찮다면 저는 다 좋아요."

준열과 탕비실을 나서며 약속을 잡았다. 그 순간 끝없이 복사기를 두드려 대던 소리가 멈췄다.

승준이 회식 자리에 오지 않을 수도 있겠다던 제 예상이 빗나갔다. 그는 테이블 정중앙에 자리 잡고 앉아 있었다. 멀리서 봐도 누가 이 세계에 우두머리인지 훤히 보였다.

아무도 건드리지 못하는 포식자.

직원들은 승준에게 잘 보이려 애썼다. 하지만 그와 같은 테이블에 앉아 있는 다현은 어서 다른 자리로 옮기고 싶은 마음뿐이었다.

'어디 가요, 강 대리. 강 대리 자리는 여기인데?'

그가 자신의 앞자리를 가리키지 않았더라면, 다현은 제일 구석진 자리를 잡았을 거다.

'지정석인가요?'
'새로 들어오셨으니까.'

자신을 올려다보는 승준의 웃음은 사악하기 그지없었다.

이곳에 승준만 있었더라면 가운뎃손가락을 쳐들고 앉고 싶은 자리에 앉았겠지만, 모두의 시선이 꽂혀 그럴 수 없었다.

양쪽 입꼬리를 겨우 끌어 올리며, 그가 정해 준 자리에 앉을 수밖에.

회를 집어 먹고 있는 지금은 가까스로 지었던 가짜 미소마저 사라졌다.

"근데 본부장님, 매운 거 잘 드시나 봅니다."

승준의 곁에 찰싹 붙어 있던 이 과장이 두 눈을 빛내며 말했다.

"그거 고추냉이 엄청 들어간 건데."

승준이 영문을 알 수 없다는 표정을 짓자, 이 과장이 그의 앞에 있던 간장 종지를 가리켰다.

다시 맛을 느끼지 못하나 보다. 기껏해야 회를 씹는 식감만 느끼고 있을 뿐, 고추냉이 맛은 전혀 알지 못할 것이 분명했다.

"내가 자극적인 걸 좋아합니다."

그는 별다른 감흥 없이 회를 씹어 넘기고는 대답했다. 아차 하는 기색도 없었다.

늘 겪는 일이라 그런지 몰랐다. 승준처럼 태연하게 굴어야 하는데, 다현은 그러지 못했다. 고추냉이로 물든 간장을 계속 먹었다가는 속이 아플 게 뻔했다. 제가 도와주지 않아서 아팠다는 개소리를 할지도 모르고…….

"본부장님 이거 드시겠어요?"

다현은 고추냉이가 적당히 들어간 간장을 새로 만들어 내밀었다.

"제가 간장 한 번 올리겠습니다."

남들과 다른 비법 간장이라도 되듯이.

이 과장이 눈에 바득 힘을 주고 '뭐 하는 짓이냐'라는 눈빛을 보냈다. 아마도 제가 승준에게 아부하고 있다고 생각한 모양이었다.

그래도 어쩔 수 없었다. 눈앞에 문제가 보이는데 외면할 수 있을 리가.

"기꺼이 받죠."

승준이 빙긋이 웃으며, 간장 종지를 받아 들었다.

그를 밀착 케어 할 줄 알았더라면 회식 자리에 오지도 말라고 으름장을 놨어야 했는데. 아니면 특별수당이라도 달라고 하든가.

여러모로 손이 많이 가는 '갑'이다.

"아, 그건 그렇고 다음 주에 대만으로 출장 가신다면서요?"

"이 과장님이 기획팀 소식통이라더니. 사실인가 보네. 제가 얘기 안 한 것도 먼저 아시고."

"와하하! 본부장님한테까지 소문났습니까. 제가 또 정보 수집 능력 하나는 기가 막히거든요."

이 과장은 눈치가 없었다. 승준이 실소를 흘리는 것만 봐도 칭찬이 아니라는 걸 알아야 하는데……. 그는 뭐가 그리도 뿌듯한지 연신 웃음꽃만 피우고 있었다.

쉴 새 없이 들이켠 술의 힘인지도 몰랐다.

그래도 이 과장이 승준을 담당하고 있는 덕에 다현은 마음 껏 회에 집중할 수 있었다. 쫀득쫀득하고 싱싱한 회가 입안을 즐겁게 했다.

안타깝게도 승준은 이 맛을 온전히 느끼지 못하겠지만.

"얼마나 가세요?"

"3박 4일 정도."

"디저트 드시는 것도 기록하시는 것도 일이실 텐데……."

"누구하고 갈 건지까지는 소문이 안 났나 봐요?"

"어? 남 비서하고 가시는 거 아니셨어요?"

"괜찮은 사람이 떠올라서."

"누구요?"

이 과장이 궁금해 죽겠다는 듯 두 눈을 반짝거렸다.

"여기, 강다현 대리하고."

승준의 폭탄 발언에 야무지게 집은 광어회를 그대로 테이블에 떨어뜨리고 말았다.

"두, 분이서요?"

"네."

확인 사살.

"이야아아! 강 대리, 너무 부럽네. 안 그래도 나도 요새 대만 가고 싶었는데. 날도 좋고 맛있는 것도 먹고 얼마나 좋아."

"그럼 과장님이 가시는 건 어떠세요?"

진심 섞인 뾰족한 질문이 튀어나왔다.

생각지도 못한 소식에 짜증이 솟구칠 판인데, 이 과장이 계속 깐족거리는 게 그렇게 거슬릴 수 없었다.

그리고 이왕이면 간절히 원하는 사람이 가는 게 좋지 않을까 싶기도 했다.

"그건 곤란하겠는데."

이 과장이 대답을 하기도 전에 승준이 먼저 입을 열었다.

혹여 이 과장이 자신이 가겠다고 고집이라도 부릴까, 서둘러 그를 막아섰던 것도 같다.

"이번 출장길엔 강다현 대리 도움이 꼭 필요해서."

뭘 말하는지 알지 않냐는 듯 승준의 한쪽 입꼬리가 씩 올라갔다.

다현의 시선이 그의 입술에 꽂혔다. 저 입만 열면 어떤 말이 튀어나올지 종잡을 수가 없었다. 비밀 유지조항이 있으니, 제가 뭘 어떻게 돕는지는 자세히 말하지 않을 걸 안다.

그런데도 더럭 긴장이 되는 것은 합의 없이 내던지는 말들이었다.

어떤 상상이든 가능케 하는 두루뭉술한 표현들.

승준만 없다면 모두들 제게 달라붙어 그의 말뜻을 물어볼 게 뻔했다. 이직한 지 얼마 안 된 제가 뭘 어떻게 승준을 돕는다는 건지 궁금하겠지.

"말 안 했나. 강 대리, 중국어 잘합니다."

기꺼이 자신을 구출해 주겠다는 듯 승준이 뒷말을 덧붙였다.

"제가 도움이 될지 모르겠어요."

"충분합니다."

승준의 대답에 가까이에 앉아 있던 몇몇 직원들이 고개를 끄덕거렸다. 그와 단둘이 출장을 가지 않아 다행이라 생각하는 듯했다.

뜬금없는 출장 소식을 잊으려는 듯 다현은 거푸 술잔을 비웠다. 잠시나마 술에 취해 머릿속에 떠오른 걱정을 지우자 싶었다. 반갑지 않은 일일수록 닥쳐서 생각하는 편이 나았다.

165

곧 제게 쏟아졌던 시선들이 하나둘 사라졌다. 모두들 각자 자신의 테이블에 앉아 있는 사람들과 떠들기 바빴다.

"저희도 짠 한 번 가실까요?"

다현의 테이블에서는 이 과장이 분위기를 주도했다. 아부 잔치에 끼어 있다는 게 더욱 정확한 표현인지도 모르겠다.

승준은 적당히 분위기를 맞추면서도 술에는 손을 대지 않았다. 도리어 자신만 거나하게 취해 가는 기분이었다. 술 말고 물이나 마시라는 승준의 말에 발끈해 고집을 부린 게 화근이었다.

뒤늦게 물을 들이켰지만 소용없었다. 화장실만 가고 싶어졌을 뿐.

다현이 물 잔을 조용히 내려놓고는 자리에서 일어났다. 승준조차 이 과장에게 붙잡혀 있으니, 제가 자리에서 벗어난 것도 모를 거다. 식당을 두리번거리며 화장실을 찾던 다현이 종업원을 붙잡았다.

"혹시 화장실 어디 있어요?"

"밖에 나가셔서 뒤쪽으로 가면 있어요. 비번은 카운터 쪽에 있으니까 그거 누르시면 되고요."

"감사합니다."

핸드폰을 바짝 쥐고 카운터로 향했다. 종업원 말대로 화장실 비밀번호가 적혀 있었다.

"3754 별, 37……."

비밀번호를 까먹기라도 할까. 다현은 비밀번호를 중얼거리며 가게를 나섰다. 찬바람이 훅 불어와 다현의 뺨을 적셨다. 뼛속까지 스미는 추위에 정신이 번쩍 드는 것도 같았다.

왁자지껄한 식당과는 달리 뒤쪽 화장실은 조용했다. 가로등이 망가졌는지 화장실에서 새어 나오는 불빛 말고는 사위가 어둑했다.

바람에 스친 나뭇잎이 바스락거리는 소리마저 크게 들렸다.

황량한 공기에 나쁜 생각이 들었다. 귀신이든 사람이든 간에 아무도 안 마주치는 게 좋을 것 같았는데, 막상 쥐 죽은 듯 조용하니 불안했다. 비밀번호를 누르고 화장실에 들어가서도 다현은 두 귀를 쫑긋 세웠다.

"아악!"

그렇게 손을 씻고 화장실을 나서다가 외마디 비명을 내질렀다.

문 밖에 있던 커다란 덩치의 남자를 보고 놀란 거다. 비명이 채 끝나기도 전에 화장실 앞을 지키고 있던 사람이 승준이라는 걸 알게 됐지만.

"너, 너 뭐야? 왜 여기 있어?"

"화장실 가려고."

"그냥 들어가면 되지. 사람 놀라게……."

툴툴거리는 다현의 심장은 여전히 벌렁대고 있었다. 목소리 끝이 얼마나 떨리던지 놀란 제 마음을 그대로 드러냈다.

"비밀번호 잊어버려서."

승준이 굳게 닫힌 남자 화장실을 보며 말했다.

그때 남자 화장실의 문이 열렸다. 남자 한 명이 비틀거리며 바지춤을 끌어 올렸다. 그런데 무언가 마음에 들지 않는지 연신 구시렁거렸다.

"여기저기…… 시발, 다 거슬리게."

거침없이 욕을 날리던 남자의 몸이 다현 쪽으로 기우뚱했다. 두 사람이 부딪히려고 하자 승준이 황급히 다현의 몸을 감쌌다. 둔탁한 남자의 몸이 기어코 승준에게 부딪혔다.

"죄송합니다아아."

그의 기세에 눌린 건지 남자는 비틀거리면서도 고개를 숙여 사과했다. 그러고는 이내 저만치 멀어졌다.

남자가 사라진 뒤에도 다현은 한동안 승준의 품에서 꼼짝하지 못했다. 솔직히 말하자면 놀란 마음에 승준의 품 안에 있는 줄도 몰랐다. 그저 공기가 따뜻해졌구나 생각했을 뿐이었다.

두 사람 사이로 고요한 적막이 짙게 스며들었다.

그때 징징거리며 핸드폰이 울리는 소리가 났다. 그 소리에 정신이 번쩍 들었다. 다현이 승준의 가슴팍을 살며시 밀며 뒤로 물러났다. 힘차게 뛰기 시작한 심장이 도무지 멈추지 않았다. 하지 말아야 될 짓이라도 한 기분이었다.

술에 취하더니 모든 게 정상이 아닌 모양이다.

"나 먼저 갈게."

"어딜 가."

부랴부랴 가게로 돌아가려는데, 승준이 제 앞을 막아섰다.

"회 먹으러."

"잘됐네. 나도 회 제대로 먹고 싶었는데."

"화장실 간다며."

"딱히 생각이 없어져서."

"나한테 보고할 필요 없고요. 본부장님도 그냥 자리로 가시든⋯⋯."

그가 허리를 구부리고 얼굴을 들이대는 바람에 말을 끝맺을 수 없었다.

"아까부터 먹고 싶었거든."

승준의 말이 하나하나 또렷하게 들렸다. 제 입술을 바라보고 있는 눈길마저도 선명하다. 단순한 기분 탓이라 생각하려고 해도 열감이 얼굴 위까지 차오르는 걸 막을 수 없었다.

그저 회 맛을 느끼고 싶다고 말했을 뿐일 텐데⋯⋯.

"퇴근했는데."

"회식도 업무의 연장선상인거 몰라?"

"일 때문에 내 도움 받는 건 아니잖아? 네 사심 채우기지."

"그럼 안 돼?"

"안 돼. 회식도 포함이란 소리 없었으니까."

"포함되지 않는다는 소리도 없었고."

승준은 쉽사리 포기하지 않을 기세였다. 애초부터 이딴 말을 하려고 자신을 쫓아 화장실까지 왔을 것이다.

만약 그런 거라면 승준의 뜻대로 흘러가게 해서는 안 됐다. 지금처럼 아무 때나 계약 타령을 하면서 고집을 부리면 곤란하니까. 자신을 뜻대로 굴릴 수 없다는 걸 확실히 보여 줘야 했다.

"그렇게 먹고 싶어?"

"어."

단 한 번의 고민도 없는 대답.

"후딱 끝내 버릴까 봐."

당장에 키스를 날릴 듯 다현이 고개를 약간 기울이며 말했다. 취기에 용기라도 솟아나 호기롭게 승준의 목에 팔까지 둘렀다. 생각지도 못한 직진이었는지 승준이 구부렸던 허리를 폈다. 그 바람에 다현은 승준에게 매달린 모양새가 됐다.

뜨뜻한 숨이 입술을 달게 적셨지만, 마음이 휩쓸릴 리 없었다. 가장 힘들 때 자신을 떠난 사람이 아닌가. 게다가 결혼할 사람이 있는 남자고.

여기서 흔들리면, 그게 돌아이지.

"개수작 부리지 마, 승준아."

이를 꽉 문 다현이 승준에게 둘렀던 팔을 뗐다. 그러고는 가차 없이 승준의 다리를 걸어찼다.

어지간히 아프긴 했는지 그가 얼굴을 찌푸렸다.

"업무 시간 아니야. 그리고 권혜승…… 아니, 됐다. 나 갈게."

신음을 흘리는 승준을 지나 식당으로 걸어갔다. 제자리에 돌아갈 때까지도 다현은 자꾸만 뒤를 돌아보게 됐다. 할 말이라도 남아 있는 사람처럼.

권혜승.

딱 그 이름 석 자를 다현의 입에서 듣는 순간, 승준은 그녀를 따라가는 것도 잊어버린 채 제자리에서 발을 떼지 못했다. 어째서 다현이 혜승의 이름을 입에 올렸는지 알 수 없었다. 다만 다현의 입으로 그 애의 이름을 들으니, 기분이 썩 좋지 않았다.

아니, 거북했다.

'그리고 권혜승…… 아니, 됐다.'

뭘 말하려던 걸까. 끝까지 들었어야 했다. 어떻게든 다현을 붙잡고 캐물었어야 했는지도 몰랐다.
  그랬다고 해서 비틀린 이 관계가 정상으로 돌아오지는 않을 테지만.

'여기는 회는 맛있는데 혼자 화장실 가기 무섭다니까. 저번에 왔는데 컴컴해서…….'

승준이 다현을 따라 나온 건 그 말이 계속 걸렸기 때문이었다. 그녀가 싫어할 것을 알면서도 어쩔 도리가 없었다. 어둑한 밤에 이상한 새끼들과 마주치기라도 하면 큰일이니까.

'본부장님 어디 가세요? 제 잔 한 번 받아 주십쇼!'
'화장실 가는 것도 보고할까요?'

자신을 붙들던 이 과장을 겨우 뿌리치고 나와 화장실 앞만 배회했다.
  마침내 다현이 나타났을 때, 얼마나 마음이 놓였는지 몰랐다. 머릿속을 갉아 대던 나쁜 생각들이 삽시간에 사라졌다.
  승준은 두 손으로 얼굴을 쓸어내렸다.

'강다현 씨가 주임으로 승진하셨답니다.'

'아버님 병세는 별 차도가 없으신 것 같습니다. 어머님도 새 일 시작하셨고요.'

이전에는 제 비서에게 다현의 소식만 전해 들어도 살 수 있었다. 그쪽이 마음 편하기도 했다. 제가 다현의 곁에 간다면 아버지가 어떤 짓을 벌일지 모르니까.

멀리서 다현의 소식을 들을 수 있는 것만으로도 감사했다.

그런데 막상 다현의 곁에 가까이 있자, 그 감사함이 순식간에 무너졌다.

자신의 눈앞에 다현이 보이지 않으면 불안했다.

어디 다친 건 아닐까. 아버지가 다현을 해치는 건 아닐까. 누가 그녀를 괴롭히는 거 아닐까. 나쁜 생각이 꼬리에 꼬리를 물어 승준을 불안하고 초조하게 만들었다.

아예 일어나지 못할 일도 아니었다. 필요 없는 건 모두 없애 버리는 게 아버지가 살아온 방식이므로.

"후우……."

승준이 허공을 보며 한숨을 흘렸다. 웃기지도 않는 이유를 대면서까지 다현의 입술을 삼키려고 했던 열망을 겨우 붙들었다.

징징— 징—

그 순간 핸드폰 진동이 다시금 요란하게 울렸다. 남 비서의 전화였다.

"무슨 일이야."

– 사장님하고 통화하시는 게 좋을 것 같습니다.

"아버지가 왜?"

– 그게…… 본부장님 회식 중이시라니까 자꾸 어디냐고 물어보셔
서……. 지금 그쪽으로 가고 계실 겁니다.

승준이 고개를 돌려 식당 쪽을 봤다. 자칫하면 다현과 아
버지가 마주할 수도 있었다.

그런 일이 벌어져서는 안 됐다.

아직, 때가 아니다.

❖　❖　❖

승준이 식당으로 돌아가며, 아버지에게 전화를 걸었다. 신
호음이 유달리 길게만 느껴졌다.

어떤 경우라도 다현이 아버지와 마주치는 것만은 막아야
했다. 어떤 식으로든 다현을 제 곁에서 떼어 낼 것이 분명했
다.

만약 예전처럼 다현에게 무슨 일이 생긴다면…… 이번에는
참을 수 없었다. 제 사람이 다치고 짓밟히는 걸 지켜볼 인내
심 따위는 이제 존재하지 않았다.

– 이제야 통화가 되는구나.

아랫입술을 짓씹고 있던 승준의 귀에 아버지의 목소리가
들렸다.

– 민현이한테 들었다. 회식 중이라고.

"남아 있는 일이 있어서 먼저 돌아가려고요."

– 벌써?

"제가 적당히 빠져야 다들 편하게 먹기도 좋을 겁니다."

- 그건 그렇다만. 10분 정도면 도착한다니까, 거기 있어.

"번거롭게 안 오셔도 됩니다."

승준은 최대한 부드럽게 아버지를 막아섰다.

회식 자리에 와도 직원들에게 부담이나 줄 게 뻔했다. 사기 진작이라는 명목 아래, 대박 제품을 내야 한다며 그들을 쪼아 댈 거다. 돈을 준 것 이상으로 사람을 뽑아 먹어야 한다는 게 아버지의 경영 철학이니까.

그 빌어먹을 철학 때문에 아버지가 대표로 앉아 있는 방송 계열사가 재직자 사이트에서 2점을 기록 중이라는 것도 모르실 거다.

설령 안다 해도 '요즘 것들한테는 열정이 없다'며 혀나 내두르시겠지.

- 너 집까지 잘 들어가는 거 봐야 이 애비 마음이 편할 것 같아서 그런다. 다들 너 잡아먹을 생각밖에 없는데 조심해야지.

아버지가 이렇게까지 자신을 걱정하는 건 작년에 있던 사촌 동생의 음주운전 사고 때문이었다. 그 사건 이후, 사촌 동생은 후계자 구도에서 완전히 배제됐다. 그러니 아버지는 어떤 사건이라도 반드시 사전에 막아야겠다는 생각뿐일 거다.

"이쪽 골목이 복잡하고 차 둘 곳도 넉넉하지 않으니, 제가 큰 도로 쪽으로 나가겠습니다."

- 내 또 사기 진작을······

"나중에요. 다들 취해서 누가 다녀갔는지도 모를 겁니다."

승준이 아버지의 말허리를 부드럽게 잘라 냈다. 10분도 안 되는 시간을 맞추려면 빠듯했다.

그는 전화를 끊자마자 식당 안으로 들어섰다.

추 대리의 곁에 앉아 회를 먹고 있는 다현의 모습이 제일 먼저 보였다. 아버지의 전화만 아니었더라면 고집을 부려 다현을 집까지 바래다줬을 텐데…….

아쉽지만, 여기서 마냥 뭉그적댈 수 없었다.

자리를 비켜 주는 직원들을 지나 제자리로 갔다. 그러고는 아무 주저함도 없이 가죽 가방을 들었다.

"어, 어? 본부장님 어디 가세요?"

가장 먼저 반응을 보인 건 이 과장이었다. 꽤 큰 목소리에 모두의 시선이 자신에게 향했는데 정작 다현은 등을 진 채 저를 보지도 않았다. 제가 어서 사라지기만을 바란다는 듯이.

"일이 생겨서 먼저 가 보겠습니다."

"이대로 가시면 저희가 무슨 재미로 마십니까, 본부장님."

"회식 자리는 제가 처리할 테니 필요한 거 있으면 마음껏 먹어요. 택시비도 내 선에서 처리할 거니까 조심히 퇴근들 하시고."

제가 택시비까지 모조리 내겠노라고 선언한 건 사람들의 환호성을 원해서가 아니었다.

순전히 다현 때문이었다.

다현이 집까지 들어가는 걸 직접 확인할 수는 없겠지만, 혼자 어둑한 골목을 걷지 않아도 되지 않나.

"본부장님! 본부장님!"

구호라도 외치듯 본부장님을 불러 대는 말소리와 박수 소리를 등지고 식당을 나섰다.

혹시라도 다현이 자신을 봐 주지 않을까. 그 기대와 희망에 자꾸 뒤를 돌아봤으나 다현은 단 한 번도 자신을 보지 않앉다. 당연한 반응이라고 여러 번 스스로를 달랬다. 그래도 아쉬운 마음이 드는 건 어쩔 수 없었다.

❖ ❖ ❖

"어떻게, 회사 일은 잘돼 가고 있냐."

조용한 차 안에 아버지의 목소리가 번져 나갔다. 상석에 앉아 자신을 보는 아버지의 두 눈이 번뜩거렸다. 언제 성과를 낼지 기대된다는 눈빛이다.

아버지가 그리는 미래에서는 제가 실패하는 모습은 없었다.

매일을 아버지가 그리는 아들이 되기 위해 살았다. 살아남기 위해서는 그래야만 했다. 기대에 미치지 못하면 어김없이 손찌검과 욕설이 날아들었으니까. 아버지가 원하는 아들이 아닌 이상, 인간 대접도 받을 수 없었다.

어쩌면 그 압박감에 미각이 완전히 사라져 버렸는지 몰랐다.

"열심히 하고 있습니다."

"열심히 말고 잘해야지. 알지? 열심히만 하는 새끼는 알아주는 곳 없는 거."

"그럼요."

"네가 자신 있게 영업이익 끌어 올린다고 했으니 네 능력 보여 봐. 멍청한 것들이 찍소리도 못 하게. 그래야 네 할머니한테도 다시 한번 눈도장 찍지."

아들을 발판 삼아 한주그룹을 전부 먹어 버리고 말겠다는

176

아버지의 야망이 또렷이 느껴졌다.

정작 한주그룹 꼭대기에 서면 제가 아버지를 무참히 바닥으로 밀어 버릴 거라는 것도 모른 채.

"혜승이도 돕겠다고 했으니까……."

"제가 알아서 진행하겠습니다."

"녀석, 부끄러워하긴. 조만간 네 처가 될 사람인데 도움 좀 받으면 어때. 서로 다 돕고 사는 거지."

"아버지가 권혜승 본부장 좋아하시는 건 아는데, 저 그 애랑 결혼할 생각 없습니다."

"어째서?"

"걔한테 아무 마음도 없으니까요."

일말의 고민도 필요 없는 질문이었다.

좋아하지 않는데 어떻게 결혼할 수 있을까. 매일같이 무미건조한 얼굴을 마주하고 살라고? 아버지가 어머니한테 그랬던 것처럼?

매일같이 따뜻한 밥상을 차려 놓고 어머니가 기다리던 것을 아버지는 기억조차 하지 못할 거다.

그렇게 하라고 지시한 사람이 아버지, 자신이었다는 것도.

"곧 한주그룹 먹을 자식이 사랑 타령은. 너한테 도움 되는 여자면, 그거면 돼. 살다 보면 없던 마음도 생길 테고. 정 그래도 마음 안 생기면 애인을 둬. 내 그것까지는 말리지 않으마."

아버지가 선심이라도 쓰듯 말했다.

"아버지처럼요?"

승준이 부러 아버지의 심기를 건드렸다.

만약 제가 잠자코 앉아만 있었다면 당장 결혼을 추진해야 겠다고 팔까지 걷어붙이셨을 것이다. 혜승은 늘 그랬듯 아버지를 부추길 테고. 그럴 만도 했다. 그녀도 자신이 가진 것을 놓치지 않기 위해서는 이 결혼이 필요하다고 생각하고 있을 테니까.

하지만 승준은 그녀의 욕심을 받아 줄 마음이 없었다. 돈만 얽혀 있는 결혼을 바라지도 않았다.

승준이 원하는 건 한주그룹의 꼭대기에 올라가 다현을 지키는 것뿐이었다.

'다현이 아버지 사고⋯⋯. 아버지가, 그러셨어요?'

'걔가 그래? 내가 그랬다고?'

'이 비서님이 사고 현장에⋯⋯.'

'만약 내가 그랬다면 그 계집하고 헤어질 거냐.'

'아버지! 아버지⋯⋯ 지금 뭘 하신 건지 아시긴 해요? 사람 하나가 죽었다고요. 다현이 아버지가 깨어나지 못하고 계신다고요! 이렇게 남의 인생을 망치고도 괜찮을 것 같으세요?'

'네가 뭘 할 수 있어서?'

자신의 세상이 뒤틀리던 그날, 아버지가 제게 했던 말을 어떻게 잊을 수 있을까.

'복수라도 하고 싶거든 그럴 만한 힘이라도 키워. 여기서 발광해 봐야 그 애만 다칠 거다, 승준아.'

온화하기 그지없는 말투에는 서늘함이 묻어 있었다. 살기 넘치는 그 목소리에 아버지가 원하는 대로 할 수밖에 없었다.

다현을 지키려면 그래야만 했다.

저를 보는 아버지의 얼굴에 불쾌한 감정이 떠올랐다. 순종해야 할 아들이 자신의 말을 반박했다는 것에 화가 솟구친 듯했다.

이 비서가 룸미러로 뒷자리를 힐끗거렸다. 아버지가 폭발할까 불안한 눈빛이 선명했다.

아버지는 폭력적인 인간이었지만 남들 앞에서는 가면을 뒤집어썼다.

그러니 여태껏 행사장에 가면 아버지를 '애처가'라고 부르는 거겠지. 어머니가 누구 때문에 스스로 목숨을 끊어 버린지 다들 알지도 못하면서.

재혼만 하지 않았을 뿐이지, 아버지는 즐길 만큼 즐기며 사시는 분 아닌가.

"이번에는 너무 어린 여자분을 만나시는 것 같아 걱정돼서."

순간, 아버지의 얼굴빛이 붉으락푸르락했다.

"아비한테 못 하는 소리가 없구나."

"할머니께서 아시면 큰일이잖습니까. 제가 어떤 리스크든 다 알고 있어야 대처할 수 있기도 하고요."

승준은 아버지의 말을 가볍게 받아쳤다.

"저는 여기서 내리겠습니다. 걸어가면서 술 좀 깨고 싶어서."

승준의 말에 골목 입구에 차가 멈춰 섰다. 승준은 미련 없이 차에서 내렸다. 아버지와 더 이상 나눌 대화도 없었다. 더 같이 있어 봐야 아버지의 심기를 건드릴 말이나 하게 될 터다.

뒷좌석의 차창이 내려갔다. 벙찐 얼굴로 앉아 있는 아버지가 저를 쳐다보고 있었다.

"회사 걱정은 안 하셔도 됩니다. 이번 건에 저도 사활을 걸었으니까."

제가 단호히 혜승과의 결혼을 거절했으니, 당분간은 결혼 얘기가 나오지 않을 거다. 같은 말을 되풀이해 봐야 넘어갈 제가 아니라는 걸 아버지는 잘 알고 있을 테니까.

"그러마."

"조심히 들어가세요."

승준이 단정히 고개를 숙이며 인사를 했다. 드디어 차창이 닫히며 아버지의 차가 출발했다.

차는 하얀 연기를 뿜어내면서 저멀리 멀어져 갔다. 차가 완전히 사라진 것을 확인한 후에야 승준은 집으로 발길을 돌렸다.

긴장이 풀리고 나자 다현이 보고 싶어졌다. 집에 잘 들어가는 중인지도 걱정됐고.

[집에 가는 중이야?]

한껏 고민하다가 날린 문자 메시지에 아무 대답도 돌아오지 않았다.

[집 가면 연락해.]

[할 말 있으니까.]

다현이 제 메시지를 그냥 무시해 버릴까, 따로 할 말이 없으면서도 궁색하게 메시지를 더 보냈다. 그녀가 잔뜩 술에 취한 바람에 다른 사람이 미리보기에 뜬 자신의 메시지를 대신 봐 버렸다는 걸 알지 못한 채.

제7장
질투

굵직한 빗방울이 학원 강의실 창을 때렸다. 소규모 스터디 그룹에서 수능 문제 풀이를 해 주고 있는 다현의 목소리가 빨라졌다. 건물 입구에서 기다리고 있다는 승준의 문자 메시지가 날아왔기 때문이다.

"A는 avoid, B는 creative. 그러니까 정답은 4번."

시험지에 빼곡하게 필기를 하고 있는 준열에게서는 열의가 피어올랐다. 기필코 수능을 정복하고 말겠다는 열정이었다.

"더 질문할 거 없으면 여기까지 할까?"

"하나만 더 물어봐도 돼요, 선생님?"

"어? 어어."

다현은 웃으면서 대답했지만, 질문이 귀에 제대로 들어오지 않았다. 자신을 기다리고 있을 승준이 걱정됐다.

이렇게 길어질 줄 알았으면 그냥 집에 가라고 했을 텐

데…….

기껏 기다린 애한테 이만 돌아가라고 하기도 뭣했다. 알바비도 탔으니까 맛있는 거라도 사 먹여야지 싶었다.

"1번이 답이구."

"35번도 풀이해 주실 수 있어요?"

세차게 고개를 끄덕이던 준열이 또다시 질문을 던졌다.

"그거 말고 또 있을까?"

제발, 없다고 해라.

"아니요. 35번이 제일 궁금해서요, 선생님."

꼬박꼬박 '선생님'이란 호칭을 붙이는 준열의 단정한 부탁을 거절할 수 없었다. 그렇게 35번 문제 풀이까지 끝난 후에야 스터디가 끝났다.

연달아 들이친 질문에서 탈출한 아이들이 기지개를 켜며 몸을 풀었다. 다현은 아이들보다 더 빨리 학원을 나섰다. 혹시라도 추가 질문에 붙잡히기라도 할까 걱정됐기 때문이다.

"선생님."

그렇게 백팩을 메고 계단을 내려가는데 누군가 저를 불렀다. 고개를 돌리자 거기에는 준열이 서 있었다.

또 물어볼 게 있어?

"내가 약속이 있어서 혹시 급한 거 아니면 나중에 문자로 보내 줄래? 내가 늦게라도 답장해 줄게."

"그게 아니……."

"다음 주에 보자!"

다현이 냅다 손인사를 하고는 계단을 내려갔다. 그러고는 학원 건물 앞에 서서는 바삐 좌우로 고개를 돌렸다. 승준을 찾는 눈길이 몹시도 바빴다.

"얘는 어디 있다는 거야?"

여전히 고개를 내민 채로 승준에게 전화를 걸었다. 빗소리와 신호음이 뒤섞여 다현을 초조하게 했다. 승준이 돌아갔을 수도 있다는 생각에 괜히 시무룩해졌다. 나름 빨리 내려왔는데…… 말도 없이 가 버리기 있어? 의리도 없이.

툴툴거리는 마음이 고개를 내민 순간, 길게 이어지던 신호음이 끊겼다.

– 나 찾아?

그리고 가까이서 들리는 목소리.

"뭐야? 어디 있었어?"

제 앞에 나타난 승준이 얼마나 반갑던지 핸드폰을 계속 들고 있다는 것도 잊었다.

– 나 계속 여기 있었는데.

"내려올 때 못 봤는데."

– 앞만 보고 가더라고.

"나는 너 안 보여서 간 줄 알았단 말이야."

– 근데 우리 계속 전화하는 거야?

"아……."

그제야 여전히 우리가 통화 중이라는 걸 깨달았다. 다현이 어색하게 웃으며 전화를 껐다.

"미안. 많이 기다렸지?"

"많이는 아니어도 기다리기는 했지."

"대신 내가 따뜻한 커피라도 살게."

"그거 말고."

자신을 물끄러미 쳐다보던 승준의 입가에 잠잠히 미소가 번졌다. 가만히 있어도 잘생긴 녀석이 웃으니, 더욱 빛이 났다.

축축한 공기에 번지는 빛이 모조리 승준에게 물들고 있는 것만 같다.

저를 보던 승준이 입고 있던 외투를 활짝 열어 보였다. 찬 바람이라도 들어가면 어쩌려고. 추울 텐데.

"이리 와."

시끌거리던 머릿속이 그 한 마디에 조용해졌다.

"어엉?"

"나 안아 주면 용서해 줄게. 늦은 거."

벌이라고 하기에는 꼭 상 같다.

"안 올 거야?"

벙찐 얼굴로 선 자신을 보며 승준이 재차 물었다.

"어쩔 수 없네. 목마른 사람이 가야지."

승준이 단박에 가까이 다가와 저를 폭 안았다. 그의 품에 안기자 놀랍게도 추위가 조금도 느껴지지 않았다. 학생들이 내려오다가 저를 보고 놀리는 것은 아닐까, 걱정됐던 마음도 사라졌다.

승준에게서 풍기는 훈기에 홀딱 빠져 버렸다. 살그머니 번져 나는 청량한 향기까지 좋다.

그래, 우리는 좋았다.

종일 붙어 있어도 집에 돌아갈 때면 아쉬웠고, 뭘 하고 뭘 먹었는지 매일 궁금했고, 서로가 없는 시간을 생각한 적도 없었다.

제게는 첫사랑이었다. 그것도 아주 반짝반짝 빛나던 사람.

"너 이래도 돼?"

다현이 고개를 빼꼼 들고는 물었다.

"뭘."

"다른 사람 만나잖아, 너."

"누굴?"

"권혜승."

"걔하고 나는……."

아무 사이도 아니라고 말해 주기를 바라던 그때, 핸드폰 알람이 울렸다.

대답을 못 들었는데…… 사람이 말하는데 끝까지는 들어야……!

귀를 쫑긋 세웠지만 들리는 거라고는 알람 소리뿐이었다. 마지막 발악이라도 하듯 눈을 꽉 감고 있던 다현이 결국 백기를 들었다.

"아……."

번쩍 눈을 뜬 다현이 천장을 멍하니 쳐다봤다. 승준이 꿈에 나온 걸 보니, 재수 없는 하루가 될 게 빤했다. 온몸이 뻐근한 것부터가 불길했다.

다현은 윗몸을 일으키고 앉아 맥없이 어깨를 주물거렸다. 엉덩방아를 찧은 것처럼 둔부까지 아팠다.

기분 탓이겠지.

'이 과장님 제가 펀치, 이거이거! 이기면 바로 회식 종료하는

거예요. 끝!'

 그 순간, 끊겼던 필름이 이어지며 어젯밤 일들이 떠올랐다.

 '아윽, 아…….'
 '강 대리, 괜찮아? 찬희 씨, 나 좀 도와줄래?'
 '대리님, 저 궁뎅이 아파요.'

 거기까지 떠올린 다현은 베개에 깊이 고개를 파묻었다.
 다음 주에 출근을 할 수 있기는 할까. 사람들 얼굴을 어떻게 봐? 부디 주말 동안 저희 팀원들에게 잊지 못할 일들이 많이 일어나길 바랐다. 그래야 펀치든 궁둥이든 깔끔히 잊힐 테니까.

❖　❖　❖

 승준이 꿈에 나왔는데도 이상하게 재수 없는 일이 일어나지 않았다. 횡단보도를 건너려고 하면 신호가 딱 바뀌었고, 평소에는 잘 오지도 않던 버스가 빨리 도착하기까지 했다.
 너무 재수가 좋으니 더욱 불안했다. 운수 좋은 날이라는 소설만 봐도 이게 얼마나 불안한 일인지 분명히 알 수 있었다.
 다현은 준열과 약속한 시간보다 무려 30분이나 일찍 도착했다. 그 덕에 근처 카페에 앉아 해장 커피를 마시는 여유까지 부릴 수 있었다.

정신이 번쩍 들게 하는 시원한 커피를 마시며 지나가는 사람들을 바라봤다. 그 속에서 나타날 준열을 찾다가 핸드폰을 봤다.

[집 가면 연락해.]

승준이 남긴 문자 메시지를 빤히 들여다봤다.

[할 말 있으니까.]

다현은 그의 마지막 메시지에도 답장을 하지 않았다.

솔직히 말하자면 승준에게서 문자 메시지가 왔는지도 몰랐다. 분명 읽었다고 나와 있는데 언제 읽었는지 기억이 나지 않았다.

'어? 어! 핸드폰.'

누군가 바닥에 떨어진 핸드폰을 주워 줬던 것 같은데…….
그게 여자인지, 남자인지조차 생각나지 않았다.

이미 메시지를 읽고 씹어 버린 상황이 됐는데 이제 와 구구절절 연락을 못 한 이유를 설명하는 것도 웃겼다. 게다가 승준에게서 전화가 오지도 않았지 않나. 알아서 집에 잘 들어갔구나 생각했을 거다.

[어제는…….]

다현은 거기까지 글자를 썼다가 지웠다. 그리고 얼마 가지 않아 준열에게서 전화가 왔다.

- 어디쯤이세요?

"카페 안이요. 준열 씨 보이니까 거기로 갈게요."

핸드백을 챙기고 일어서자마자 창밖에 서 있던 준열과 눈이 마주쳤다. 제가 퍽 반가웠는지 준열이 힘차게 손을 흔들며 저를 반겼다.

어젯밤에 꾼 꿈 때문인지 교복을 입고 있던 준열의 모습이 겹쳐 보이는 듯했다.

- 제가 갈까요?

"아뇨. 지금 나가요!"

다현은 핸드백 끈을 어깨에 끌어 올리고는 카페를 나섰다. 따뜻하게 몸을 적시던 온기가 겨울바람에 금세 사라졌다.

"많이 기다리셨어요?"

"얼마 안 됐어요. 어제 회식 때문에 조금 달려서 정신 차리려고 한 잔 마셨어요."

"그럼 전시회부터 가야겠다."

"왜요? 원래 딴 데 먼저 가려고 했어요?"

"근처에 테린느 맛있는 곳 있다고 해서 거기 먼저 가려고 했거든요. 전시회 갔다 가도 되니까 우선 차로 갈까요? 저쪽에 차 대고 왔거든요."

카페에 가려고 근처 주차장에 차를 대고 왔던 모양이다.

테린느는 꾸덕하고 쫀쫀한 디저트라 커피와 잘 어울렸다. 이럴 줄 알았으면 커피를 조금만 늦게 마실 걸. 후회해 봐야 어쩔 수 없었다. 차라리 준열의 말대로 전시회를 보고 나서 커피를 마시는 게 나을 거다.

준열을 따라 조금 걷자 주차장이 나타났다. 차까지 얻어 타자니 묘하게 데이트하는 기분이 들었다.

"히터 틀어서 금방 따뜻해질 거예요."

"밖보다는 훨씬 따뜻한데요."

"혹시 추우면 말하세요. 제가 열선시트도 더 따뜻하게 올려 놓을게요."

"지금 딱 좋아요."

간만에 전시회를 볼 생각을 하니, 마음이 들떴다.

"갤러리도 다행히 근처라서."

곱게 눈을 접으며 웃는 준열에게 화답하듯 다현도 미소를 지어 보였다.

곧 감각적인 건물에 '장하리 개인전'이라는 현수막이 붙은 게 보였다. 에메랄드 빛깔의 현수막 색이 몹시도 눈에 띄었다.

다현은 준열에게 티켓을 받고, 그의 지인을 찾아봤는데 꽤 유명한 사람 같았다. 세계에서 주목하는 신진 작가라고 했다. 그 수식어 때문인지 전시회 건물을 보고 있는 것만으로도 감탄이 터져 나왔다.

전시회장에 들어서자마자 작가가 직접 나와 준열을 맞이했다. 다현은 작가와 인사를 나눈 것만으로도 마냥 신기했다.

"저 잠깐 준열이하고 얘기 좀 해도 될까요?"

"그럼요. 저는 먼저 구경하고 있을게요."

준열이 잠시 친구와 사라진 사이, 벽에 걸린 그림을 둘러봤다.

'엄청 비싸겠지.'

그 생각을 하며 반대편에 있는 그림을 보기 위해 뒤를 돌았는데, 하필이면 반갑지 않은 얼굴과 마주치고 말았다.

"……!"

놀란 건 비단 다현뿐만이 아니었다. 저를 본 혜승도 귀신이라도 본 것처럼 흠칫 놀랐다. 자신들 중 어느 누구도 먼저 말을 꺼내지 못했다. 서로가 반갑지 않았으니까.

가능하면 만나지 않는 게 가장 좋을 사이이기도 하고.

"강, 다현 씨 맞지?"

혜승은 어지간히 당황스러웠나 보다. 이상한 반존대만 봐도 그랬다.

혜승과 마주하자마자, 우악스럽게 제 뺨을 쳐올리던 때가 떠올랐다. 그녀야 기억도 못 하겠지만.

"여기서 볼 줄 몰랐네요."

다현은 벌렁거리는 마음을 붙잡으며, 애써 태연한 어조로 말했다.

"그러게. 여긴 어쩐 일이에요?"

"전시회 보러요."

"이런 데 취미 있으신 줄 몰랐네."

"그쪽도요."

"승준이한테 못 들으셨나 보네. 저는 예전부터 예술작품에 관심이 많아서 자주 다녔는데. 승준이하고 미국에 있을 때도 그랬고요."

혜승의 입에서 승준의 이름이 자연스럽게 나왔다. 그 두 글자만으로도 제 마음이 금방이라도 터져 버릴 듯 세차게 뛰었다. 제가 승준이하고 일하고 있다는 것을 알까? 그래서 부러 이름을 꺼냈나.

아니다.

그녀의 표정을 봐서는 아무것도 모르고 있는 것 같았다.

"저는 이만 바빠서 먼저 가 볼게요. 그림도 사야 되고 저녁에 승준이하고 같이 밥도 먹기로 해서."

혜승이 엄청난 자랑이라도 하듯 거들먹거렸다.

"승준이한테 안부 전해 줄게요."

세상 한번 좁다고 중얼거리며 그녀가 저만치 멀어져 갔다.

혜승의 뒷모습을 뚫어져라 쳐다보며, 그에게 계약을 깨자고 먼저 말해야 하는 건 아닌지 고민이 됐다. 아무 감정도 없는 행위라고 해도 결국 입을 맞춘다는 것에는 변함이 없으니까.

도둑이 제 발 저렸던 것도 같다. 지난 회사에서도 비슷한 일로 퇴사를 했는데 이번에도 오점을 남길 수는 없었다.

승준이라면 제가 없어도 어떻게든 무미각증을 잘 해결할 수 있지 않을까. 제가 없는 시간 동안에도 잘 지내 왔지 않나. 그렇지만 혼자 해결하기에 한계에 다다른 거라면? 그래도 외면하는 게 좋을까.

"죄송해요. 자꾸 기다리게만 하네요."

준열의 목소리에 다현이 흠칫 놀랐다.

"그림 보느라 심심한 줄도 몰랐어요."

"그림 괜찮아요?"

"네. 제가 예술에 문외한이긴 한데 그래도 좋은 건 알겠어요."

"다행이다. 선생님이 흥미도 없는데 저 때문에 억지로 와서 재미없어할까 봐 걱정했거든요."

"재미는 걱정 안 하셔도 되는데, 그 호칭만 조금……."

"선생님?"

다현이 세차게 고개를 끄덕였다. 선생님이라는 말은 언제 들어도 적응이 되지 않았다. 따지고 보면 준열과 나이 차이가 얼마 나지 않기도 했고.

더욱이 혹시라도 준열이 회사에서 저를 선생님이라고 부르기라도 하면 곤란했다. 그와 어떻게 아는 사이인지 구구절절 설명하는 것만으로도 귀찮을 거다.

"이제 동료인데 대리님, 주임님 하면서 지내는 게 낫지 않을까 해서요. 대학 다닐 때 잠깐 알바만 한 거니까 제가 진짜 선생님도 아니고요."

"어…… 기억했다."

"뭘요?"

"우리 어디서 만났는지."

제 대답이 어찌나 반가웠는지 준열의 목소리가 약간 커졌다. 자그마한 것에도 행복을 잘 느끼는 타입인가 보다.

"그것도 기억하세요?"

"어떤 거요?"

"지금 회사에서 꼭 일하고 싶다고 하셨던 거."

"내가 그런 말도 했어요?"

"편의점 갈 때마다?"

"자꾸 말하면 갈 수 있겠다고 생각했나 봐요."

"근데 그 방법 좋은 것 같아요. 저도, 대리님도 원하는 거 이뤘으니까."

준열도 한주리테일에 들어오고 싶었나 보다. 그러니까 바라던 걸 이뤘다고 하는 거겠지.

준열의 꿈이 얼마나 간절했는지는 알 수 없었다. 안타깝게도 거기까지는 생각나지 않았다. 학원에서 알바했던 기억을 떠올릴 때마다 떠오르는 것은 승준뿐이었다.

그 시절에 제게는 승준밖에 없었던 것 같다.

그러니까 그와 관련된 기억만 자꾸 떠오르는 걸 거다. 그건 제아무리 부정하고 싶어도 부정할 수 없는 진실이었다.

그리고 언제나 그랬듯 다현은 다정한 승준의 모습을 머릿속에서 떨쳐 내려 애썼다.

"저희 계속 봐요. 안에 그림도 궁금해서."

준열이 대답을 하기도 전에 다현이 먼저 걸음을 움직였다. 그는 제게 보폭을 맞추며 곁을 따랐다.

단조로우면서도 본연의 색을 살린 그림은 분명 매력적이었다. 사람들의 시선을 잡아끌기에도 충분했다. 그러나 제 머릿속에는 혜승의 목소리만 끝없이 울려 퍼졌다.

'저녁에 승준이하고 같이 밥도 먹기로 해서.'

밥맛도 알지 못하면서.

'승준이한테 안부 전해 줄게요.'

제가 혜승과 만났다는 이야기를 들으면 너는 어떤 표정일까. 놀랄까? 무덤덤? 설마 강다현이 누구냐고 묻는 건 아니겠지. 그럴 수도 있을 것 같았다.

누군가 손톱으로 칠판을 긁는 것처럼, 스티로폼에 단단히 붙어 있는 테이프를 떼는 것처럼 저를 봤다는 소식이 승준의 신경을 박박 긁어 댔으면 좋겠다. 밥을 먹는 동안에도 제가 거슬려 견딜 수 없도록.

지금 제가 그러듯 승준도 마음이 불편하기를 바랐다.

그림을 바라보면서도 어찌나 승준 생각을 골똘히 했던지, 멀찍이 서 있던 혜승이 자신을 보고 있다는 것도 눈치채지 못했다.

네모난 말차 테린느와 커피를 즐기는 다현과 준열 사이에는 화기애애한 공기가 피어올랐다. 오랜 친구를 만난 것처럼 준열과의 대화는 편안했다.

더욱이 그와 한 동네에 살고 있다는 걸 알게 되면서 대화 주제가 순식간에 넓어졌다. 능숙하게 대화를 주도하는 준열의 능력도 한몫했다.

다현은 회사에서 아는 사람이 더 생겼다는 게 좋았다. 힘들 때 한풀이라도 같이 할 사람이 생겨났다는 뜻이니까. 든든한 아군이라도 얻은 기분이었다.

그래선지 입안에서 달달하게 녹는 디저트부터 훈훈한 카페의 공기까지 모든 게 마음에 들었다.

"저는 회사 끝나면 공계 호수공원 자주 뛰어요. 연구하면서 많이 먹다 보니까 몸이 무거워지더라고요."

"아, 나도 요새 몸 무겁던데."

"시간 되면 저하고 같이 운동해요. 안 그래도 혼자 달리기 심심했거든요. 대리님한테 매일매일 나가자고 조르는 거 아넌지 모르겠네."

"저는 좋아요!"

동네 주민끼리 공원 한 바퀴를 뛰자는 계획을 단박에 잡았다. 덮어 놓고 디저트를 흡입하다 보면 정말로 큰일이 날지 몰랐다. 안 그래도 사무실에 자주 앉아 있는데 살까지 찌면 금방 몸이 무거워질 것이다.

나중에 영업팀으로 자리를 옮길 텐데, 여기저기 매장 관리를 하러 다닐 체력은 만들어야 하지 않나 싶었다. 올해만 지나면 상품기획팀과도 영원히 안녕일 테니까.

"슬슬 일어날까요?"

커피가 바닥나고 얼마나 지났을까. 손목시계를 힐끗 보던 다현이 먼저 말을 꺼냈다.

어제 숙취도 다 풀리지 않은 마당에 전시회에, 카페까지 돌아다녔다고 체력이 모두 바닥난 듯했다. 집으로 돌아가 거실에 널브러지고 싶은 마음뿐이었다. 그것은 준열과의 시간이 즐겁다는 것과는 별개의 마음이었다.

"그럴까요? 어차피 다음 회동도 금방 있을 테니까."

준열이 빙긋 웃으며 쟁반을 들었다.

서로 치우겠다고 투닥거리다가 결국 사이좋게 정리를 끝냈다. 서비스 테이블 한쪽에 빈 그릇과 잔을 두고는 카페를 나섰다.

밤이 깊어지면서 바람이 더욱 차가워졌다. 차에 타려고 몇 걸음 걸어가지 않았는데도 뼛속에 한기가 스미는 것 같았다.

혹여 제가 감기에 걸릴까, 준열이 급하게 히터를 틀어 주었다. 차 안의 공기가 따뜻해지는 만큼 열선에도 열이 돌았다. 엉덩이가 따뜻해지자 얼어붙었던 몸이 금세 녹아내렸다.

"대리님, 내일 쉬세요?"

"아침에는 쉬다가 오후에는 친구네 가게도 가고, 병원에도 가 보려고요."

"병원은 왜요?"

"아버지가…… 음, 조금 아프시거든요. 근데 왜요?"

자세한 이야기는 하고 싶지 않아 자연스럽게 화제를 돌렸다.

"베이킹 잡지 가지고 있는데 혹시 필요하실까 해서요."

"저 줘도 돼요?"

"잡지 보다 보면 기획하는 데 도움 되시지 않을까 해서요. 저는 다 본 거라 부담 가지실 필요 없어요."

그는 아낌없이 주는 나무가 틀림없었다. 그러지 않고서야 제가 도움을 준 것도 없는데 이렇게나 자신의 것을 전부 퍼 줄 수는 없었다.

"집 주소 알려 주시면 제가 가지러 갈게요."

"무거울 텐데."

"알바하면서 단련돼서 괜찮아요."

"제가 안 괜찮을 것 같아요. 잡지 챙겨서 대리님 집으로 갈게요. 일어나면 그때 문자 주세요. 일찍 쳐들어가면 곤란하니까."

장난스러운 뒷말을 던진 준열의 입꼬리가 호선을 그리며 휘어졌다. 집으로 돌아가는 내내, 그들은 조만간 대박 제품을 같이 만들어 보자면서 서로 파이팅까지 외쳤다.

도로를 달리던 준열의 차가 골목 안으로 들어섰다. 내비게

이션이 부지런히 저희 집을 안내하는 중이었다.

차가 속도를 줄이기 무섭게 조용하던 제 핸드폰이 울렸다.

[차승준 본부장님]

다현은 징징거리면서 시끄럽게 울어 대는 진동이 어서 빨리 멎기를 바랐다. 좋았던 하루를 승준 때문에 망치고 싶지는 않았다. 기껏해야 혜승에게 우리의 계약에 대해 어디까지 얘기했는지 물어보려는 걸 거다.

단번에 원하는 대답을 해 주지 않겠다는 듯 다현은 핸드폰을 가방 깊숙이 쑤셔 넣었다.

그러나 차 안에 도는 음악이 들리지 않을 만큼 다현의 귀에는 진동 소리만 하염없이 들렸다. 어서 자신의 전화를 받으라고 승준이 으르렁거리기라도 하는 느낌이다.

"저기 맞죠?"

"아, 네?"

"대리님 집이요."

"아, 네네. 맞아요."

멍청하게 어디다 정신을 파는 거야?

"바래다줘서 고마워요."

다현이 꾸벅 인사를 마치고는 차에서 내렸다. 다음 주에 보자는 말과 함께 서둘러 집 쪽으로 돌아섰다. 그의 차는 제가 공동현관 앞에 서 있을 때까지도 제자리에 서 있었다.

얼른 집으로 돌아가 핸드폰을 몸에서 멀리 떨어뜨려 놔야겠다고 생각했다. 더는 신경 쓰이지 않도록.

"데이트 즐거웠나 봐, 다현아?"

공동현관 안으로 들어서자마자, 승준이 나타났다.

자신을 가만히 바라보는 승준의 표정이 차가웠다. 그의 목소리나 표정은 평소와 크게 다르지 않았지만, 어딘가 모르게 잔뜩 화가 나 있는 느낌이다. 혜승이 뭐라고 하기는 했나 보다. 그래도 어디 종로에서 뺨 맞고 한강에서 눈을 흘겨?

내가 뭘 잘못했다고.

"우리 집은 어떻게 알았어?"

"부속계약서에 남겨진 거 보고."

"그러라고 쓴 주소 아닌데."

"그러게 전화 받지 그랬어? 연락이 안 되니 쳐들어올 수밖에."

"주말이거든. 내가 네 대기조도 아니고. 그러니까 그만 가 줄래? 너 보니까 더 피곤하다."

다현이 그의 빈틈을 비집고 들어가 집으로 튀려고 했다. 하지만 승준은 저를 놓아줄 마음이 없는 것처럼 커다란 덩치로 제 앞을 막아 버렸다. 그 바람에 집으로 올라가기 어려워졌다.

"안 비켜?"

"커피라도 한 잔 주면 생각해 볼게."

"누가 보면 너, 나한테 커피라도 맡긴 줄 알겠다?"

"차라리 커피 한 잔 주는 게 낫지 않겠어? 밖에 있는 새끼가 계속 서서 여기 보고 있는 것 같은데, 나하고 있는 거 들키기 싫잖아."

청개구리처럼 상관없다고 말하고 싶었다. 하나 아쉽게도 다현은 그럴 수 없었다.

제가 승준과 아는 사이라는 것을 아무도 모르는 게 좋았다. 비밀은 아는 사람이 늘어날수록 위험해지는 법이니까.

"남 주임 가면 너도 꺼지는 거야, 오케이?"

그는 대답을 하지도 않고 위로 들어갔다. 혹시라도 공동현
관에 계속 센서등이 켜져 있는 걸 보고 준열이 이쪽으로 오기
라도 할까. 다현은 연신 뒤를 힐끗거리며, 승준의 뒤를 따랐
다.

그가 계단을 올라설 때마다 센서등이 켜지며 주변이 밝아
졌다.

승준을 따르는 느낌이 묘했다. 꼭 주인과 손님이 바뀐 것
만 같았다.

승준은 원룸 건물에는 발도 들여 본 적도 없을 거다. 그의
말대로 우리는 다른 세상에 사는 사람들이다. 황새를 따라가
다가 가랑이 찢어지기 전에 거리를 둬야 한다는 소리다. 어
차피 승준의 세상에 들어가고 싶은 마음도 없었다.

"근데 왜 왔어?"

묵묵히 계단을 올라서던 다현이 물었다.

"유명하다길래."

승준이 뒤를 돌아서며 자그마한 박스가 든 비닐 쇼핑백을
들어 보였다. 디저트라도 산 모양이다.

자기 여자 친구하고 저녁을 먹는다더니 디저트는 언제 샀
대? 혹시 둘이 카페라도 갔다가 혜승이 맛있어하는 모습을
보고 산 건가. 나중에 맛이 어땠는지 걔한테 맞장구라도 쳐
줘야 하니까?

그런 사적인 이유 때문이라면 승준을 돕고 싶지 않았다.
사생활은 그가 알아서 해결해야 할 일이다.

"디저트 기획하는 데 도움될 것 같아서."

제가 거절을 날리려는데 승준이 먼저 선수를 쳤다. 업무라고 어찌나 강조하던지 사생활 타령은 꺼내지도 못했다.

승준은 다시금 계단을 올라섰다. 지친 기색도 없다. 도리어 그는 제 집 앞에 멈춰 서서는 당장 문을 열어 달라는 눈빛을 날렸다.

"그거 주고 가."

"커피 준다며."

"나 그런 약속 안 했는데. 이 정도면 남 주임도 갔을 테니까……."

"그 자식하고는 언제부터 주말까지 같이 보낼 정도로 친했어?"

"내가 왜 그것까지 너한테 보고해야 되는데?"

다현은 눈에 바득 힘을 주고는 반문했다. 결혼할 상대도 있으면서 제가 누구를 만나 뭘 하든 무슨 상관인지 모르겠다. 제가 자신을 잊고 딴 사람과 즐겁게 잘 지내는 게 배알 꼴리는 건가.

"당연히 보고해야지."

그가 허리를 구부리고는 제게 눈을 맞췄다. 제 입술을 뚫어져라 바라보는 시선이 또렷이 느껴졌다.

금방이라도 닿을 듯 말 듯 한 거리감에 숨이 멎은 듯했다. 제 입술에 살포시 스미는 승준의 축축한 숨이 꽤나 자극적이었다.

하아…… 아.

차분했던 제 숨소리가 뜨겁게 달궈졌다. 눅진히 달라붙는 승준의 숨이 문제였다. 여유 넘치는 그의 눈빛도.

사위가 유난히 고요한 탓일까. 입술 안에 숨어 있던 예민한 감각이 하나씩 살아나는 느낌이 들기까지 했다.

"난 내 목숨 구멍을 다른 새끼하고 공유할 마음 없거든."

삐뚜름한 말이 승준의 입술 사이로 흘렀다.

나직한 저음이 제게 번져 든 순간, 타이밍 나쁘게도 센서등이 꺼졌다. 갑작스럽게 물든 어둠에 모든 감각이 한꺼번에 살아났다. 승준에게서 터져 나오는 열감과 숨소리가 선명히 느껴졌다.

다디단 그의 체취를 빨아들이는 제 심장 고동 소리마저 시끌거렸다.

'이거 비밀인데요…… 차 본부장님이요. 결혼하신대요.'

자신을 집어삼킨 어둠 저편에서 속닥거리는 소리가 들렸다.

순간, 흠칫 놀란 다현이 뒤로 물러섰다. 센서등이 켜지며 두 사람에게 환한 빛이 쏟아졌다. 그제야 형체를 잃어버릴 듯 녹아내리던 정신이 번쩍 들었다.

"너는 되고 나는 안 되는 게 무슨 개똥 같은 규칙이야?"

"나는 된다는 게 무슨……."

"계약서에 없는 내용 자꾸 추가하지 말자고. 오케이? 일단 이 디저트 맛이 어떤지 필요한 거 같으니까 내가 잘 먹고 문자 날릴게."

다현은 서둘러 승준이 들고 있던 쇼핑백을 가져갔다.

"멀리 마중 안 나갈게. 잘 가."

승준에게 끝인사를 날리자마자, 서둘러 집으로 들어갔다. 그는 멋대로 제 공간을 침범하지 않았다. 초인종을 눌러 대며 고집을 부리지도 않았고. 다행히도 제 허락이 있기 전까지는 선을 지키려는 듯했다.

승준을 피해 집으로 들어오면 신나게 거실에 널브러질 줄 알았는데 그러지 못했다. 현관문에 등을 기댄 채 한 발자국도 뗄 수가 없었다.

두려움보다는 걱정이 앞섰다. 그가 한 발자국도 떼지 않은 채, 제자리를 지키고 있을 것만 같았다. 밤새 세워 둬도 되나. 들어오라고 안 해도 되는 거겠지? 마음을 쓰고 싶지 않은데 자꾸만 현관문 쪽으로 시선이 갔다.

덩달아 승준에게 빼앗아 든 쇼핑백도 점점 무거워지는 것만 같았다.

다현은 밤새 잠자리를 뒤척거렸다. 기껏 박스 안에 있던 몽블랑을 해치우고 맛이 어땠는지 줄기차게 날려 댔는데, 승준에게 답장이 오지 않으니 괜스레 짜증이 일었다.

[몽블랑 깨끗하게 먹었습니다, 본부장님.]

[프렌치 머랭이 바삭해서 좋았어요. 근데 안의 밤 크림이 조금 달아서 단맛이 부각되는 것 같아 아쉬웠습니다. 크림 자체의 단맛을 줄이고, 밤 당절임인 마롱글라세의 맛을 살리면 훨씬 좋지 않았을까 합니다.]

딱딱한 문자 메시지에 대한 복수일까. 아니면 디저트 맛이 어떤지 이미 혜승이 알려 주기라도 했나. 더 이상 자신이 필요 없어졌는지 몰랐다. 그러니 메시지를 읽고도 답장 하나 보내지 않는 거겠지.

아무리 그래도 일을 시켰으면 답장 정도는 줘야 하는 게 아닌가. 어떤 이유가 있더라도.

'데이트 즐거웠나 봐, 다현아?'

갑자기 제 앞에 나타나서는 얼굴을 들이밀더니, 이번에는 저만치 꺼져 버렸다.

밀고 당기는 연애라도 하는 것도 아니고…….

이불을 차고 일어난 다현이 헛웃음을 흘렸다. 설령 승준이 밀고 당기기 중이라고 해도 장단을 맞춰 줄 마음은 없었다. 결단코 승준과 엮이지 않을 테니까.

일찍이 자리에서 일어난 다현은 집안일을 시작했다. 몸을 부지런히 움직이다 보면 승준의 답장은 생각도 나지 않을 거다.

"둘이 아주 해피하신가 보지."

다현은 창을 열고는 베개를 세차게 털었다. 불만스러운 마음이 연신 입밖으로 터져 나왔다.

열린 창문을 타고 찬바람이 쉴 새 없이 불어왔지만 춥지도 않았다. 속이 바글바글 끓어 온몸이 후끈거릴 정도였다. 아마 승준이 예고도 나타나 제 속을 뒤집어 놓은 까닭일 것이다.

탁탁— 탁—

베개를 두드리는 손길이 더욱 거칠어졌다. 승준의 얼굴이 다 생각하니 베개를 터는 손에 힘이 바짝 들어갔다.

이불 정리에, 밀대 걸레까지 동원해 바닥까지 닦았다. 복잡하던 머릿속도 한결 잠잠해지는 것 같았다. 그런데 식탁에 남아 있는 몽블랑의 잔해에 기껏 정리했던 생각이 와르르 무너졌다.

'난 내 목숨 구멍을 다른 새끼하고 공유할 마음 없거든.'
'내 목숨 구멍을 다른 새끼하고……'
'내 목숨 구멍……'

승준의 목소리가 머릿속에서 점점 더 커졌다.
"누구보고 목숨 구멍이래?"

다현은 이를 꽉 깨물며, 빈 접시를 얼른 개수대에 가져갔다. 부스러기처럼 남아 있던 승준의 흔적을 완벽히 지워 버리기라도 하려는 듯이.

기어코 화장실 청소까지 깨끗이 끝내고 나서야 소파에 등을 기대고 앉았다. 어찌나 분주하게 돌아다녔던지 이마에 땀이 맺혀 있었다. 손등으로 이마를 훔치며 한숨을 돌렸다.

청소할 때는 힘들어 죽을 것 같았는데, 막상 끝내고 나니 마음이 홀가분해졌다.

아니, 그렇다고 생각했다.

'차승준인가?'

조그마한 핸드폰 진동에 바로 제 몸이 반응하기 전까지는.

핸드폰을 낚아채는 제 손놀림이 너무나 빨랐다. 승준의 답장에 더 이상 집착하지 않는다고 생각했는데 그렇지도 않았나 보다.

[다현아, 자니?]

문자 메시지를 확인한 다현의 표정이 썩어 들어갔다. 아주 오래된 사과처럼.

애초에 최범의 전화번호를 삭제하는 게 아니라 차단했어야 했다. 그랬다면 아침부터 기분이 더러워질 일은 없었을 거다.

다현은 여전히 얼굴을 일그러뜨린 채로 최범의 번호를 차단했다. 무엇이든 번뜩 생각이 날 때 해치우는 게 좋았다.

깔끔하게 최범을 차단하고는 핸드폰을 저 멀리 밀어 두었다. 어떤 일이 있어도 핸드폰을 보지 않겠다 다짐이라도 하듯이.

"재수가 없어, 재수가······."

승준이 저희 집 앞까지 찾아온 게 문제였다. 꿈에서만 봐도 재수가 없는데, 직접 보기까지 했으니 당연히 재수가 없겠지.

악귀라도 쫓아내려는 것처럼 다현은 주방에서 소금을 가져와 현관문을 향해 뿌렸다. 부디 다시는 승준이 이 앞을 얼씬거리지 못하기를 바랐다. 제 마음이 쉴 새 없이 울렁거리는 걸 가만히 보고 있을 수 없었던 거다.

제8장

고백

해가 조금씩 길어지고 있었다. 몇 주 전까지만 해도 이 시간이면 어스름히 어둠이 내려앉았는데, 아직까지 사위가 밝았다. 이어폰을 꽂고 가볍게 스트레칭을 끝낸 다현이 호수를 달리기 시작했다.

청소부터 병원에, 미지의 카페까지. 하루 종일 어떻게든 몸을 괴롭히는 데 집중했다. 잡념에 빠져드는 것보다는 몸이 힘든 게 나을 것 같았기 때문이다.

그렇게 어느새 주말의 마지막 날이 됐다.

다현은 시원하게 땀을 빼고 집으로 돌아가 맥주 한 잔을 할 생각이었다. 샤워를 하고 따뜻한 이불 속에 들어가 까무룩 잠이 드는 것도 좋았다.

"하아, 하아……."

가볍게 주먹을 쥐고 달리는 다현의 숨이 점점 가빠졌다.

점점 몸에 열이 올라와 걸치고 있던 점퍼조차 짐처럼 느껴졌다.

바람을 맞으며 달리자 스트레스가 하나둘 떨어져 나갔다. 덩달아 머릿속을 짓누르던 생각도 날아가는 듯했다.

승준이 누구와 결혼을 하든 그건 제가 상관할 바가 아니었다.

자신이야 올해 말까지만 승준과의 계약을 잘 처리하고 사라지면 됐다.

"후우."

목 끝까지 숨이 차올라 달리기를 잠시 멈췄다. 같은 방향으로 뛰는 사람들에게 방해가 되지 않으려 벤치 쪽으로 물러났다. 자판기에서 물 한 병을 뽑으려는데 백 원이 부족했다.

고작 백 원이라니…….

갈증에 타는 목을 매만지며 다현이 벤치에 앉았다. 계속 자판기 쪽으로 시선이 가는 것은 어쩔 수 없었다. 이제는 물한 잔 마시는 것조차 쉽지 않다는 것만으로도 괜히 짜증이 솟구쳤다.

웃긴 건, 그것마저도 어느새 '차승준 때문'이라고 중얼거리고 있다는 거다.

"대리님?"

얼른 집에나 돌아가자 생각한 순간, 호수를 달리던 준열이 자신을 발견하고는 반갑게 인사를 해 왔다.

"어? 남 주임님, 운동하러 오셨어요?"

"내일 출근하면 또 많이 먹어야 되니까 미리 준비하려고요. 근데 무슨 일 있으세요?"

"저요? 왜요?"

승준을 생각하고 있던 걸 들켰을까. 다현은 괜스레 뜨끔해서는 양 볼을 쓸어내렸다.

"대리님 연락 기다렸는데 아무 소식이 없어서 걱정했거든요."

"제가 연락을 왜…… 아?!"

그제야 주말에 잡지를 주겠다고 연락을 달라던 준열의 말이 떠올랐다. 승준을 만난 이후, 정신없이 움직이느라 준열에게 했던 말은 까맣게 잊고 있었다.

"미안해요. 제가 딴 데 정신이 팔려서 생각을 못 했어요. 잡지는 준열 주임님 시간 될 때 제가 직접 받으러 갈게요."

다현은 미안해 어쩔 줄 몰랐다.

"제가 가는 게 낫지 않을까요?"

"괜찮아요. 주소만 알려 주면 차 끌고 갈게요. 잡지 나르는 거야 몇 번 왔다 갔다만 하면 되니까."

"원래 낯선 집이 더 위험한 법이거든요."

준열이 눈썹을 옴지락거리며 너스레를 떨었다.

"저희 집 오면 꼭 한 끼는 먹고 가야 되는데. 괜찮으시면 언제든 오세요. 매일 오셔도 돼요."

"맛있는 거 사 들고 갈게요."

"그냥 몸만 오시면 돼요."

"미안한데……."

"저희 집에서 잘 먹고 가면 그게 보답이니까. 우선 웰컴 드링크부터 미리 드실래요?"

준열이 자판기에서 이온음료를 뽑아서는 제게 건넸다. 어찌나 목이 말랐던지 다현은 거절을 하지 않았다. 시원하게 넘어가는 음료에 말랐던 목이 금세 촉촉해졌다.

"드실 만해요?"

"엄청 맛있어요."

진심이었다.

최근에 마신 것 중에 이보다 달고 맛있는 건 없었다.

"스트레스도 풀리는 것 같고."

나지막이 뒷말이 덧붙었다.

"스트레스 받아요?"

"아, 뇨."

승준이 다른 여자를 만나서 화가 난 게 아니다.

단지 승준이 너무 제멋대로 남의 공간을 침범하니까. 월요일이 되면 그를 또 만나야 하니까. 그러니까, 그게 짜증 난 것뿐이다.

그뿐이다. 다른 이유가 있을 리 없다.

"시원하게 스트레스 푸는 법 아는데 같이 갈래요, 대리님?"

준열의 말에 솔깃했다. 월요병마저 이길 수 있는 방법이 있다면 무조건 환영이었다.

"좋아요."

그리고 긴 밤을 혼자 보내는 것보다는 말벗이라도 있는 게 나을 것 같았다. 적어도 쓸데없는 상상이 머릿속을 뒤덮지는 않을 거니까.

그걸로 충분했다.

❖ ❖ ❖

몇 년 만에 오는 오락실인지 모르겠다. 아주 어렸을 때 와보고는 발을 들여 본 적도 없었다.

여러 게임기 앞을 지나 총게임 앞에 멈춰 섰다. 커다란 스크린에는 좀비들이 가득했는데, 이걸로 정말 스트레스가 풀릴지 의심스러웠다. 뭐랄까. 게임을 너무 못해서 스트레스가 도리어 쌓이지 않을까.

"아래쪽 받치고, 좀비 얼굴 겨냥하고 방아쇠 당기면 돼요."

준열이 먼저 제게 자세를 보여 주었다. 그 모습을 힐끗거리며 따라 해 보지만, 제 자세는 보기 흉할 정도로 어설폈다. 멀리서 봐도 이 게임을 처음 해 보는 게 눈에 보일 거다.

"그렇게 잡으면 불편해요."

실력이 늘지 않는 게 안타까웠던지 준열이 총을 내려놓고 제 쪽으로 다가왔다.

"여기 아래를 꽉 잡고……."

키 차이에 다현은 준열의 품에 반쯤 안긴 모양새가 됐다. 하지만 준열의 설명에 집중하느라 그와 가까이 붙어 있다는 사실조차 깨닫지 못했다.

"방아쇠 당기면 죽을 거예요."

"오케이. 입력됐어요."

준비가 끝났다는 듯 다현이 비장하게 고개를 끄덕거렸다.

사뭇 진지한 다현의 모습에 준열이 빙긋이 미소를 지었다. 못 할 게 없다는 듯 열의를 불태우는 것도 여전했다. 자신이 얼마나 빛나는지 그녀는 알까.

준열은 처음 다현을 마음에 담게 된 날을 또렷이 기억했다.

비가 세차게 내렸고 모의고사를 망친 날이었다. 집에 돌아가 봐야 질책이나 받을 게 뻔했기 때문에 공연히 학원 주변만 돌아다녔다. 그러다가 처음으로 마주친 사람이 다현이었다.

그동안은 그녀를 언제든 사라질 알바생이라고만 생각했다.

다현이 자신을 편의점으로 끌고 들어가 제 이야기를 들어 주기 전까지는 그랬다.

'야아, 남준열. 네가 왜 안 돼?'
'이딴 성적으로 아무 데도 못 간다고요. 저는 못 해요.'
'내가 보기에는 너 무조건 한국대 갈 수 있어.'
'저희 부모님도, 형도 다 들어갔으니까?'
'뭐래. 너니까 된다고. 그리고 내가 가르치니까 무조건 돼.'

제게 따뜻한 캔커피를 내밀며 환하게 웃던 모습이 눈에 선했다.

너라서.

너니까 될 거라는 말이 제 마음을 세차게 뒤흔들었다. 단한 번도 들어 본 적이 없던 말이었다. 그리고 어쩌면 그것은 제가 누구에게든 듣고 싶던 말이었던 것도 같다.

그날 이후, 주인을 찾은 강아지처럼 그녀의 뒤를 졸졸 쫓아다녔다.

어느 순간 다현이 홀연히 사라지기 전까지는 그랬다. 도저히 다현을 만날 방법이 생각나지 않았다. 끝없이 펼쳐진 절

망 속에서 준열은 그녀가 늘 가고 싶다던 회사에 들어가기로
했다.

왠지 거기서는 다현을 만날 수도 있을 것 같았기 때문이었
다. 결코 제 부모님의 마음에는 차지 않는 결정이었지만.

'죄송해요. 어디 다치신 데는 없으세요?'

다시 만날 수 없을 거라는 희망이 꺼지던 순간, 다현이 나
타났다.

"시작해요?"

"네, 고."

심지어 나란히 서서 게임까지 하고 있다.

"대박. 왼쪽, 어? 아!"

게임이 시작되자, 다현의 두 눈이 번뜩거렸다. 느릿하게
걸어오는 좀비를 없애는 것에 금방 적응한 듯했다. 나중에는
자신이 총 게임에 소질이 있는 거 아니냐며, 즐겁게 웃기까
지 했다. 제가 격한 보호를 하고 있는 줄도 모르고.

웃음기 하나 없이 집중한 다현과는 달리 준열은 종종 그녀
를 보느라 바빴다. 몇 번 실수가 날 뻔한 것도 그 때문이었
다.

하지만 게임에 집중한 다현의 머릿속에는 딱 하나의 생각
밖에 없었다.

'차 본부장님이요. 결혼하신대요.'

그리고 지금 다현이 박살 내고 있는 것은 그 목소리였다.

'결혼해서 불행해져 버려라.'

이를 바득 갈면서 총을 쏴 댔다.

최종 보스까지 거침없이 없애 버리면 좋으련만 게임은 녹록지 않았다. 갑자기 나타난 좀비에게 두들겨 맞으며 결국 죽어 버리고 말았다.

"하늘에서 내려오는 좀비는 반칙 아니에요? 말이 안 되잖아."

다현이 어이없다는 듯 총을 놓지도 못하고 꿍얼거렸다. 스크린을 노려보는 다현의 코에서는 세찬 콧바람마저 쏟아졌다. 준열에게 백날 말해 봐야 달라지는 것도 없을 텐데도 누구에게든 억울하다고 말하고 싶던 것 같다.

"한 번 더 할까요?"

"한 판만……. 아, 잠깐만요."

팔까지 걷어붙이고 심기일전하려 했지만, 다현의 핸드폰이 울리는 바람에 게임은 바로 재개되지 못했다.

총을 놓고 한쪽으로 물러난 다현이 미지의 전화를 받았다.

"여보세요?"

— 야, 너 어디야? 왜 이렇게 시끄러워?

"나 잠깐 오락실."

— ……다고!

한쪽 귀를 막고 미지의 말에 집중하려고 하는데도 주변이 워낙 시끄러워 제대로 들리지 않았다. 하는 수 없이 다현은 오락실을 잠시 나갔다.

"미안, 다시 한번만 말해 주라."

– 최범, 그 새끼가 우리 카페 왔대.

"왜?"

– 너 안 오냐고 물어봐서 바빠서 여기 오지도 못한다고 했더니, 병원에 있냐고 물어봤다는 거야. 그 새끼 너희 아버지 병원 알잖아. 혹시나 하고 걱정돼서…….

병원이라는 소리에 다현의 표정이 굳었다. 아버지의 병실에는 들어가지 못하겠지만 혹시라도 엄마와 최범이 마주치기라도 하면 골치 아팠다.

왜 제가 최범과 헤어졌는지, 전 회사에서 얼마나 이를 악물고 버텼는지 말하지 않았으니까.

엄마가 알 필요도 없었다. 뭘 그게 좋은 일이라고.

"고마워, 미지야."

– 너 어쩌게.

"병원 가 봐야지."

– 혼자? 안 돼. 안 돼. 너. 나하고 같이 가.

"내가 혼자 조용히 처리할게. 그게 나아."

안 그래도 최범이 미지의 카페에서 진상짓을 벌여 마음이 좋지 않았는데 병원까지 같이 가 달라고 할 수 없었다. 제 선에서 깔끔히 처리해야 하는 일이 맞았다.

– 저번에도 지랄이었다며. 너 어쩌게?

"조져야지."

– 이게 그 마음가짐 하나로…….

"걱정 말고. 이따가 전화할게."

수화기 너머로 제 이름을 부르는 미지의 소리가 들렸지만 종료 버튼을 눌렀다. 마음을 달래듯 허공을 향해 깊게 숨을 내쉬었다. 그러고는 곧장 준열을 향해 걸어갔다.

"저 미안한데, 제가 일이 있어서 먼저 가 봐야 할 것 같아서. 나중에 회사에서 봐요."

준열의 대답을 듣기도 전에 밖으로 나갔다. 준열에게는 미안하지만 그의 답을 기다릴 여유가 없었다.

최범의 얼굴이 떠올라 마음이 급해졌다. 다급히 택시를 잡아타는 다현의 얼굴에서는 자그마한 미소마저 사라졌다.

병원으로 가는 동안, 부디 최범이 그곳에 없기를 바랐다. 최범 때문에 회사까지 관뒀는데 밖에서까지 얼굴을 마주치고 싶지 않았다. 다시 떠올리기도 싫을 만큼 더러운 끝이 아닌가.

하지만 무엇보다도 최범이 자신의 영역에 깊숙이 발을 들이는 게 싫었다.

사람을 속이고 상처 준 주제에.

택시에서 내린 다현이 점퍼를 여미며 병원 안으로 들어섰다. 로비가 몹시도 조용했다. 다현은 한산한 공간을 홀로 바삐 걸으면서 다급히 좌우를 살폈다.

"금방 간다니까. 중요한 약속이 있어서 그래. 거짓말 아니라니까. 내가 너한테 왜 거짓말을 해."

최범이 이곳이 없기를 바랐는데…….

핸드폰을 붙잡고 짜증을 내고 있는 그의 모습이 너무도 또렷이 눈에 들어왔다.

"자기야……. 일단 진정하고 이따 봐."

상대를 달래다가 고개를 든 최범과 눈이 딱 마주쳤다. 그는 저와 대화하는 것보다 중요한 일이 없다는 듯 전화를 끊었다.

"다현아, 왔구나."

"네가 어떻게 여길 올 생각을 해?"

"그럼 어떡해. 네가 전화도 안 받고, 어? 네 집도 모르는데."

"내가 그러니까 그쪽을 왜 만나야 되냐고."

"상부에서 네 기획안 가져오라고 쪼는데 나도 미치겠다고. 근데 까라면 까야지. 내가 별수 있어?"

"자기가 했다고 거짓말이라도 했다가 수습 못 하는 건 아니고?"

"허어! 애 봐라?"

최범이 기가 막힌다는 듯 헛웃음을 쏟아 냈다. 뜨끔한 마음을 들키지 않으려 과하게 반응하는 게 분명했다.

"안 그래도 힘든 사람 여기까지 와서 괴롭혀야겠어?"

"그러니까 다현아, 우리 같이한 시간 생각해서 깔끔하게 나한테 넘겨주는 걸로 끝내면 되잖아."

인심을 쓴다는 투에 절로 얼굴이 구겨졌다. 여기까지 와서 개소리도 참 정성스럽게 한다.

"안 줘."

"하아, 다현아……."

"너한테는 절대 못 준다고."

"나 그럼 여기서 가지 말까? 너도 언젠가 집에 갈 거 아니

219

야. 연애할 때도 안 알려 줬던 집, 드디어 가 보겠네? 가서 버릇이라도 고쳐 줘?"

최범은 더 이상 가만히 당하고 있지는 않겠다는 듯 으르렁거리며 제 손목을 잡았다. 최범의 손을 뿌리치려고 안간힘을 쓸수록 그는 제 손목을 더욱 옥죄였다. 아— 하고 고통 섞인 신음이 나오려는 걸 이를 악물고 참았다. 그의 앞에서 절대 굴복하고 싶지 않았다.

"놔."

두 다리에 바득 힘을 줬지만, 최범의 힘을 버티지 못했다. 제 발걸음이 맥없이 최범이 당기는 대로 움직였다.

일단 병원 안에서 벗어나는 게 나을지도 몰랐다. 로비에서 소란이 난 게 엄마의 귀에까지 들어가서는 안 됐다. 그렇게 밖으로 나간 다음에는……? 앞으로 어떻게 해야 할지 궁리하며 밖으로 나간 순간.

엎친 데 덮친 격으로 생각지 못한 손이 뒤에서 불쑥 나타나 제 뒷머리를 낚아챘다. 무방비한 상태에서 당한 공격에 다현의 고개가 힘없이 뒤로 젖혀졌다.

"어떤 년…… 뭐야? 또 너야? 그렇게 당하고도 정신을 못 차려?"

"자, 자, 자기야!"

앞뒤에서 한꺼번에 쏟아지는 목소리에 그저 기가 찼다.

"내가 하도 수상해서 따라왔더니 둘이 또 붙어먹고 있었어? 이거 진짜 미친 것들 아니야?"

"자기야, 진정하고. 내가 설명할게."

"뭘 설명하게? 네 셔츠에 립스틱 번진 것도 다 봤어. 그거

220

이년 꺼지?"

제 머리카락을 우악스럽게 잡고 있는 여자의 손에 더욱 힘이 들어갔다. 머리털을 다 뽑아야 끝이 날 기세다. 최범은 계속 진정하라며 여자를 말렸지만, 그게 들어먹힐 리 만무했다. 이미 눈이 돌아 버린 여자를 어떻게 말리나.

그렇지만 머리채를 잡힌 채 계속 끌려다닐 수는 없는 노릇이었다.

"오해하신 모양인데 이것부터 놔주실래요?"

처음 다현이 선택한 건 설득이었다.

"현장에서 잡힌 주제에 오해? 잡아 빼는 건 집안 내력인가."

여자가 실소를 흘리며 빈정거렸다. 남의 집안일까지 들먹일 필요는 없잖아.

"아버지는 뺑소니범이고, 딸이라고는 남의 결혼할 남자나 꼬시고 다니고. 어머니가 아시면 속이 아주 뒤집어지시겠네."

다현의 얼굴빛이 창백해졌다.

'뺑소니'란 말에 지옥 같았던 시간이 떠올랐다. 한순간 아버지는 의식불명이 돼서 병원에 들어가셨고, 피해자 가족이 SNS에 글을 올리는 바람에 자신은 학교에서 반짝 유명인사가 됐다.

'쟤네 아빠가 사람 치고 도망갔다더라.'
'대박. 치인 사람 어떻게 됐대?'
'죽었대.'

221

'사람 죽인 거네. 소름이다.'

'그러니까 피곤한데 왜 차를 모냐고. 쟤네 아빠야 자업자득이지만, 죽은 사람은 무슨 죄야.'

두 학기를 휴학하고 나서야 쑥덕거림에서 간신히 벗어날 수 있었다. 아버지가 다니던 한주그룹 계열사에서 나오는 위로금과 장학금이 아니었더라면 졸업을 하지도 못했을 거다.

그야말로 아이러니가 따로 없었다. 승준을 죽어라 미워하면서도 동시에 그의 가족이 건넨 호의 덕분에 살았으니까.

"똑바로…… 아악!"

이를 악문 다현이 팔꿈치로 여자를 쳤다. 예상치 못한 공격이었는지 여자가 비명을 지르고는 머리카락을 잡고 있던 손을 놨다.

명치를 감싼 걸 보니 타격이 정확히 들어갔나 보다.

"이게 진짜 미쳤나!"

그녀는 바짝 약이 올랐는지 두 손으로 제 가슴팍을 세게 밀었다.

제가 중심을 잃고 넘어질 때까지 최범은 아무것도 하지 않았다. 충분히 자신을 잡아 줄 수 있었는데도 그러지 않았다. 마치 그것이 자신의 결백함을 증명할 수 있는 유일한 방법이라는 듯이.

최범의 다정함에 잠시 홀린 죄를 이렇게까지 받아야 하나. 그게 너무도 억울하고 화가 났다.

자리에서 일어서자 발목에 시큰한 느낌이 왔지만 괘념치 않았다. 육탄전이 벌어질 수도 있는 지금, 사소한 곳에 신경 쓸 겨를이 없었다. 그 시간에 제대로 전투 태세를 취하는 게 훨씬 도움이 될 터다.

"적당히 말로 푸시죠. 폭행죄 따져 봐야 그쪽이 불리할 거예요. 선방 날린 건 그쪽이니까."

"저년이 진짜……!"

여기서 상황이 커지면 곤란하다고 판단했는지 최범이 그녀를 말렸다. 그래 봐야 잔뜩 화난 여자를 쉽게 진정시킬 수 없을 것 같았지만.

"저, 저 인간하고 아무 상관도 없고 보기도 싫거든요? 버린 쓰레기 다시 주워서 주머니에 담을 만큼 비위가 좋지 않아서요."

"너희들 손잡고 있던 거 내가 못 봤을 줄 알아?"

"그쪽 남친한테 끌려가던 중이었거든요? 엉뚱한 사람 잡지 말고 기획안 찾겠다고 남의 집까지 쳐들어오려던 남친이나……."

"어쭈? 이것들이 집까지 드나들어?"

사람이 화가 나면 진실마저 왜곡되는 모양이다. 어떻게 원하는 말만 쏙 빼서 들을 수 있을까.

모든 게 엉망진창이 되어 가는 기분이었다. 엉켜 버린 실타래가 끝을 모르고 계속 얽히는 것 같다. 이러다 이 여자가 제가 일하는 곳까지 찾아올지도 몰랐다. 간신히 벗어던진 소문을 다시 퍼뜨리는 날에는…… 상상만으로도 끔찍했다.

늘 그랬듯 소문은 빠르게 퍼질 거다. 모두들 무엇이 사실인지에 관해서는 관심조차 없으니까.

차라리 기획안을 주면 모든 게 끝날까? 나쁜 놈이 더 잘 먹고 잘 산다는 현실을 인정하면 될 문제다.

"가만 안 둬, 여우……!"

최범을 밀치고 득달같이 제게 달려들던 여자의 모습이 순식간에 큼지막한 등에 가려졌다. 뒷모습만으로도 누군지 알 수 있었다.

차승준이다.

"어딜 건드려?"

삐딱한 말투 속에 서슬 퍼런 날이 서 있었다.

"비, 비켜요. 그쪽하고는 상관없는 일이니까."

"그렇게는 못 하겠는데."

"뭐라고요?"

"난 내 사람 건드리면 미쳐 날뛰는 타입이라."

여유 넘치는 어조 안에 든 고압적인 느낌이 또렷이 전해졌다. 아우라에 짓눌린 듯 여자의 기세가 한풀 꺾였다. 물론 승준에게 한 번 쭈그러든 적이 있는 최범은 벌써 여자의 뒤에서 조용히 몸을 사리고 있었다.

"남자든 여자든 안 가립니다, 나."

승준의 표정이 어떤지 알 수 없었다. 다만 빙긋이 웃고 있을 것 같지는 않았다.

"화낼 건 저예요. 그쪽 여친이 제 남친한테 꼬리 쳐서 여기까지 부른 거거든요?"

"그럴 리가. 우리 다현이는 나밖에 모르는데."

고개를 돌린 승준이 제 어깨를 부드럽게 감쌌다. 갑자기 나타난 승준에게 도움을 구하기도 싫었지만 달리 방법이 없었다. 최범도 승준과 제가 사귀는 줄 알고 있지 않나.

이 상황을 빨리 끝낼 수 있는 방법은 승준을 이용하는 것뿐이었다.

자신과 승준의 얼굴을 번갈아 쳐다보던 여자가 아랫입술을 짓씹었다. 아무리 생각해도 제가 승준을 버리고 최범과 만난다는 게 이해되지 않는다는 얼굴이었다. 그 생각에 힘을 실어 주기 위해 다현도 최대한의 미소를 지으며 승준의 곁에 딱 붙었다.

"기획안 때문이야?"

승준이 다현을 보며 물었다.

"오지 말라고 했는데도 자꾸 명품 브랜드 콜라보 기획안이 필요하다고……."

"이러다가는 나중에 집까지 찾아오겠네."

차디찬 승준의 눈빛이 최범을 향했다.

"그 기획안, 쓸모없을 겁니다."

승준의 확신에 가득 찬 대답에 다현은 의아했다.

어쩌려고?

"패슨 호텔하고는 콜라보 진행하지 말라고 대표한테 말해 놓을 테니까."

"그쪽이 어떻게?"

"제가 보이는 것만큼 힘이 있는 인간이라."

승준의 얼굴에는 한 줌의 미소도 흐르지 않았다. 승준이 입고 있는 옷이며 차고 있는 시계를 쭉 훑던 최범의 표정이 굳어졌다.

어쩌면, 정말로 재수 없으면 승준이 허세를 부리는 게 아닐지도 모른다는 깨달음을 얻은 것 같았다. 이만 돌아가자며 자신의 여자 친구의 팔을 잡아끄는 것만 봐도 그랬다.

최범이야 강한 사람에게는 약하고, 약한 사람에게는 한없이 강한 사람 아닌가.

"여기서 더 밟히고 싶지 않으면, 닥치고 있어요."

차분한 저음이 최범의 목을 거세게 움켜잡았다.

"내 사람 근처에는 얼씬도 말고."

으르렁거리는 승준의 기세에 눌린 최범이 여자를 끌고는 다급히 사라져 갔다. 그 모습이 꼭 맹수를 피해 도망가는 초식동물 같았다.

다현이 병원 근처 벤치에 앉았다. 삐끗한 발목이 아릿해 더는 걸을 수가 없었다. 제 발목을 살피다가 콧잔등을 살짝 찡그렸다. 양말을 약간 내리자 복숭아뼈 쪽이 부푼 게 보였다. 여자에게 밀려 넘어질 때 발을 접질린 모양이다.

재수 없으면 뒤로 넘어져도 코가 깨진다더니 그 말이 꼭 맞았다.

발목을 다친 것만 봐도 억울해 죽을 것 같았다. 하필 그 모습을 승준에게 다 들켜 버리다니. 어쩐지 자존심이 박박 긁혔다.

"보자."

제 곁에 앉아 있던 승준이 걱정스러운 얼굴로 말했다.

"됐어. 괜찮아."

"참는다고 해결 안 돼."

"네가 뭘 안다고……."

어느새 승준은 제 앞에 한쪽 무릎을 꿇고 앉았다. 옷이 더러워지든 말든 관심도 없어 보였다. 그저 삐끗한 발목을 붙잡고 제 상태를 살피기만 했다. 누가 보면 의사라도 되는 줄 알겠다.

"그냥 놔둬. 파스 붙이면 돼."

"병원 가자."

"응급실에 아픈 사람 넘쳐나는데 뭘 이런 걸로 병원을 가. 내가 알아서 할 테니까 놔. 네가 내 몸 터치하는 거 불편해."

"참아."

제가 도망갈 수 없도록 승준이 발목을 더욱 꽉 붙들었다. 병원에 간다고 할 때까지 절대 놓아주지 않을 기세다. 어떻게든 발버둥을 치고 싶었지만 그마저도 힘들었다. 아릿한 통증이 다리를 타고 선명히 올라오는 탓이다.

"혹시 문제 생겨서 너 꼼짝 못 하면 내 일정에도 차질 생기니까."

그럼 그렇지. 역시나 순수한 호의일 리가 없다.

"야간 진료하는 곳 아니까 거기로 가면 되겠네. 여기서 기다리고 있어. 차 가지고 올게."

자리에서 일어난 승준을 잡아 보려고 했으나 실패했다.

차를 가지러 가는 승준의 뒷모습은 몹시도 다급해 보였다. 승준은 이번에 편의점사업부에서 성과를 내야 하니, 어떤 변수도 나타나지 않기를 바랄 거다.

어둠 속으로 사라졌던 그가 환한 헤드라이트 불빛과 함께 다시 나타났다. 발을 쩔뚝거리면서 걸어 봐야 그의 가시거리에서 얼마 달아나지도 못할 것이다. 한 번쯤은 호의를 받자 싶었다.

자리에서 일어나 차에 올라탔다. 차 안의 따뜻한 공기가 다현의 몸을 녹였다.

"여기는 어떻게 왔어?"

"너 걱정된다고 누가 나한테 전화해서."

그 말을 듣자마자 단박에 미지의 얼굴이 떠올랐다.

"미지가?"

"비밀로 해 달래서 말하기 곤란한데."

비밀 엄수까지 시킨 걸 보니 미지가 확실했다. 제게 한 소리를 들을까 그 와중에 걱정까지 했나 보다.

"괜히 여기까지 오게 해서 미안. 근데 다음에는 그런 전화 받아도 올 필요 없어."

"아까처럼 당하고만 있으려고?"

"그 여자가 올지 몰라서 그랬던 것뿐이야."

왜 변명을 하고 있는 걸까.

"당분간 나하고 같이 다녀."

"싫어."

"경호원이라도 붙여야겠네."

"그러지도 마. 내가 원하는 거 아니니까."

"그럼 뭘 원하는데? 어디서 어떻게 다쳐 오든 보기만 하고 있으라고?"

"어. 어차피 너하고 상관도 없는 일이잖아. 그러니까 그냥 무시하고……."

"왜 상관없어?"

언제나 차분하던 승준의 목소리가 커졌다. 이렇게나 목소리를 높일 일인가. 고작 계약으로 입이나 맞추는 사이에 얘는 뭘 이렇게도 당당한 걸까.

"딴 인간이 너 건드리는 것만 봐도 돌아 버리겠는데."

안전벨트를 붙잡고 있던 다현의 눈동자가 사늘해졌다.

"네가 오늘 나 도와준 건 고맙게 생각해. 그랬다고 네가 멋대로 구는 것까지 참아 줄 정도는 아니야. 이렇게 오지랖 부려 대는 거 네가 만나는 사람에 대한 예의도 아니고."

"내가 누굴 만나는데?"

"권혜승."

"걔가 그래?"

"회사에 얘기 도는 거 들었어. 조만간 둘이 결혼할 거라고."

"소문 참 빠르네. 누가 일부러 소문이라도 내는 건지."

승준이 애써 부정하지 않는 걸 보니 소문이 사실이었던 모양이다. 여차하면 혜승과 만나는 것을 로비에서 봤었다고 말하려고 했는데 그럴 필요도 없었다.

부릅떴던 다현의 눈에서 순간 힘이 탁 풀렸다.

결혼을 인정한 듯한 승준에게 어떤 반응을 보여야 할지 생각나지 않았다. 자신은 헤어진 남친의 행복을 빌어 줄 만큼 마음이 넓지 못했다. 그렇다고 무표정하게 가만히 있으면 제가 실망이라도 하고 있다고 오해받을 텐데, 그건 더더욱 싫었다.

"그 헛소문 때문에 질투라도 했어?"

"헛소문?"

혜승을 질투했냐는 말보다 헛소문이라는 말이 오래 귀에 남았다. 생각지도 못한 대답에 다현의 얼굴에 놀란 빛이 그대로 떠올랐다.

"걔하고 결혼할 일 없어."

가짜 소문을 다시 한번 짚어 주려는 듯 승준이 똑똑히 말했다.

"……왜?"

한심하기 그지없는 질문이 나왔다. 마음 깊숙한 곳에서는 그냥, 그게 궁금했던 것 같다.

"내가 좋아하는 건, 너니까."

따뜻한 훈풍에 밀려든 고백에 모든 사고가 정지됐다.

승준의 눈동자는 조금도 흔들리지 않았다. 조금의 거짓도 없다는 듯 그저 저를 물끄러미 바라보고만 있었을 뿐이다.

쿵 하고 마음이 내려앉았다가 이내 혼란에 빠졌다.

혜승과 함께 매정하게 유학을 떠나 버렸던 승준이 아닌가. 저를 떠나는 내내, 그는 단 한 번도 뒤를 돌아보지 않았다. 애초부터 자신을 좋아한 적이 없다는 듯 차갑게 자신을 밀어 냈다.

'각자 분수에 맞춰서 살아야겠더라고.'

깊이 박혀 버린 승준의 말을 잊어 내지도 못했는데. 그랬는데……. 나를 좋아한다고?

그의 마음이 바뀌는 건 손바닥 뒤집기보다 쉬운 일인 모양이다. 지금은 제가 필요하니 달콤한 거짓말을 해서라도 저를 붙잡아 두려는 걸지도 몰랐다.

그렇지만 승준을 좋아했던 그 여자애는 그가 미국으로 떠나 버리던 날, 사라졌다. 그가 고백한다고 좋다고 따라갈 제가 아니란 소리다.

아무 소리도 들리지 않는 적막 속에서도 승준의 눈빛을 피하지 않았다. 승준과 눈만 마주쳐도 좋아서 어쩔 줄 모르던 그 애는 죽어 버렸다고 말하듯.

"나는 너 안 좋아하는데."

뾰족한 다현의 목소리가 고요를 뚫고 나왔다.

"네가 그랬지? 각자 분수에 맞춰서 살아야겠다고. 그때는 그게 너무 개소리 같았는데 살다 보니까 그 말이 맞는 것 같더라."

"그건……."

"너는 네 세상에서 살아. 난 내 세계에서 즐겁게 살게."

다현이 승준의 말허리를 차갑게 잘랐다. 핑계는 듣고 싶지 않았다. 어떤 말을 해도 제 마음을 바꿀 수도 없을 거다.

승준에게 버림을 받은 건 한 번으로 족했다. 이제는 자신이 대차게 녀석을 찰 때다.

"네가 했던 말은 못 들은 걸로 할게. 네 호의도 받았던 걸로 치고."

"뭐 하는 거야?"

제가 안전벨트를 풀자 승준의 표정이 굳었다.

"너하고 같이 있기 불편해서. 여기서 택시 잡으면 집에 금방 가니까 걱정 안 해도 돼. 내일 보자."

이름을 불러 대는 승준의 목소리에도 아랑곳하지 않고 차에서 내렸다. 찬바람이 삽시간에 몰아쳐 왔다. 다현은 옷깃을 여미면서 어둠 속을 걸어갔다. 차라리 마음 편히 집에 앉아 파스나 뿌리고 찜질을 하는 편이 나았다. 적어도 지금은 갑갑한 공기에 짓눌리고 싶지 않았다.

다현이 택시를 부르겠다고 핸드폰을 꺼내 든 순간, 어느새 차에서 내린 승준이 제 핸드폰을 가져갔다.

"뭐 하는 짓이야? 내놔."

"내 차 타."

"안 타."

"해 뜰 때까지 여기 있을 생각 아니면 타. 차에 잠깐 타고 있으면 핸드폰 돌려줄 테니까."

"차승준!"

"다른 사람이 데려다줄 거니까 걱정 말고."

핸드폰을 낚아채려고 했지만 연달아 실패했다. 얄밉게도 승준이 계속 손을 들어 올리는 바람에 핸드폰이 손에 닿지도 않았다.

한참 승준과 실랑이를 벌이던 다현은 결국 백기를 들었다. 다리를 절뚝거리며 집까지 돌아갈 수도 없는 노릇이었다.

어쩔 수 없이 조수석에 앉아 바깥에 선 승준을 쳐다봤다. 안으로 들어오라고 말할까 고민하다가 관뒀다.

조금이라도 떨어져 있는 쪽이 나을 것 같았다.

그런데 차디찬 바람이 부는 바깥을 보고 있자니 자꾸 마음이 약해졌다.

감기라도 걸리면 어쩌나. 아니, 뭐…… 걸리면 뭐 어때? 다현은 마음을 단단히 붙잡으며 아랫입술을 짓씹었다. 빈틈을 보이면 승준이 어떻게든 비집고 들어올 게 뻔했다.

'여기까지만 하자.'

제게 이별을 고했던 그를 몇 번이고 떠올렸다. 그래야 마음이 물러지지 않을 테니까.

얼마나 지났을까. 단정한 차림의 남 비서가 승준의 쪽으로 뛰어왔다. 두 남자가 무슨 얘기를 하는 듯했으나 제대로 들리지는 않았다. 밤늦게 남 비서를 번거롭게 만든 것 같아 미안해졌다.

그냥 걸어서라도 갔어야 했나.

얘기가 끝난 듯 남 비서가 차에 올라탔다. 뒤이어 승준이 조수석 쪽 창을 두드렸다.

똑똑— 똑똑—

제가 차창을 내리지 않을 거라 생각했는지 남 비서가 조수석 창문을 내려 버렸다. 승준을 제대로 쳐다보지도 않고 있는데 그가 핸드폰을 돌려주었다.

"안 받아?"

아무 대꾸도 하지 않고 핸드폰을 휙 가져갔다.

"남 비서가 집까지 바래다줄 테니까 그렇게 알고 있어. 치료 잘 받고 보답하고 싶어지면 잘 들어갔다고 문자 한 통 보내도 되고."

"······."

"잘 부탁한다, 민현아."

남 비서의 대답을 끝으로 차가 출발했다. 차창이 닫혔는데도 다현은 사이드미러에서 쉽게 눈을 뗄 수 없었다.

'내가 좋아하는 건, 너니까.'

웃기지도 않게 그 말이 깊숙이 머리에 박혀 버린 탓이었
다.

다현은 창틀에 팔꿈치를 대고는 멍하니 바깥만 쳐다봤다.
쉴 새 없이 눈앞을 지나가는 풍경을 바라보며, 속으로 하염
없이 속살거렸다. 승준의 다정한 연기에 절대 속아 넘어가지
말라고.

그는 너를 절대로 좋아하지 않는다고.

아침 일찍 출근한 다현은 정신없이 일에 집중했다. 월요일
부터 열정을 태우려던 것은 아니었다. 그저 승준을 피해 다
닐 수 있는 방법이 그것밖에 떠오르지 않았다.

"대리님! 아까 본부장님이 찾으셨는데."

"왜요?"

"그건 제가 잘…… 다른 말씀이 없으셔서요. 근데 본부장
님이 방금 미팅 들어가셔 가지고."

"나오시면 제가 여쭤볼게요. 고마워요, 찬희 씨."

찬희가 뒷머리를 긁으며 빙긋이 웃었다. 제자리로 돌아가는
찬희에게 미소로 화답하고는 승준의 자리를 힐끗 쳐다봤다.

승준을 피하기 위해 어찌나 발버둥을 쳤던지 피로가 몰려

올 정도였다. 그나마 다행인 건 승준의 스케줄이 꽉 잡혀 있다는 거다. 미팅과 회의, 시제품 확인……. 몸이 열 개라도 모자랄 것처럼 보였다.

정작 그 모든 일정을 소화하는 승준은 힘든 기색도 없었지만.

다현은 턱을 괴고는 모니터를 뚫어지라 쳐다봤다. 어젯밤 일이 머릿속에 붙어 떨어지지 않았다. 발목을 심하게 삔 건 아니라 간단하게 처치만 했다는 의사의 말이, 최범의 말다툼이 문제가 아니었다.

'내가 좋아하는 건, 너니까.'

승준의 그 한마디가 끈덕지게 살아남아 사라지지 않았다.

간만에 고백을 받았기 때문일까. 아니다. 생각지도 못한 말이기 때문일 거다. 원래 어이없는 게 기억에 제일 오래 남지 않나.

'내가 좋아하는 건…….'

이미 사귀었던 사람에게 다시 고백하는 건 뭐야?

"추 대리, 그나저나 차 본부장님 케이크 주문했어?"

골똘히 생각에 잠겨 있던 다현의 귀에 '본부장님'이라는 소리가 들렸다. 다른 소리는 몰라도 그 말은 잘 들렸다.

"죄송해요, 과장님. 제가 깜빡했어요. 지금 바로 주문할게요."

"제정신이야? 깜빡할 게 따로 있지."

"가게 전화해서 일단 주문되는지 물어볼게요."

"거기 유명해서 일주일 전부터 예약해야 된다니까."

곧바로 가게에 전화를 거는 추 대리를 보던 이 과장의 얼굴이 짜증스럽게 일그러져 있었다.

"네, 저 케이크 주문하려고 하는데요."

다현의 시선이 책상에 놓인 달력에 꽂혔다.

그러고 보니 승준의 생일이 코앞이었다. 하필 병상에 계신 아버지와 승준의 생일이 거의 비슷해 쉽게 잊을 수가 없었다.

"아, 어떻게 안 될까요? 제가 케이크가 꼭 필요한데……."

아무래도 케이크 예약에 실패한 모양이다. 슬그머니 수화기를 내려놓는 추 대리의 얼굴에 그늘이 졌다. 어차피 어떤 케이크를 먹든 승준에겐 아무 의미가 없을 텐데.

"에이 씨, 거 봐. 미리 해야 된다니까."

"과장님 제가 빨리 다른 곳 알아볼게요."

추 대리의 말에도 이 과장의 얼굴은 펴지지 않았다. 이제 어떻게 할 거냐고 이 과장이 어찌나 닦달을 해 대던지 주변 분위기까지 싸늘해질 정도였다.

"저어……."

조용히 앉아 있던 다현의 입이 떨어졌다.

그래도 첫 출근 때 자신을 챙겨 줬던 추 대리가 곤란한 상황인데 가만히 두고 볼 수가 없었다.

"본부장님이 어떤 케이크 좋아하는지 아는데."

물론 거짓말이다.

"제가 추 대리님하고 같이 준비해도 될까요?"

심히 구겨져 있던 이 과장의 미간이 살짝 풀렸다.

"강 대리가 본부장님 취향을 어떻게 알아?"

"그게……."

머리가 어서 굴러가 주기를 기도했다. 이대로 주춤거리기라도 하면 거짓말을 했다는 것을 금방 들키게 될 테니까. 그렇다고 아무 맛을 느끼지 못하는 승준의 약점을 던져 버릴 수도 없는 노릇이었다.

"저번에 회사 소개해 주실 때 대화하다가, 어쩌다 보니까 듣게 돼서요."

두루뭉술하기 짝이 없는 대답이었다.

"강 대리가 책임지는 거야?"

"네네, 그럼요."

"그럼 강 대리가 같이 준비하든가."

이 과장의 화가 한결 누그러졌다. 어떻게든 책임을 피해 갈 수 있을 테니 그걸로 됐다는 느낌이었다.

입을 벙긋거리며 고맙다고 하는 추 대리의 인사에 다현은 목인사로 화답했다. 난데없이 승준의 생일을 챙기게 됐지만 어려울 것도 없었다. 어떤 케이크를 내놓아도 군말 없이 넘어갈 위인이다.

케이크의 가격이며 맛이며 디자인까지 운운하며 까탈스럽게 구는 상사보다 백 번 나았다.

다현은 가뿐히 손을 풀고는 근처에서 가장 평가가 괜찮은 케이크 집을 찾기 시작했다.

❖ ❖ ❖

미지가 보내 준 알바비를 전부 엄마에게 보냈다. 그러지 않아도 된다고 엄마가 극구 사양했지만 그냥 그러고 싶었다.

회사를 다시 다니기 시작했다고 조금 숨통이 트인 것도 같았다. 어쨌든 월급에, 부속 계약으로 나오는 돈도 있지 않나. 엄마가 조금이라도 편하게 지낼 수만 있다면 자존심은 필요도 없었다.

어차피 그게 밥 먹여 주는 것도 아니고.

뿌듯한 마음을 안고 은행에서 나와 사무실로 향했다. 점심 시간이 딱 끝나기 전에 자리에 앉을 수 있을 듯했다.

"잠깐……!"

때마침 닫히려는 엘리베이터를 발견하고 다현이 다급히 외쳤다. 하지만 문이 열린 순간, 엘리베이터를 잡은 걸 후회했다. 좁은 공간 안에는 승준이 있었다.

나 홀로 서 있는 승준은 제게 어서 타라며, 고개를 까딱거렸다.

"계속 그러고 서 있을 거야?"

"먼저 올라가세요, 본부장님."

"나 피해?"

"제가 왜 본부장님을 피하겠어요. 제가 그래야 될 이유도 없고요. 그냥 다른 일이 생각나서 그거 처리하고 가야겠다고 생각한 것뿐이에요."

"어떤 다른 이유?"

이 과장과는 달리 승준은 녹록지 않은 인간이라는 걸 잠시 잊고 있었다. 조용히 입술을 감쳐문 다현이 머리를 굴렸지만 그럴듯한 핑계가 생각나지 않았다.

"머리 그만 굴리고 타."

제 생각을 모두 읽었다는 것처럼 승준이 다시 한번 고갯짓을 했다.

"왜, 나 보면 사귀고 싶어질까 봐 안 되겠어?"

누가 들을지도 모른다는 생각에 다현이 급히 엘리베이터에 올라탔다.

"회사에서 쓸데없는 소리 그만하시죠, 차 본부장님."

다현의 으르렁거림을 품은 엘리베이터 문이 닫혔다. 좁다란 공간 안에 도는 지독한 적막이 온몸을 짓눌렀다. 가능하면 빨리 엘리베이터에서 내리고 싶었지만 그럴 수 없었다. 그가 자연스럽게 제가 누른 층수 버튼을 꺼 버린 탓이다.

다현은 승준을 흘기며 다시 사무실 층수 버튼을 눌렀다. 그런데 얄밉게 그가 또 버튼을 꺼 버린다.

"장난하세요?"

"아니."

"근데 왜 기껏 남이 누른 걸……."

"여기 더 있어도 좋겠다 싶어서."

승준이 말허리를 자르며 능청스럽게 뒷말을 이었다.

여기에 들어선 것부터가 문제였다. 호랑이 굴에 들어가도 정신만 차리면 산대도 가장 좋은 것은 애초에 호랑이를 만나지 않는 거니까.

가까이 다가서는 승준을 피하려 다현이 한 걸음 뒤로 물러났다. 조금만 움직였는데도 등이 바로 벽에 닿았다. 제가 도망칠 수 있는 공간이 사무실보다 한참 작았다. 사냥꾼의 덫에 걸린 먹잇감이 된 기분이었다.

엘리베이터 손잡이를 붙잡고 제 쪽으로 고개를 들이미는 승준에게 꼼짝없이 갇혀 버리고 만 거다.

"영원히 나 피할 수 있을 것 같아?"

"여기가 네 세상인데 그럴 수나 있겠어?"

다현이 톡 쏘며 반문했다.

"없지."

승준이 한쪽 입꼬리를 날름 말아 올리며 차디찬 미소를 지어 보였다. 그와 이성적인 대화가 가능하다고 생각한 것부터가 잘못됐다.

"그러니까 수고 그만하고 내가 보이는 곳에 있어."

승준이 부드럽게 제 턱을 붙잡고는 엄지로 입술을 쓸어내렸다.

"숨어 봐야 어차피 헛수고야."

승준의 손이 스친 곳마다 열감이 피어올랐다. 그 손길이 얼마나 자극적이던지 자신도 모르게 숨이 멎었다. 숨을 쉬는 게 조심스러웠다. 숨을 들이마시기라도 하면 가슴께가 부풀어 승준에게 닿을 것만 같았으니까.

"언제 네가 필요할지도 모르고."

이대로 가다가는 갑자기 계약 이행을 하자며 입술을 들이밀지도 몰랐다. 그 생각만으로도 우습게 제 입술이 옴지락거렸다.

본부장실에서의 일이 머릿속에 깊이 박혀 있는 탓인지도 몰랐다.

만약 진실로 제 도움이 필요하다고 하더라도 엘리베이터에서는 곤란했다. CCTV에 모든 장면이 찍히고 있을 것이다. 보안팀에서 어떤 소리라도 터져 나오면 구설수에 시달리게 되는 건 시간문제였다.

혹시라도 엘리베이터 문이 열리면……

이상한 소문이 일파만파 퍼져 나가게 될 거다.

'강 주임도 그렇지. 어떻게 결혼할 여자도 있는 마 대리를 건드려? 이게 무슨 망신이야?'

징계위원회라도 열어야 하는 게 아니냐며 호통을 치던 전 본부장의 날 선 목소리가 들리는 듯했다.

저를 징계할 이유는 풍기문란이라고 했다. 그 단어의 뜻이나 제대로 알고 사용한 건지 모르겠지만.

그사이에 엘리베이터는 승준이 눌러 놓은 층에 도착했다. 본부장실이 있는 꼭대기 층이었다.

"안 내리세요? 이만 내려 주시면 좋겠는데. 저는 사무실로 돌아갈 거라서요."

다현은 승준의 가슴팍을 밀어 봤지만 아무 소용 없었다.

"안 도망가겠다고 약속하면."

"안 도망가. 내가 누구처럼 마음 변했다고 훌랑 사라지는 인간은 아니거든. 근데 이렇게 네가 월권 행사하면 나도 어떻게 할지 몰라."

승준을 똑바로 쳐다보며 경고를 날렸다.

그를 막을 수 있는 방법이 그것뿐이라 생각했다. 그게 그

의 마음을 돌리게 할지, 도리어 불을 지필지는 알 수 없었지
만 말이다.

서로를 보는 두 사람 사이로 묵직한 적막이 흘렀다.

"조심해 볼게."

조용한 공기 위로 승준의 저음이 물들었다. 자신이 던진
말이 사실임을 증명하듯 승준은 뒤로 한 발자국 물러서기까
지 했다. 금방이라도 닿을 것 같던 몸이 조금 멀어졌다.

혹여 문이 닫히기라도 할까. 다현이 재빨리 열림 버튼을
눌렀다.

승준을 향해 어서 꺼지라는 눈빛도 날렸다. 물끄러미 저를
바라보던 승준이 픽 하고 웃음을 흘렸다. 다시 마음이 변할
지도 모르니 경계를 늦춰서는 안 됐다.

"이따 봐."

승준이 드디어 짤막한 인사를 던지며 엘리베이터에서 내렸
다. 바로 본부장실로 움직이지는 않았다. 문이 닫힐 때까지
제자리에 서 있을 뿐.

다현은 제게서 눈을 떼지 않는 그의 시선을 피하며 문이
완전히 닫히기만을 기다렸다.

탕—

경쾌한 소리와 함께 엘리베이터 문이 닫히자, 마침내 꾹
참고 있던 날숨이 터졌다.

"하아……."

무엇이 그렇게도 마음에 걸려 마음 편히 숨조차 쉬지 못했
는지 모르겠다. 아래로 내려가는 엘리베이터 속에서 다현의
시선은 이상하게 위로 올라갔다.

차승준이 있는 꼭대기.

그곳과 자신과의 거리가 문득 얼마나 먼지 새삼 느껴졌다. 이 거리감을 유지하는 게 제게는 더할 나위 없이 좋을 걸 안다. 좋아한다는 승준의 달콤한 말에 넘어가자마자, 아래로 훅 꺼지는 절망을 느끼게 될 터다.

언제나 그랬던 것처럼 우리는 각자의 자리를 지키는 게 맞았다.

무사히 퇴근한 다현이 복합쇼핑몰로 향했다. 글이 잘 써지지 않는다는 미지와 만나 저녁이라도 먹을 참이었다.

월급이 나오기 전이기는 하나, 미지에게 맛있는 음식을 먹이고 싶었다. 가장 힘들 때 저를 챙겨 준 친구에게 뭘 못 해주겠나. 맛있는 것을 먹고 미지의 기분이 조금이라도 나아지기를 바랐다.

다현은 분위기 끝내주는 곳에 들어가 여러 음식을 다양하게 시켰다. 무엇 하나 버릴 것 없이 입에 맞았다.

"완전 맛있어. 역시 스트레스 푸는 데는 맛있는 거 먹는 게 최고라니까."

연신 감탄을 쏟아 내는 미지를 보는데, 문득 승준이 생각났다. 승준도 저녁을 먹었을까? 아무 맛도 느끼지 못한 채 배만 채우고 있을까. 맛있는 음식을 먹고 기분이 풀리는 즐거움을 조금이라도 느끼면 좋을 텐데.

여러 생각이 꼬리에 꼬리를 물고 이어졌다.

우습게도 대부분은 승준에 대한 걱정이었다. 제가 계약에 너무 집중한 나머지 헛생각을 하기 시작했나 보다. 그게 전부 분수에 넘치는 걱정인 줄도 모르고.

자신이 누구를 안타깝게 여길 처지가 아니었다. 승준에게는 능력 있는 의사들이 붙어 있을 것이다. 그리고 무미각증을 걱정하고, 고치는 것은 그들이 해야 할 일이었다.

"일하는 건 할 만해?"

"응. 재미있어. 사람들도 괜찮고 기획하는 것도 좋고."

"차승준하고는……?"

미지가 퍽 조심스럽게 물었다.

"그냥저냥."

"너 안 괴롭혀?"

"괴롭혀. 지난번에는 갑자기 나한테 고백까지 하더라고."

"고, 고, 고백?!"

미지의 목소리가 얼마나 크던지 식당 안에 있는 사람들의 이목이 단박에 집중됐다. 다현은 죄송하다며 엉거주춤 일어나 목인사를 했다.

그제야 자신들의 테이블에 모였던 시선이 여기저기로 흩어졌다.

"맞네, 맞아. 이거 후회남의 후회 시작이네. 딱 그거야."

그러든지 말든지 상관도 없이 미지는 혼자 중얼거리기에 바빴다.

"차승준이 후회까지 시작했다는 거지?"

차승준과 후회라…….

전혀 어울리지 않는 조합이었다.

승준은 무언가에 후회할 만한 인간이 아니었다. 단순히 자신이 쉽게 계약을 끝내지 못하도록 개수작을 부리는 중이라는 게 훨씬 설득력 있었다. 혜승과 아무 관계가 아니라고 하는 것도 거짓말인지 누가 알겠나. 저희들이 삼자대면을 할 것도 아니고.

설령 승준의 마음이 진심이었다 하더라도 그와 얽힐 마음은 추호도 없었다.

그런데도 굳이 미지에게 그날의 일을 털어놓게 된 건, 혼자 그 고백을 가지고 있기 버거웠던 탓이었다. 누구에게든 털어놓지 않으면 마음이 하염없이 부풀 것 같았다.

"너 그거 바로 받아 주면 안 된다. 구르고 구르고 굴러야⋯⋯."

"그냥 그 고백, 버리려고."

"어?"

미지는 '이게 아닌데' 하는 표정이었다.

"다시 상처받기 싫어서."

누군가에게 다짐이라도 해야 했다. 죽어도 승준의 고백에 넘어가지 않겠다고 말하면 그렇게 될 수 있을 것 같았다.

"배 너무 부르다. 일어나서 한 바퀴 돌고 카페 갈까?"

"콜."

미지가 군말 없이 제 말을 따라 주었다.

식당을 나선 다현은 쇼핑몰을 한 층 한 층 돌기 시작했다. 리빙과 여성복 코너를 돌던 제 발걸음이 조금씩 느려지기 시작했다. 자신과 상관도 없는 남성복 매장에 왜 자꾸 눈이 돌아가는 걸까.

상사의 생일을 알아 버렸으니 지극히 당연한 반응인지 몰랐다. 승준과 아예 모르는 사이도 아니지 않나.

그렇지만 승준의 선물을 사는 것도 웃겼다. 우리가 뭘 그렇게 좋은 사이라고.

"왜? 누구 선물이라도 사게?"

미지는 제가 뭣 때문에 주춤대는지 빤히 아는 듯했다.

"생일파티 하는데 선물 하나 없냐고 과장이 혹시 지랄할까 봐. 걔 생일이 뭘 그렇게 대단하다고 레터링 들어간 케이크까지 예약했다니까."

헛웃음을 흘리면서도 남성복 매장을 훑게 되는 건 어쩔 수 없었다. 차라리 보지를 말자 싶었다. 눈에서 안 보이면 생각에서도 깔끔히 사라질 테니까.

"과잉 충성이야."

다현은 대차게 남성복 매장을 등지고 돌아섰다. 승준의 생일은 제게 중요하지도 않다는 듯이.

제9장

먹고 싶은 것

과잉 충성심.

그게 왜 자신에게 발동되고 만 걸까. 이성을 똑바로 붙잡고만 있었어도 승준의 선물을 사지는 않았을 것이다. 다현이 아랫입술을 깨물며 가방을 열었다.

결국 쇼핑몰에 다시 찾아가 넥타이를 사 버리고 말았다.

단정하게 포장된 박스를 바라보는 것만으로도 깊은 한숨이 나왔다. 누가 줬는지는 비밀로 해 달라면서 남 비서한테 몰래 맡길까. 아냐, 그냥 주지 말까.

때아닌 갈림길에 머리까지 지끈거렸다.

"강 대리, 준비됐어?"

어느샌가 이 과장이 제게 다가와 작게 속삭였다.

승준도 없는데 왜 이러시는 건지……. 아무래도 승준의 생일에 몹시도 진심인가 보다.

"냉장고에 넣어 뒀어요."

"딱 좋네. 본부장님 10분 후면 회의 끝난다고 하시니까 다들 준비하자고."

야심찬 이 과장의 깜짝 파티는 안타깝게도 승준의 마음을 울리지 못할 것이다.

제가 아는 승준은 시끌거리는 축하 파티를 좋아하지 않았다. 아마 오늘이 자신의 생일인지도 모를 수도 있었다. 저와 사귈 때조차 자신의 생일을 단 한 번도 기억하지 못했던 승준이 아닌가.

그 사실을 알 리 없는 이 과장의 주도 아래, 저만 남겨 두고 모두들 탕비실로 사라졌다.

제가 승준을 데리고 탕비실로 가면 이 과장이 케이크를 들고 나오겠단다. 열렬한 축하 속에서 승준의 표정이 어떨지 감도 잡히지 않았다.

탕비실에 데리고 가기 전에 어떤 맛 케이크를 샀는지 미리 언질해 줘야 하나, 말아야 하나조차 결정하지 못했다.

바로 그 순간, 회의를 끝낸 승준이 사무실로 돌아왔다. 모두가 자리에 없는데도 별달리 관심 없는 듯했다.

"저, 본부장님……."

다현이 쭈뼛거리며 자리에서 일어나서는 승준의 꽁무니를 따랐다.

"말해요."

그가 자리에 앉기 전에 고개를 돌려 저를 봤다.

"탕비실에서 잠깐 얘기할 수 있을까요?"

"비밀 얘기면 아무도 없는 여기가 낫지 않겠어?"

"어, 네?"

당황해 반말이 뛰쳐나왔다.

"다들 탕비실에 간 모양인데. 아냐?"

눈치 빠른 자식.

"안 가실 거예요?"

"가서 허튼짓 안 해도 되니까 일들이나 하라고 전해."

다현이 자리로 돌아가려는 승준의 앞길을 다급히 막아섰다. 여기서 그를 데리고 가지 못하면 모든 실패의 화살이 제게 돌아올 거다.

덤터기를 쓸 마음일랑 추호도 없었다.

"그냥 가시죠, 본부장님."

"처리할 일 많아."

"시간 많이 안 뺏을게요."

"다들 나와서 기획안이나 올리라고 해. 지금 나한테는 그게 필요하니까."

"삐뚤게 굴지 말고 그냥 가서 장단 조금 맞춰 주면 안 돼? 어려운 것도 아니잖아."

급한 마음에 반말이 저절로 튀어나왔다.

"나한테 이득 되는 건?"

책상에 걸터앉아 팔짱을 끼고 있는 승준은 어쩐지 이 상황을 즐기고 있는 것 같았다. 어서 자신을 설득해 보라는 미소가 몹시도 얄궂었다.

"기⋯⋯쁨?"

싱거운 대답에 승준은 김이 빠진 표정이었다. 하필이면 그때, 승준을 데리고 언제 올 거냐고 채근하는 이 과장의 문자 메시지가 날아왔다.

"선물이라도 드리겠다면 가실래요?"

여차하면 넥타이를 던져 줄 생각이었다.

"그거 마음에 드네."

하지만 승준은 가방에서 선물을 꺼낼 기회도 주지 않고, 곧장 탕비실로 움직였다. 뭘 얼마나 대단한 선물을 받겠다고 저럴까. 있는 사람이 더하다니까.

미리 준비한 선물은 꺼내지도 못하고 다현도 서둘러 승준의 뒤를 따랐다.

[지금 탕비실로 가고 있습니다.]

이 과장에게 몰래 상황을 전달했다. 승준이 탕비실 문을 열기만을 기다리며 모두들 숨을 죽이고 있을 터다.

탕비실 가까이에 멈춰 선 승준이 제 쪽으로 고개를 돌렸다. 놀란 표정을 지을 준비라도 하는 건가.

[곧……]

그가 허리를 구부려 제게 눈을 맞추는 바람에 메시지를 끝까지 적지 못했다.

"약속 꼭 지켜."

말을 끝낸 승준의 입가에 묘한 미소가 번졌다. 불현듯 무언가 잘못돼 가고 있다는 생각이 들었다. 먼저 뭘 받을 거냐고 물어봐야 했는지도 몰랐다.

하지만 그 질문을 던지기도 전에 탕비실 문이 열렸다.

"본부장님 생일 축하드립니다!"

"생일 축하드려요!"

순식간에 사위에서 불이 켜지고, 폭죽이 터졌고 생일 축하

노래가 들렸다. 어느샌가 다현도 잠시 선물 걱정을 잊고 축하의 향연에 섞여 들었다.

박수 소리를 배경음악 삼아 이 과장이 해맑게 웃으며 케이크를 들고 나타났다.

"소원 빌고 끄시면……."

하나 승준에게는 낭만이라는 게 존재하지 않았다. 만약 그런 게 조금이라도 남아 있었다면 이 과장의 말이 끝나기도 전에 무심한 표정으로 촛불을 모조리 끄지는 않았을 거다. 불이 꺼진 초 위로 하얀 연기만 피어올랐다.

모두들 어안이 벙벙한 얼굴로 승준을 뚫어져라 쳐다봤다. 정작 당사자는 이게 무슨 큰 문제냐는 무감한 표정이었다.

다현이 먼저 나서서 박수를 치지 않았더라면 얼어붙어 버린 분위기가 얼마나 지속됐을지 몰랐다.

"자자, 박수박수."

멍하니 꺼진 촛불을 보던 이 과장이 뒤늦게 정신을 차리고는 덩달아 박수를 쳐 댔다.

"축하드려요, 본부장님!"

"축하드립니다!"

찬물을 끼얹은 것처럼 조용하던 공기가 단숨에 왁자지껄하게 바뀌었다.

"케이크 커팅 한 번 가셔야죠."

이 과장은 테이블 위에 케이크를 내려놓고는 얼른 케이크 칼을 대령했다. 이것까지 해야 약속이 유효하냐는 듯 승준이 제 쪽을 쳐다봤다. 혹여 누군가 그 시선을 눈치채기라도 할까, 다현은 주변의 눈치를 보고 재빨리 고개를 끄덕거렸다.

그제야 승준이 이 과장이 건넨 플라스틱 칼을 가져갔다. 케이크 위에 써 있는 '평생 저희랑 촛불 꺼요'란 글씨에는 분명 관심도 없었다.

이 과장의 야심찬 문구는 승준의 칼질에 단박에 망가졌다. 평생 이 과장을 볼 마음이 없다는 단호한 마음이 설핏 느껴지는 것 같기도 했다.

"다 같이 나눠 드시죠. 저는 처리할 일이 있어서 이만 가 보겠습니다."

"그래도 하나 드셔 보세요. 강 대리가 추천한 케이크인데 맛있답니다."

이 과장이 다급히 제 이름을 들먹였다. 아무래도 승준이 케이크를 마음에 들어 하지 않는다고 생각한 모양이다. 혹시라도 질타를 받거든 네가 감당하라는 눈빛까지 날려 대는 것만 봐도 그랬다.

"이렇게 권하시니 거절을 못 하겠네."

마음이 바뀐 듯 승준이 자리에 앉았다.

이 과장이 건넨 케이크를 먹으며 그는 지금 무슨 생각을 하고 있을까.

어떤 반응을 보여야 할지 고민하고 있을까. 아니면 케이크 한 조각 제대로 맛볼 수 없는 현실에 씁쓸해하는 중일까. 그저 이 상황이 전부 귀찮을지도 모르겠다.

머릿속을 휘도는 여러 생각에 다현은 입술 안쪽의 살만 잘끈 씹어 댔다.

"강다현 대리."

승준과 눈이 마주치자 다현이 흠칫 놀랐다. 그를 생각하고 있다는 걸 들키기라도 한 것 같아 괜히 민망하기까지 했다.

"네, 본부장님."

"이따가 시장조사 나갈 테니까 알고 있어요."

"어디로요?"

"서너 군데 정도 돌아볼 거라. 왜, 못 갈 이유라도 있어요?"

갑자기 일정에도 없던 시장조사라니.

어딘지 모르게 수상한 업무였다. 묘하게 꺼림칙한 기분은 둘째치더라도 우중충한 날에 외근이 반가울 리 없었다. 하지만 어쩌겠나. 일이라는데 할 수밖에.

"아뇨. 그렇게 알고 준비하겠습니다."

다현은 가까스로 태연한 미소를 지어 보이고는 승준에게서 시선을 뗐다.

시끌벅적한 생일 파티가 끝날 때까지도 다현은 알지 못했다. 그가 어떤 야무진 계획을 가지고 있는지.

❖　❖　❖

"강 대리, 지하 1층 A구역 3에 주차해 뒀으니까 미리 내려가 있어요. 결재만 끝내고 바로 뒤따라갈 테니까."

차 키를 건네는 승준의 시선이 모니터에서 떨어지지 않았다. 처리할 일이 산더미처럼 쌓여 있는 듯했다.

"급하시면 저 혼자 다녀올까요?"

시장조사 형식을 추 대리에게 전달받았는데, 혼자 조사하러 다녀도 크게 어려울 것 같지 않았다. 도리어 승준이 없는 게 마음도 편할 것도 같았다.

"같이 갑니다."

고개를 든 승준이 단호하게 대답했다. 마음을 바꿀 생각일랑 추호도 없어 보였다.

"바쁘신 것 같아서……."

"지금 남는 업무용 차도 없을 겁니다. 대중교통으로 가기에는 불편한 곳도 있고. 내 일을 남한테 떠넘길 마음도 없고."

예예, 그러시구나.

"이번 시장조사, 아주 기대 중입니다."

승준이 제게서 눈을 떼지 않고 말했다.

"굉장히 맛있을 것 같아서."

그의 눈빛이 제 입술에 가닿았다. 순간 훗훗한 열감이 입술 안쪽에서 번져 나오는 느낌이 들었다. 승준의 눈동자에 번진 관능적인 빛과 얄궂게 피어나는 미소에 반응해 버린 건지도 몰랐다.

당황한 마음이 그대로 얼굴에 드러나기라도 할까. 다현은 입꼬리에 바득 힘을 주고 웃어 보였다.

"먼저 내려가 보겠습니다."

승준의 책상 위에 있던 차 키를 가지고 갔다. 그러자 승준의 시선이 이내 다시 모니터로 돌아갔다. 애초부터 제게 별다른 관심조차 없었다는 듯, 무심하게.

제가 사무실을 나설 때까지도 승준은 남아 있는 업무를 처리하느라 바빠 보였다.

"뭐야……."

싱겁기 그지없는 모습에 엘리베이터 앞에 선 다현의 입에서 볼멘소리가 흘렀다.

불만스러워할 필요가 없다는 걸 안다. 궁싯거리는 제 모습이 퍽 볼품없다는 것 또한 모르지 않았다. 제가 꼭 승준의 관심을 받지 못해 안달이라도 난 것처럼 느껴졌으니까.

쉴 새 없이 터져 나오던 실소가 멈추게 된 건 승준의 차 앞에 섰을 때였다.

승준과 멀어지니 사무실에서 느꼈던 확신이 무너지기 시작했다. 그가 쳐다본 것은 제 입술이 아니었을지 몰랐다. 그저 디저트가 맛있겠다고 말한 걸 제가 과하게 해석한 건지도.

"일이야, 일. 별거 없어."

다현은 주문이라도 걸듯 중얼거리며 승준의 차에 올라탔다.

값비싼 차에 본능적으로 행동거지가 조심스러워졌다. 잘못 흠집을 냈다가는 큰일이었다.

차는 무척이나 깔끔했는데, 진갈색과 블랙이 균형을 이루며 클래식한 느낌을 풍겼다. 적막한 공기 속에 녹아 있는 묘한 위압감과 이질감이 꼭 주인을 닮아 있었다.

제가 이 차를 몰 수 있을까 걱정하고 있는데, 갑자기 차 문이 열렸다.

"내려."

핸들에는 손도 대지 못한 채, 벙찐 얼굴로 문을 잡고 있는 승준을 봤다.

사무실로 꺼지라는 건가.

"저하고 시장조사 같이 가겠다고…….."

"내가 운전하려고."

"제가 할게요. 흠집 안 내고 잘 몰겠습니다."

"보험 때문에."

"아……."

다현은 안전벨트를 풀고는 차에서 내렸다. 상사가 모는 차를 탄다는 게 민망하긴 했지만, 차라리 다행이었다. 비싼 차를 끌어야 한다는 생각만으로도 엄청난 부담감이 밀려왔으니까.

조수석에 올라타자 긴장이 조금 풀렸다. 승준이 시동을 걸자마자, 고개를 돌려 자신을 빤히 쳐다봤다.

왜, 또 뭐가 문제인데?

제가 질문을 던지기도 전에 승준이 제 쪽으로 훅 몸을 들이밀었다. 돌발 행동에 놀라 뒤로 주춤 물러났지만 자동차 의자에 막혀 도망칠 길이 없었다.

당장이라도 입술이 닿을 듯 말 듯 가깝게 다가선 승준의 얼굴에 자신도 모르게 입술을 안쪽으로 말아 넣었다. 제멋대로 입을 맞추지 말라는 나름의 시위였다.

"기대 중이야?"

저를 물끄러미 내려다보던 승준이 나지막이 속삭이듯 말했다. 나른한 저음이 따뜻한 숨과 엉켜 검질기게 제 입술에 달라붙었다.

히터라도 틀었는지 열감이 훅 얼굴까지 솟구쳐 와, 순간 숨을 쉬는 것도 잊어 버렸다.

"원하면 해 줄 수는 있는데."

내가 뭘 원하는데?

반문이 담긴 뾰족한 말이 입안만 휘돌았다.

"마음대로 가까이 오지 마세요, 본부장님."

날이 선 말이 가까스로 입밖에서 뛰쳐나왔다. 승준이 원하는 대로 상황이 굴러가기 바로 직전이었다. 다현은 승준의 어깨를 힘껏 밀치며, 한껏 미간을 구겼다. 합의 없는 상황을 제가 얼마큼 불쾌해하는지 보여 주려는 것처럼.

"안전벨트 하는 거, 잊어버린 것 같길래."

"다른 의도도 있었을 거고요."

"왜 그렇게 생각해?"

"다른 부하 직원한테는 안전벨트를 매 주겠다고 들이대지 않을 거잖아."

승준이 한쪽 입꼬리를 올리며 장난스럽게 웃어 보였다. 자신의 까만 속내를 그대로 들켜 버렸다는 미소다. 승준에게서는 당황한 기색을 찾아볼 수 없었다. 꼭 제가 자신의 의도를 간파해 주기를 바란 인간 같았다.

저 여유를 미치도록 밟아 주고 싶었다. 자신만큼이나 승준도 놀라고 당혹스러워했으면 좋겠다.

"미간 풀어. 멋대로 안 굴 테니까."

미간 사이를 꾹꾹 눌러 주려는 듯 승준이 제게 내뻗은 손을 차갑게 쳐 냈다.

"손버릇이 나쁘시네요. 조심하셔야겠습니다."

"그 존댓말 안 할 수는 없어?"

"상사한테……."

"강다현."

"강다현 대리입니다, 본부장님."

"……."

"업무 중엔 신경 써 주세요. 여기가 학교는 아니잖아요. 이번 일에 도움이 될 파트너를 잃고 싶지도 않으실 거고."

다현이 담담한 어조로 협박을 날렸다. 때아닌 엄포에 승준의 표정이 썩 좋지 않았다. 제 말을 어떻게든 받아치려고 독기가 올랐다기보다는 풀이 죽어 보였다. 시무룩한 모습이 마치 주인에게 혼난 커다란 강아지 같았다.

방법을 바꾼 건가. 강하게 나가는 게 안 먹히니까 사람 마음 약해지게 만들려고? 왜 갑자기 꼬리를 내리는 건데?

고집스럽고 오만하기 짝이 없는 게…… 그게 차승준, 너잖아.

짐짓 당황한 마음을 숨기며 승준을 빤히 쳐다보고만 있었다. 어쩌면 파트너고 뭐고, 끝내자고 할지도 몰랐다. 거센 협박에는 협박으로 대적하는 게 정석이니까. 더욱이 자신의 말을 거스르는 걸 승준이 좋아할 리도 없었다.

승부수를 띄운 건 자신인데 도리어 제가 처분을 기다리는 기분이었다. 이게 완벽한 을의 마인드인 걸까.

굳게 다물려 있던 승준의 입술이 조금씩 떨어졌다.

"그럴게."

"어?"

승준의 대답에 놀란 표정이 감춰지지 않았다. 그가 이렇게 순순히 물러나다니. 다시 생각해도 믿을 수가 없었다.

"강 대리가 원하면 해 줘야지."

빙긋이 번져 나가는 미소가 심상치 않았다.

"안전벨트 매. 출발할 거니까."

다현이 안전벨트를 매자, 멈춰 있던 차가 움직이기 시작했다. 라디오조차 흘러나오지 않는 차 안이 유달리 조용했다.

단숨에 주차장을 벗어난 차는 시원스럽게 도로를 내달렸다. 어디선가 불어 든 겨울바람에 도로 양쪽에 우직하게 서 있던 빈 가지가 맥없이 흔들거렸다.

바깥 풍경을 바라보던 다현이 고개를 들었다. 날씨는 여전히 좋지 않았다. 조금이라도 툭 건드리면 울음을 터뜨릴 것처럼 하늘이 꾸물거렸다.

우산을 챙겼어야 했나.

"안 추워?"

"딱 괜찮아요."

다현은 운전석 쪽은 쳐다보지도 않고 대답했다.

처음에는 지나가는 풍경만 보였다. 그런데 조금씩 차창에 비치는 승준의 모습이 자꾸만 눈에 들어왔다.

그러다 문득 궁금해졌다.

너는 무슨 생각을 하고 있을까. 왜 다시 돌아와 내게 고백을 한 걸까.

"뭘 그렇게 봐?"

"아무것도."

승준과 대화할 마음일랑 추호도 없다는 듯 대화를 끊어 냈다. 조용한 공기가 다시금 두 사람을 향해 검질기게 달라붙었다.

❖ ❖ ❖

다현은 포크를 쥔 채 쌀로 만든 딸기 프리지에(프랑스의 무스

케이크)를 노려보고 있었다. 무엇이든 적당할 때가 가장 좋은 법이라는 말이 딱 맞았다. 디저트를 연달아 먹고 있으니 이제는 디저트만 봐도 신물이 올라왔다.

이럴 줄 알았으면 처음부터 달리지 말았어야 했다.

맛깔스러운 모양과 맛에 취해 페이스 조절을 하라는 승준의 말을 듣지 않았다. 무엇이든 다 먹을 수 있다는 거만한 대답의 죗값을 받는 중이었다.

빈티지한 원목 개다리소반에 놓여 있는 딸기 프리지에에 도무지 손이 가지 않았다. 케이크를 한 입만 먹어도 배가 터져 버릴 것 같았다.

완전 한계다.

"못 먹겠어?"

턱을 괴고 저를 보던 승준이 물었다. 어서 백기를 들라는 눈빛이다.

"먹기 힘들면 억지로 먹지 마."

"그럼 가게 인테리어만 찍고 포장해 갈게요. 딸기 프레지에 맛까지 정리해서 내일 시장조사 보고서 올리겠습니다."

"번거롭게 포장할 필요 있어?"

"그럼……?"

"내가 먹으면 되지."

제 쪽으로 몸을 기울인 승준의 입가에 얄궂은 미소가 피어올랐다. 새카만 속내가 눈앞에 보이듯 훤했다.

"직접 맛보시겠다고요?"

"못 할 거 있나."

"그게 가능……."

"불가능할 것도 없지. 내 앞에 떡하니 문제를 해결해 줄 사람도 있는데."

"그렇긴, 하네요."

승준의 말을 태연하게 받아치려고 했지만 실패했다. 승준과 입을 맞출 수도 있다는 생각에 묘한 압박을 느꼈던 것도 같다. 부디 제가 입술을 잠시 감쳐물다가 놓아 버린 걸 그가 보지 않았기를 바랐다. 그의 말에 입맛을 다시는 중이라고 오해받고 싶지 않았다.

"맛 좀 봐도 돼?"

느릿한 저음이 귓속에 깊숙이 파고들었다. 그 목소리에 반응이라도 하듯 제 입술이 옴지락거렸다.

상대가 뭘 할지 안다는 것만큼 긴장되는 것도 없었다.

"그냥 제가 먹을게요, 본부장님."

다현은 양쪽 입꼬리를 억지로 말아 올리며, 황급히 포크로 딸기 프레지에를 찍었다. 승준과 입을 맞추느니 차라리 배가 터지는 게 나았다.

마지막 디저트다.

한두 입만 먹어도 기나긴 시장조사에 마침표를 찍을 수 있었다.

'먹자, 먹어.'

주문이라도 걸듯 속으로 되뇌며 프레지에를 입안에 넣었다. 배부른 와중에도 이 집이 디저트에 진심이라는 것만큼은 확실히 느낄 수 있었다. 입안을 감싸는 디플로마 크림의 부드러움부터가 남달랐다.

계속 먹어도 물리지 않을 정도로 달지 않은 크림도 인상적

이었다. 맛의 밸런스를 잡아 주는 싱싱한 딸기와 촉촉한 쌀
빵 시트도 맛을 올리는 데 한몫했다.

"먹을 만한가 보네."

"맛있어요. 커스터드 맛이 살아 있어서 풍미도 살고요. 크
림도 많이 달지 않아서 좋아요. 단맛이 불쾌하게 남는 게 아
니라 깔끔해요."

"다른 건?"

"설향 딸기를 올린 게 신의 한 수 같아요. 크림이랑 찰떡이
네."

승준이 딸기 프레지에의 단면을 살폈다. 새빨간 딸기가 상
큼한 단물을 머금고 있었다.

딱 거기까지가 승준이 생각할 수 있는 상상의 끝이었다.
풍미, 단맛, 깔끔…… . 그 단어들을 열심히 조합해 보지만 다
현이 느끼고 있는 맛이 고스란히 느껴지지 않았다.

그래도 좋았다.

다현이 맛에 대해 조잘조잘 떠들어 대는 것만으로도 케이
크를 입안에 가득 넣은 것 같았다. 잃어버렸던 미각이 하나
씩 되살아나는 기분마저 들었다.

이렇게 다현이 자신의 눈앞에 항상 있었으면 좋겠다.

콧잔등을 살짝 찡그려도 좋으니, 자신과 입을 맞출 때마다
질색팔색해도 좋으니…… 제 앞에서 멀어지지 않기만을 바랐
다. 다현이 없던 지난 5년이 제게는 칠흑 같은 어둠과도 같았
으므로.

다현은 어느새 포크를 내려놓고는 프레지에 맛을 수첩에
적어 내려갔다.

사각거리는 소리가 한옥 카페 안에 번져 나갔다. 다현에게서 번지는 그 자그마한 소리마저 듣기 좋다.

"딸기 종류를 바꾸면 어떨 것 같아?"

구태여 질문을 던진 건 다현의 목소리를 더 듣고 싶다는 사심이었다.

"단가가 높아졌겠죠. 죽향이든 킹스베리든 설향보단 가성비가 떨어지니까."

"맛은 상관없고?"

"너무 달았으면 아쉬웠을 것 같아요. 크림하고 밸런스가 잘 안 맞았을 것 같다고 해야 하나. 맛이 조화롭기는 해야 하는데, 다채로울 필요는 있다고 생각해요. 입안에서 한 가지 맛만 나면 생각보다 훨씬 따분하거든요."

맛을 설명하는 다현의 눈동자에는 생기가 흘러넘쳤다. 싱그럽게 터지는 미소가 자신의 충동을 끝없이 부추긴다.

무엇이든 입에 가득 머금고 맛보고 싶게끔.

"단거에 단거를 붙이면 너무 투머치기도 하고."

다현의 입술을 머금고 싶었다. 말캉한 입술을 벌려 그 안을 마음껏 헤집고 싶었다. 따뜻하게 흘러내리는 타액을 빨아내면 제가 살아 있다는 걸 또렷이 느낄 수 있을 것만 같았다.

부드러운 살결이 얼마나 달까. 얼마나 맛있을까.

제가 맛본 그 감각을 떠올리는 것만으로도 미각이 살아나는 기분이었다. 아는 맛이 무섭다는 말을 온몸으로 경험하고 있었다.

"배부른데도 잘 먹는 거 보니까 맛있기는 한가 보네."

다현이 고개를 주억거렸다.

"여기로 할게."

"뭘?"

"여기 프레지에가 꼭 먹고 싶어져서."

도저히 참을 수가 없었다.

네 입술이 너무 달아 보여서.

"선물, 해 준다며."

"그랬긴 한데…… 보통 생일 당사자가 선물을 고르지는 않죠."

"왜? 당사자가 고르는 게 훨씬 효율적인데."

"이게 선물이 마음이라는 게……."

승준은 다현의 쪽으로 더욱 가까이 얼굴을 들이밀었다. 순간 당황했는지 쉴 새 없이 움직이던 다현이 말을 끝맺지 못했다.

"네네, 케이크 사러 갑니다. 가."

그녀가 다급히 자리에서 일어났다. 궁싯거리며 카운터로 향하는 뒷모습에서 꼭 아무 선물이나 얼른 던져 주고 끝내자는 다짐이 느껴졌다.

카운터 옆 쇼케이스를 가리키며 주문을 끝낸 다현이 곧 케이크가 든 상자를 들고 돌아왔다.

"받아요."

다현이 약속을 지켰다는 의기양양한 얼굴로 케이크가 든 상자를 내밀었다. 이쯤에서 적당히 제 생일을 마무리 짓고 싶은 눈치다.

하나 안타깝게도 승준은 그녀를 놓아줄 마음이 조금도 없었다. 그것은 다현이 제 손에 꾸역꾸역 케이크를 쥐여 줄 때도 마찬가지였다.

"저 약속 지킨 겁니다?"

선물이라는 말을 두 번 다시는 꺼내지 말라는 투다.

"저희 이만 갈까요? 본부장님이 차 빼고 계시는 동안 제가 카페 인테리어 찍어 둘게요."

가방을 둘러멘 다현이 핸드폰을 집어 들었다. 시장조사 자료에 들어갈 내부 인테리어 사진을 찍는 데 퍽 열심이다.

다현의 뒤를 졸졸 쫓아다니려다 관뒀다. 카페가 크지 않아 거치적거리기만 할 거다.

한 손에는 우산을, 다른 한 손에는 케이크를 든 승준이 먼저 카페를 나섰다. 판벽 한쪽으로 물러나 다현이 나오기를 기다렸다.

타닥타닥— 타닥—

기왓장을 때리는 빗소리가 일정하게 울려 퍼졌다. 기와를 타고 미끄러져 내려오는 비를 가만히 바라봤다. 땅에 탁 떨어졌다가 힘껏 튀어 오르는 모습을 보고 있는 것도 나쁘지 않았다.

다현을 기다리는 모든 순간이 행복했다.

빗줄기를 바라보던 제 앞에 두 발이 멈춰 섰다. 고개를 들자 다현이 어깨 아래로 흘러내리는 가방끈을 끌어 올리고 있었다.

"끝났어?"

"네, 다 찍었어요. 이제 회사로 돌아가면 되나요?"

"여기서 바로 퇴근해."

퇴근이라는 말에 다현의 낯빛이 밝아졌다. 당장이라도 빗속을 뚫고 집으로 돌아가고 싶은 마음이 여실히 느껴졌다.

많이 피곤하기는 했을 거다. 여기저기 카페를 돌아다닌 데다가 케이크나 구움 과자를 배 터지게 먹는 것도 쉽지 않은 일이니까. 문제는 제가 다현을 보내 주고 싶지 않다는 데 있었다.

승준은 우산을 펼치고는 다현에게 건넸다. 제가 뭘 하려는 건지 알 리 없는 그녀가 벙찐 얼굴로 얼결에 우산을 받아 들었다.

"약속한 선물은 주고 가야지."

"저는 선물 드렸는데요."

"케이크?"

"네."

"나는 다른 선물, 받고 싶은데."

승준은 어느새 케이크가 든 상자까지 다현에게 건넸다. 어느새 양손이 두둑해진 그녀가 황당하다는 표정으로 저를 노려봤다. 지금 뭐 하는 짓이냐고 딱 쏘아붙이려는 듯했다. 그러면서도 바람을 타고 들이치는 빗줄기를 막기 위해 제 키에 맞춰 바짝 우산을 올린다.

몸에 녹아 있는 배려가 사람을 기대하게 만든다.

네가 나를 조금은 용서해 주지 않았을까.

"먹고 싶어."

"어?"

커다란 손이 다현의 머리를 감쌌다. 고개를 든 그녀의 눈빛이 떨렸다. 단 한 번도 생각해 본 적 없는 그림일 거다. 자신은 매일같이, 그리고 또 다현을 보는 순간마다 그리던 모습이었는데.

"보기만 하는 건 너무 괴롭잖아."

케이크를 말하는 척했다. 맛도 느끼지 못하는데 가져가 봐야 너무 괴로운 일 아니냐고. 하지만 사실 제가 먹고 싶은 게 케이크가 아니라는 걸 다현은 진즉에 눈치챘을 거다.

여기서 멈추는 게 맞을지도 몰랐다. 다현의 화를 건드릴 수 있었다.

그러나 다현에게서 피어오르는 하얀 입김이 너무 달아 미칠 것 같았다. 한 번만, 딱 한 번만 다현이 저를 받아 주기를 바랐다. 생일이라는 우스운 핑계를 대서라도 그녀의 입술을 머금고 싶었다.

승준의 얼굴이 느릿하게 다현의 쪽으로 움직였다. 거리가 가까워질수록 예쁜 숨소리가 또렷이 들렸다. 다현의 몸이 살짝 굳어지는 것도 손바닥을 타고 고스란히 전해진다. 축축한 공기에 번졌다가 사라지는 입김을 조금이라도 뺏기고 싶지 않았다.

이렇게 맥없이 사라져 버릴 거면, 그런 거라면…… 차라리 제가 입 안 가득 머금고 싶었다.

결국 승준은 본능에 굴복해 버리고 말았다. 다현의 뒷머리를 누르며, 닿을 듯 말 듯 아슬아슬하던 거리를 완전히 없애 버렸다. 맞닿은 살덩이가 서로에게 녹아들었다. 주변에 흐르는 차가운 냉기마저 없애 버릴 만큼 맞붙은 입술 사이로 뜨거운 숨이 흘러내렸다.

다현은 놀란 건지, 아니면 이성을 잃어버린 건지. 저를 밀어내지 않았다. 어쩌면 제가 양손을 움직이지 못하게 우산과

267

상자를 모두 넘긴 탓인지도 몰랐다.

제가 입술을 벌리고 헤집는 동안, 그녀는 우산을 살짝 내려 입을 맞추는 저희들의 모습을 감추기만 했다.

"아……."

윗입술을 빨아내자, 다현이 약한 신음을 쏟아 냈다. 그 소리가 어찌나 자극적이던지 승준은 정신을 차리지 못했다. 다현의 잇새를 정성스럽게 핥으며, 그녀의 향기를 모두 삼키는 데만 집중했다.

뜨겁게 쏟아지는 열기에 다현의 혀가 움찔거렸다.

눅진히 젖어 있는 숨을 더 먹고 싶었다. 향긋하면서도 단 그 향이 심히 중독적이었다. 승준은 고개를 쳐든 다현을 조금 더 제 쪽으로 당겼다.

앙증맞은 다현의 혀를 휘감고 쪽쪽 삼켰다. 그러고는 곧 애무하듯 부드럽게 그녀의 혀를 돌렸다. 자신들 사이로 피어오르는 소리가 돌아 버릴 정도로 야했다.

승준은 그녀의 마음에 시끄러운 파문을 일으키고 싶었다. 야릇한 감촉의 밑바닥까지 다현을 끌고 갈 참이었다.

이 키스가 영원히 끝날 수 없도록.

"하아, 아……."

이대로 가다가는 큰일 날 거라 생각했는지 다현이 다급히 뒤로 물러났다. 그 바람에 두 사람의 입술이 떨어졌다.

"이, 정도면……."

호흡은 바로 차분해지지 않았다.

"네 미각, 충분히 돌아왔을 거야."

잠시 숨을 고른 다현이 뒷말을 덧붙였다. 저 아무렇지 않다는 표정은 가짜다. 제게 반말을 던지는 것부터가 평온함이 깨졌다는 반증이었다.

"저는 퇴근해야겠어요. 본부장님 안 가시면 저라도 혼자 가고요."

우산이 생겼으니 얼마든지 혼자 갈 수 있다는 듯 다현이 판벽에서 벗어났다.

"나 버리고 가게?"

"제 몫도 했고, 퇴근이잖아요."

"같이 저녁도 안 먹어 주고?"

"저는 축하드릴 만큼 다 해 준 것 같은데요. 선물도 줬고 파티도 해 드렸고. 이제 친구들하고 즐기세요."

"없어, 그런 거."

"그럼 가족분들하고 드시든가요. 저는 더 이상 배 터져서 아무것도 못 먹겠거든요. 상사 생일이라고 야근하고 싶지도 않고요."

그녀는 자신과 저녁을 먹는 건 업무의 연장선일 뿐이라며, 딱 잘라 선을 그었다.

결국에는 달라진 게 없구나. 그 생각에 승준의 입가에 씁쓸한 미소가 피어올랐다. 제게는 실망할 권리가 없다는 걸 빤히 알면서도 마음이 가라앉는 건 어쩔 수 없었다.

"조금이라도 비 안 맞고 차까지 가실래요? 아님 비 그칠 때까지 거기 계속 있을래요?"

"가야지, 너하고."

승준은 살짝 고개를 숙이고는 우산 속으로 들어갔다. 그러고는 다현의 손에 있던 우산을 가져갔다. 우산 높이가 제 키

269

만큼 높아졌다.

타닥타닥—

우산을 때리는 빗소리가 일정한 리듬을 그렸다.

그 소리가 승준의 마음을 조용히 두드렸다. 승준이 들고 있는 우산이 다현의 쪽으로 한없이 기울어졌다.

근처 버스 정류장에서 내려 달라는 다현의 고집에도 승준은 기어코 그녀를 집 앞까지 바래다주었다.

'내일 뵙겠습니다.'

끝인사를 날리고 돌아가는 다현에게서 눈을 떼지 못했다. 마음 같아서는 커피라도 마시고 싶다며 졸라 대고 싶었지만 참았다.

제가 한 걸음 다가서면 다현은 두 걸음 멀어질 테니까.

미쳐 날뛰지 말고, 다현에게 조금씩 다가서자 다짐했지만 쉽지 않았다. 회사 일을 처리할 때는 인내심이 차고 넘치는데 다현과 얽히면 참을성이 온데간데없이 사라졌다.

5년 동안, 미국에서 이를 악물고 참아 내다가 어딘가 고장나 버린 건지도 몰랐다.

빗속을 헤치며 도로를 달리던 승준의 차가 서서히 속도를 줄였다. 골목을 지나 집에 붙어 있는 차고로 들어섰다. 주차를 끝내자마자, 차고의 셔터가 내려와 닫혔다. 순식간에 차

체를 요란하게 때리던 빗소리가 사라졌다.

승준은 조수석에 가지런히 놓인 케이크를 들고 내렸다. 약간 들뜬 채, 집으로 돌아가려는데 핸드폰이 울렸다.

[승준아, 너 왜 이렇게 연락이 안 돼? 같이 저녁 먹으려고 했는데.]

[너 생일이잖아.]

[바빠?]

쉴 새 없이 날아드는 혜승의 문자 메시지에 절로 이맛살이 구겨졌다.

[바빠.]

혜승의 문자 메시지를 모른 척하고 싶지만 그럴 수 없었다. 제가 답장을 하지 않으면 아버지에게 곧바로 연락을 할게 뻔했다. 아버지와의 통화로 좋았던 기분을 한꺼번에 말아 먹고 싶지 않았다.

더 이상 답장하지 않겠다는 듯 핸드폰을 코트 주머니에 쑤셔 넣으려는데, 다시 진동이 울렸다. 차라리 핸드폰을 꺼두는 게 낫겠다.

"거슬리게……."

구겨졌던 승준의 표정이 단박에 펴졌다.

[빗길 조심해서 들어가세요. 태워다 주셔서 감사해요.]

다현의 문자 메시지에 그의 낯빛이 밝아졌다.

[그리고…….]

그리고…….

[조수석 의자 아래에 쇼핑백 있을 텐데 그것도 챙겨 가요. 혹시 못 볼까 봐……. 아무튼 수고하셨습니다.]

승준이 조수석 문을 열었다. 글로브박스 아래쪽을 보자, 쇼핑백이 놓여 있었다. 생각지 못한 선물이 고마우면서도 미안했다. 안 그래도 힘든 다현에게 부담을 준 것 같았기 때문이다.

선물을 챙겨 들고 집으로 돌아가면서 다현에게 전화를 걸었다.

기나긴 신호음이 이어졌다. 제 전화를 받을까 말까 고민 중인 걸까.

받아라.

받아, 다현아.

어느새 거실로 들어선 승준이 소파에 앉았다. 테이블에 선물과 케이크를 내려놓고서도 핸드폰에서 손을 떼지 못했다. 잠깐이라도 다현의 목소리를 듣고 싶었다.

- 네, 본부장님.

받았다.

"퇴근도 했는데 편하게 말 놔."

- 저는 이게 편해서요. 하실 말씀 있으면 하세요.

"고맙다고."

- ……네?

수화기 너머로 당황한 마음이 고스란히 전해졌다.

"선물 말이야."

- 상사한테 잘 보이면 좋잖아요. 그런 불순한 생각으로 준 거니까…….

"종일 내 생각한 거야?"

- 제가 지금 쓸데없는 소리를 들을 시간이 없어서요. 먼저 끊을게요.

"쉬어."

– ……아무튼 생일 축하해요.

고 짤막한 한 마디에 다현과의 거리가 줄어든 것만 같았다. 설령 그게 착각이래도, 오늘은 그 착각을 붙들고 싶었다.

넥타이를 끌어 내리던 승준의 입가에 잠잠히 미소가 젖어들었다.

전화를 끊은 승준이 고개를 돌려 거실 한쪽을 봤다. 적막한 집을 채우고 있는 수많은 선물이 보였다. 같이 일하고 싶어서, 인맥 관리 차……. 대부분은 불순한 의도를 달고 날아든 선물이었다.

순수하게 자신의 생일을 축하하기 위해 선물을 고른 것은 다현뿐일 것이다.

'아무튼 생일 축하해요.'

다현의 목소리가 하염없이 마음을 휘돌았다.

또 듣고 싶다.

다현을 제 곁에 붙잡아 두고, 매일같이 같은 말을 듣고 싶어 죽겠다.

소파에 등을 기대고 앉아 있자니 묘하게 허기가 돌았다. 승준은 상자에서 케이크를 꺼내고서 하얀 플라스틱 칼로 케이크를 적당히 잘랐다. 그러고는 일말의 고민도 없이 케이크를 푹 떠서는 입에 넣었다. 깔끔한 크림과 새콤한 딸기 맛이 입안 곳곳을 선명히 채웠다.

승준에게는 이보다 더 멋진 생일 선물이 없었다.

제10장

출장 파트너

다현이 찌뿌듯한 몸을 풀며 탕비실로 들어섰다. 급한 일을 다 처리했으니 잠시 숨을 돌릴 참이었다.

탕비실에 앉아 쉬고 있던 찬희가 벌떡 일어나 제게 인사했다. 가만히 인사만 받고 서 있기가 무안해 다현도 목인사로 화답했다. 그러고는 통유리로 되어 있는 창 쪽에 자리를 잡고 앉았다.

어제 줄기차게 비가 내려선지 날이 맑았다. 푸릇한 하늘에 어디로든 놀러 나가고 싶다는 마음까지 일었다.

밖은 분명 엄청 추울 텐데.

대만 날씨는 괜찮으려나.

궁금한 건 참을 수 없다는 듯 곧장 대만 날씨를 검색했다. 조만간 출장을 갈 테니 미리 알아 둬서 나쁠 것도 없었다.

"저…… 대리님."

어떻게 짐을 챙겨야 하나 궁리하던 제게 찬희가 조심스럽게 다가왔다.

"혹시 시간 있으세요?"

"왜요?"

"제가 곧 정규직 전환 PT면접이 있는데, 기획안 한번 봐주실 수 있을까 해서…… 바쁘시면 괜찮습니다!"

"저라도 괜찮으면 봐 드릴게요."

"정말이십니까?!"

은인이라도 만난 듯 찬희의 입가에 환한 미소가 번졌다.

"도움이 될지 모르겠네요."

"돼요. 무조건 됩니다!"

기획안을 내미는 찬희의 목소리가 한껏 커졌다. 정규직 전환이 간절하다는 게 똑똑히 전해졌다.

어느새 기획안을 받아 든 다현은 자료를 살폈다. 이왕이면 절실한 사람에게 좋은 결과가 가기를 바랐다. 만약 잘되지 않더라도 열심히 해 봤으니, 덜 후회가 갈 거다.

제 곁에 앉은 찬희의 얼굴에 긴장이 눌어붙었다.

"시장 조사 데이터가 조금 더 있으면 좋을 것 같아요. 온라인으로 설문조사 받는 것도 도움 많이 될 거예요."

다현이 종이를 한 장씩 넘기며 부족한 부분들을 짚어 주었다. 제 말을 하나도 놓치지 않겠다는 듯 찬희의 펜이 부지런히 움직였다.

그때 이 과장이 탕비실로 들어섰다. 냉장고에서 비트즙을 꺼내 먹던 이 과장은 자신들이 뭘 하고 있는지 궁금한 눈치였다. 귀를 쫑긋 세우고 있는 게 단박에 보였다. 가만히 대화를 듣고 있던 그가 어느새, 제 손에 있던 기획안을 가져갔다.

"뭘 이렇게 재밌게 봐?"

매너라고는 밥을 말아먹었나 보다.

"제가 아직 다 안 봐서요. 돌려주시겠어요, 과장님?"

이를 악문 다현이 손을 내밀었다.

"이거 그거야? 정직원 전환?"

"네."

"이런 건 나한테 물어봐야지. 내가 짬밥이 몇 년인데."

"저번에 부탁드렸는데 알아서 하라고 하셔서……."

"계속 부탁해야지. 하여간에 요새 인턴들은 끈기가 없어요."

이 과장이 혀를 끌끌 찼다.

"근데 이걸로 PT하려고? 이래서 정직원 되겠냐."

그의 입에서 막말이 쉴 새 없이 터져 나왔다. 싹을 밟아 버리는 이 과장의 무개념 행동에 속이 부글부글 끓었다.

자기가 뭔데 별로다 마다야?

"여기 강 대리가 뭘 알겠어. 지금 회사 적응하기도 바쁠 텐데."

이 과장은 저를 위아래로 훑으며 코웃음을 쳤다. 공채도 아닌 게 설치는 꼴을 보고 싶지 않았나 보다. 아니면 저를 눌러서라도 자신이 우위에 있다는 걸 보여 주고 싶었던가.

하지만 어디서나 더 위에 앉아 있는 인간들이 존재하는 법이었다.

"기획안 내일까지 달라고 했는데, 남의 거 검토할 시간 있겠어요?"

어디선가 나타난 승준이 이 과장의 손에 들려 있던 기획안을 가져갔다. 냉랭한 말투에 이 과장의 기세가 금세 눌렸다. 그가 말라비틀어진 오징어처럼 순식간에 쭈그러드는 걸 보니 속이 시원했다.

"저는 먼저…… 하하."

이 과장이 어디선가 뒷담화를 할지는 몰라도 일보 후퇴했다. 문득 권력이 얼마나 달달하고 대단한지 새삼 느껴졌다. 승준처럼 직급이 높거나 배경이 탄탄하면 이 과장 같은 사람이 꼼짝 못 하니까.

"본부장님, 기획안이요."

다현은 기획안을 돌려 달라는 듯 승준에게 두 손을 내밀었다.

"제가 피드백 해 주죠."

"본부장님이요?"

"어제 나 따라다닌다고 고생했는데 이 정도도 대신 못 해 주겠습니까."

"괜찮습니다."

"사양 말고 받아들여요."

차고 넘치는 호의에 다현의 눈동자가 갈피를 잃었다. 왜 이러는 거야?

"박찬희 씨는 나 따라오시고."

승준이 탕비실 문을 향해 고개를 까딱거렸다. 사냥꾼에게 붙잡힌 사슴마냥 찬희가 그의 뒤를 따랐다.

생각해 보면 제게는 나쁠 게 없었다. 승준만 일 하나가 더 생겨 번거로울 뿐이지.

탕비실을 나서던 승준이 뒤를 돌아 저를 쳐다봤다. 그 순간, 제가 선물한 넥타이가 눈에 들어왔다. 군청색 슬림한 넥타이가 승준과 너무도 잘 어울렸다. 제가 넥타이를 사면서 생각했던 것보다 더욱더.

넥타이를 매만지던 승준이 빙긋이 웃으며 유유히 탕비실을 나섰다. 누가 보면 선물을 받았다고 자랑이라도 하는 줄 알겠다.

그가 사라지자마자 핸드폰이 울렸다.

[점심에 시간 되세요? 대리님하고 같이 맛있는 거 먹고 싶어서.]

준열의 메시지였다.

그 메시지를 받고 왜 탕비실 문을 힐끗거리게 되는지 모르겠다. 승준이 심술을 부리는 꼴을 보기 싫었는지도. 다른 이유가 있을 리 만무했다.

그가 제 인생을 멋대로 휘젓도록 놔두지 않을 거다.

[네. 같이 먹어요.]

다현의 답장이 주저 없이 준열에게로 날아갔다.

승준은 점심 약속이 있다며 일찍 사무실을 나섰다. 그의 뒤를 이어 다현도 서둘러 사무실을 나섰다. 준열과 우동을 먹기로 했는데 맛집이라 줄이 장난 아닐 게 분명했다.

추위가 무색할 정도로 가게 앞에는 벌써 한 무리의 사람들이 줄을 서 있었다. 얼마나 맛있는 우동이길래 이러는지 궁금해졌다.

"여기요, 대리님!"

미리 줄을 서고 있던 준열이 제 팔을 부드럽게 잡아당겼다. 덕분에 다현은 줄에 자연스럽게 합류했다.

"엄청 빨리 나왔네요?"

"대리님한테 이거 꼭 먹이고 싶어서요."

"줄 긴 거 보니까 맛집은 맛집인가 봐요."

"여기가 점심때만 하고, 닫거든요. 그날그날 만든 것만 파신대요."

"그 말 들으니까 더 궁금하네요."

다현이 목을 빼고는 순서를 기다렸다. 하얗게 피어오르는 입김만큼 따뜻한 국물이 절실했다.

"이거 쥐고 계세요."

옷깃을 여미는 제 모습이 안타까웠는지 준열이 주머니에서 핫팩을 꺼내 건넸다.

"저 괜찮아요."

"손 빨개요."

"금방 줄 줄어들 텐데요, 뭐. 주머니에 넣어도 되구."

주머니에 손을 넣으려고 했지만 실패했다. 준열에게 덜렁 팔이 잡혀 버린 까닭이다.

"안 가져가시면 안 놔주려고요."

앙큼한 협박에 못 이겨 핫팩을 가져갔다.

후끈한 열이 쏟아지는 핫팩을 붙잡고 얼마나 기다렸을까. 길게 늘어섰던 줄이 조금씩 줄어들기 시작하더니 가게 문 앞까지 왔다. 따끈한 국물이 있는 우동을 고르고는 직원의 안

내를 받아 안으로 들어섰다.

몸에 붙어 있던 냉기가 단박에 떨어져 나갔다.

자리에 앉자 미리 주문한 우동이 올라왔다. 반숙 계란이 올라간 도톰한 우동 면발이 맛깔스러워 보였다.

국물에 소스를 살짝 뿌리는데, 준열이 제 접시 위에 유부조림을 올려 주었다.

"저 안 줘도 돼요."

"나눠 먹어야 맛있잖아요."

"그럼 계란도 사이좋게 반반씩 먹어요."

다현이 냉큼 계란 반쪽을 준열의 그릇에 놓아 주었다.

사뿐히 피어오르는 동료애를 느끼며, 우동 한 그릇을 뚝딱 비웠다. 빨리 자리를 비워 줘야 할 것 같아 다현은 부른 배를 가볍게 두드리며 자리에서 일어났다. 든든히 속을 채워선지 몸이 한결 따뜻했다. 차가운 바람도 견딜 만했다.

회사로 돌아가려 횡단보도를 앞에 섰는데, 반대편에 익숙한 차가 보였다. 승준의 차라는 걸 알기까지 오랜 시간이 걸리지 않았다.

도로를 달리던 그의 차가 이내 속도를 늦추고 약국 앞에 멈춰 섰다.

승준이 뒷자리가 아니라 운전석에서 내렸다. 비서 없이 나간 걸 보면 개인 일정이 있었나 보다. 회사로 복귀하는 중인 건가. 그런데 약국은 왜……? 어디가 아픈가.

"……."

다현은 준열의 말에는 신경도 쓰지 못하고 승준만 뚫어져라 보고 있었다. 바로 그 순간, 조수석에서 혜승이 내렸다.

약국에 들어갔다가 나온 승준이 그녀에게 약봉지를 건넸다.

혜승과 아무 사이도 아니라는 듯 말하더니……. 그 말을 믿은 자신이 바보다.

목 끝까지 올라온 헛웃음을 삼켰다. 승준이 누구를 챙기든 자신과 상관없는 일이라 속으로 중얼거렸다.

나란히 차에 올라타는 그들의 모습에서 눈이 떨어지지 않았다. 질투라기보다는 그냥, 눈에 거슬렸다. 어쨌든 사랑 타령을 하며 다정하게 미국으로 날아갔던 인간들이 아닌가.

"대리님? 다현 대리님."

"아? 네네."

"뭘 그렇게 보세요?"

"아무것도요. 잠깐 다른 생각 하다가…… 무슨 말 했어요?"

그들의 모습을 보지 말자고 다짐하며, 준열에게 집중했다.

"베이킹 잡지 가지러 언제 오시나 해서."

"아! 맞다. 잡지."

"출장 갔다 와서는 어떠세요?"

"그 전에는 시간 안 돼요?"

"그건 아닌데."

"아닌데?"

"대리님 대만 다녀오면 집밥 생각나실 것 같아서요. 제가 제일 먼저 맛있는 거 해 드리려고요. 절대 안 잊히게."

맹랑한 말에 다현이 바람 빠지듯 웃었다. 이쪽도 못 말릴 남자다. 물론 승준과는 다른 의미로.

"그럴게요."

준열의 제안을 단박에 받아들이고는 횡단보도를 건넜다.

다현은 회사에 돌아갈 때까지, 승준이 자신들을 지켜보고 있었다는 것을 전혀 알지 못했다.

❖ ❖ ❖

승준의 차가 패션 호텔 앞에 멈춰 섰다. 조수석에서 내린 혜승이 서둘러 뒷자리 문을 열었다.

"아버님, 여기 커피가 그렇게 맛있더라고요."

혜승은 차에서 내리는 아버지 곁에 붙어 쉴 새 없이 조잘거렸다. 그녀가 아버지를 끌고 나타난 이유를 모르지 않았다. 아버지가 없으면 제가 같이 점심을 먹자는 제안을 거절했으리란 걸 알기 때문일 것이다.

예전부터 계산 하나만큼은 빠른 애가 아닌가.

"제가 여기 전무하고 친해서 케이크도 미리 주문해 놨거든요. 근데 아버님 입맛에 맞을지 모르겠네요."

"맛이 없을 리가 있나. 혜승이 네 입맛이 얼마나 고급인지 다 아는데."

"저 너무 띄워 주시는 거 아니에요, 아버님?"

"사실을 말하는 거지. 편의점 업계 1위가 쉽게 됐을까. 다 혜승이 네 실력이지."

승준은 차 키를 맡기고는 다정히 대화를 나누는 두 사람의 뒤를 조용히 따랐다.

어서 회사로 돌아가고 싶다는 생각뿐이었다.

하지만 회사로 돌아가겠다는 말을 쉽게 꺼내지 못했다. 혹시라도 혜승이 저를 따라오겠다고 고집이라도 부리면 골치 아팠다.

혜승은 커피를 다 마실 때까지 자신을 보내 줄 마음이 없어 보였다.

기어코 여기를 데리고 온 것만 봐도 그랬다. 체했다는 것은 거짓말인 게 분명했다. 차라리 얼른 커피 한 잔을 마셔 주고 끝내는 게 나았다. 아니, 어떻게든 빨리 끝나도록 애를 써 볼 참이었다. 다현이 준열과 즐겁게 대화하던 게 자꾸 생각나 속이 뒤집혔으니까.

"바빠도 혜승이 맛있는 것도 사 주고 해라."

"혼자서도 잘 다닐 텐데요."

"혼자 다니는 거하고 둘이 다니는 거하고 같아?"

"경쟁사 직원하고 같이 다니면 보기 안 좋기도 하고요."

"혜승아, 네가 이해해라. 누굴 닮아서 이리 무드가 없는지. 쯔쯧!"

혜승의 기분이 상하기라도 했을까, 아버지는 그녀를 어르고 달랬다. 그 모습이 갸륵해 보일 정도였다. 그만하라는 말이 목 끝까지 올라왔으나 겨우 참았다. 자칫 아버지와 말다툼이 벌어져 봐야 좋을 게 없었다. 이곳은 특히 정재계 인사의 가족들이 자주 찾는 곳이 아닌가.

승준은 어금니를 꽉 문 채 엘리베이터 앞에 섰다. 자신이 감당해야 할 짜증이 여기까지기를 바랐다. 그렇지만 본디 좋지 않은 일은 한꺼번에 터지는 법이었다.

"승준이가 둘이 있을 때는 저한테 얼마나 잘해 주는데요."

자연스럽게 제 팔짱을 끼려는 혜승의 손을 뿌리치려던

순간.

"……어?"

최범과 딱 마주쳤다.

엿 같네.

"다현이…….."

"아버지하고 먼저 올라가. 뒤따라갈 테니까."

최범에게서 시선을 거둔 승준이 혜승을 채근했다. 그녀가 최범에게 관심을 갖는 것조차 위험했다.

"금방 와?"

"어."

"끝 층 올라와서 내 이름 대면 돼. 알았지?"

"어."

혜승은 어딘가 꺼림칙한 표정이었지만, 곧 엘리베이터에 올라탔다. 엘리베이터 문이 닫히자 바람 빠지듯 웃는 소리가 들렸다.

"여친이 하나가 아닌가 봐요?"

건들거리는 최범의 목소리가 신경을 날카롭게 긁었다.

"다현이도 알고 있어요?"

"관심 끄시고 가던 길 가시죠."

"다현이가 알면 많이 실망할 텐데…….."

"당신이 그랬던 것처럼?"

비틀린 웃음이 승준의 입술 사이로 터졌다. 과하게 화풀이하는 거래도 상관없었다. 이 새끼라도 제대로 밟지 않으면 미칠 것 같았다. 준열이 다현의 앞을 어슬렁거리는 것만으로도 열받아 돌아 버리겠는데…….

"그쪽이 뭘 안다고!"

최범이 눈을 부라리며 발끈했다. 꼴에 제 발이 저리기는 한가 보다.

제아무리 최범이 으르렁거려 봐야 저를 이길 수는 없었다. 원래 싸움이란 상대에 대해 더 많이 아는 쪽이 유리한 법이니까.

"만나는 여자가 한두 명이 아니시던데."

"뭐, 뭐?"

"결혼할 여자 말고도 꽤 여러 여자랑 잤던데? 홍보대행사 잘 봐주겠다면서 전시회 티켓이며, 상품권도 자주 받아 갔고. 그걸로 데이트라도 했나?"

그를 보는 승준의 눈빛이 서늘해졌다. 별 같잖은 새끼가 다현을 힘들게 했다는 것만으로도 바득 이가 갈렸다.

감히 네깟 게.

"알고 있는 거, 다 말해 줘요?"

위압적인 저음에 최범이 제게서 한 발자국 물러났다. 문란하기 그지없는 사생활이 머릿속을 스쳐 갔는지도 몰랐다. 입도 벙긋거리지 못하는 그를 보고 있자니, 차가운 실소조차 나오지 않았다.

"이제 말이 좀 통할 것 같네. 허튼짓 말고 조용히 살아요. 알량한 자존심 챙기려다 모가지 날아가는 수가 있으니까."

최범의 어깨를 가볍게 두드렸다. 단순한 경고가 아니었다. 진실로 그가 다현을 더 건드리면 무슨 짓을 벌일지 저도 알 수 없었다.

고압적인 조언을 끝으로 승준은 엘리베이터에 올라탔다.

서서히 문이 닫히며 어벙하게 선 최범을 지웠다. 아무도 없는 공간에서 승준은 넥타이를 매만졌다. 마음을 다잡기 위한 발버둥이었다.

'그 넥타이 누가 줬어?'
'넥타이는 왜?'
'너 자수 들어간 넥타이 잘 안 하잖아.'
'나한테 선물 줄 사람이야 뻔하지.'
'한도우? 남 비서?'
'밥이나 먹어.'
'남 비서구나? 돈 좀 꽤 들였겠는데?'

표정부터 말투까지 흔들림이 없어야 했다. 제가 조금이라도 변했다는 것을 혜승이 절대로 간파할 수 없도록.
승준을 태운 엘리베이터가 한 번의 멈춤도 없이 꼭대기를 향해 달려갔다.

다현을 태운 공항버스가 인천국제공항으로 들어섰다. 이른 시간인데도 공항에는 사람이 많았다. 자신처럼 일을 하러 가는 사람과 여행을 가는 사람이 한데 뒤섞여 있었다.
반팔에, 패딩에, 가을 코트까지 혼재된 공항은 꼭 중간 지대 같았다. 마음만 먹으면 다른 세상으로 갈 수 있는 탈출구 같은 곳.

"본부장님, 오고 계세요?"

– A카운터에 있으니까 도착하면 그리로 와.

"벌써 왔다고요?"

– 어.

다현은 믿을 수 없다는 얼굴로 핸드폰에서 얼굴을 뗐다. 비행기 탑승까지 아직 3시간이나 남아 있었다. 자신도 나름 일찍 나왔다고 생각했는데 더 빠른 인간이 있을 줄이야.

"금방 가겠습니다."

– 시간 충분하니까 급하게 오지 마.

얼른 오라는 소리, 아니야?

전화를 끊자마자, 다현은 캐리어를 힘껏 끌고 A카운터로 향했다. 공항이 주는 특유의 분위기 때문인지 꼭 놀러 가는 기분이었다.

미지에게서 빌린 캐리어 바퀴가 드르륵– 분주하게 움직였다.

공항은 정말 오랜만이었다. 미지와 두 번 정도 해외여행을 가기는 했지만, 그나마도 갓 대학에 들어왔을 때의 일이었다. 아버지의 사고가 있기 훨씬 전의 일.

'우리도 여행 갈래?'

문득 승준의 손을 붙잡고 졸라 대던 때가 떠올랐다.

'어디로?'

'비행기 타고 어디든.'

'부모님 아셔도 괜찮겠어, 다현아?'

'당연히 몰래 가야지.'

'거짓말도 못하면서.'

'미지한테 부탁도 하고 부탁하고, 부탁하면…… 될걸?'

'나중에 가자. 거짓말 안 해도 될 때.'

승준의 입가에 번지던 말간 미소가 여전히 기억 속에서 선명히 남아 있었다.

해외여행 한 번 같이 가지 못하냐며 왜 그렇게 투덜댔는지 모르겠다. 어차피 헤어질 사이인데.

A카운터 근처로 가자, 어렵지 않게 승준을 찾을 수 있었다. 인파 사이에 섞여 있어도 확실히 튀는 사람이다. 키가 커서 그런가. 승준에게서 살며시 터져 나오는 아우라의 힘인지도.

"이렇게 일찍 오실 줄 몰랐어요."

승준에게 인사를 한 다현이 꺼낸 첫마디였다.

"기대돼서."

승준이 가뿐하게 제 말을 받아 냈다.

"우선 짐부터 맡기고 뭐라도 먹자고."

"네, 본부장님."

이 존대가 얼마나 갈지 모르겠다.

승준 덕에 일사천리로 출국 수속을 마쳤다. 정신없이 승준을 뒤쫓아 카페로 향하는데, 핸드폰이 울렸다.

[조심히 다녀오세요. 저 기다리고 있을게요, 대리님ㅎㅎ]

준열의 메시지에 픔 하고 자그마한 웃음이 터졌다.

승준과 만나고 있을 때야 한국에 돌아오고 싶지 않았겠지만, 지금은 바다를 헤엄쳐서라도 집으로 돌아올 거다. 그와 어디론가 떠난다는 것만으로도 설레던 시절은 사라진 지 오래니까.

"누구야?"

"제 사생활이에요."

"남준열?"

누군지 말하지 않아도 다 알고 있다는 투다. 그럴 거면 왜 물어?

"남준열 주임입니다, 본부장님."

"둘이 많이 친한가 봐? 이렇게 강 대리가 나한테 발끈하기까지 하고."

"업무 중인 걸 자꾸 잊으시는 것 같아서요."

"업무가 아닌 게 좋지 않겠어?"

"그게 무슨……?"

"업무 시간이면 부속 계약서도 유효하니까."

승준이 제게 날름 선택지를 던졌다.

선 긋기를 멈출 것이냐. 아니면 업무를 빌미로 입이라도 맞출 것이냐.

둘 다 제게 유리한 선택지가 아니었다. 결국 최선을 선택할 수 없다면 차악을 선택할 수밖에 없었다. 입을 맞추는 것보다는 방어벽을 세우고 있는 편이 나았다.

"네, 저희가 아주 많이 친해서요."

이를 악물고 대답을 끝낸 다현이 먼저 카페 안으로 들어섰다. 준열에 관한 이야기로 다투고 싶지 않았다. 출발 전부터

290

승준과 말다툼을 하기도 싫었고.

더욱이 자칫 평정심을 잃었다가는 승준이 혜승과 같이 있는 걸 봤다는 얘기를 해 버릴 것도 같았다.

만약 자신에게 왜 그리 관심을 갖냐고 물어보면? 고백을 받더니 제게 애정이라도 생긴 거냐고 으스대면?

그런 오해는 받고 싶지도 않았다.

승준이 누구와 뭘 하든 제가 상관할 바가 아니었다. 상관없는 게 맞았다.

아니, 상관없어야만 했다.

바다를 가로지르며 날던 비행기가 대만 타오위안 국제 공항에 도착했다. 두툼한 패딩은 어느새 골치 아픈 짐이 됐다. 캐리어에 외투를 구겨 넣을 자리마저 없다는 게 절망스러울 정도였다.

이럴 줄 알았으면 승준이 코트룸 서비스를 이용할 때 같이 할 걸 그랬다. 승준의 제안을 거절했던 게 짐짝이 되어 굴러 들어올 줄이야.

커다란 패딩을 든 채로 얼마쯤 앉아 있었을까. 자신들을 태운 밴이 멈췄다.

『팔레드 호텔 도착했습니다.』

『감사합니다.』

다현은 기사에게 인사를 하고는 차에서 내렸다.

도심에 자리잡은 큼지막한 호텔이 시선을 사로잡았다. 타이베이에서 유명한 101 초고층 빌딩과도 거리가 멀지 않았다. 위치나 외관이나, 무엇 하나 빠지는 게 없었다.

넋을 잃고 주변을 돌아보던 제 손에서 캐리어가 쑥 빠져나갔다.

"정신 안 차리면 큰일 난다."

승준은 진담 섞인 농담을 던지고는 제 캐리어를 끌고 안으로 들어갔다. 덩달아 다현도 서둘러 그의 뒤를 따랐다.

로비로 들어서자, 호텔 직원들이 깍듯하게 인사를 건넸다. 다현은 그들의 환영에 목인사로 화답했다. 프론트로 걸어가는 내내, 다현의 눈동자가 분주하게 돌아갔다.

가성비 넘치는 호텔이 차고 넘치는데 굳이 이런 고급 호텔을 와야 했을까 싶었다. 이 정도는 돼야 승준의 마음에 찰 수 있는 건지도.

그가 자연스럽게 체크인 절차를 밟았다.

『체크인하겠습니다.』

『바우처를 볼 수 있을까요?』

『여기 있습니다.』

승준이 핸드폰을 내밀었다.

『감사합니다. 예약 확인됐습니다. 혹시 두 분 모두 여권 부탁드려도 될까요?』

프론트 직원의 안내에 두 사람이 여권을 내밀었다.

직원은 여권을 돌려주고는 객실 안내를 시작했다. 수영장은 어디 있고, 무슨 부대 시설을 사용할 수 있는지에 대한 것들이었는데 다현은 그녀의 말을 자세히 듣지 못했다. 승준의 손에 있던 캐리어를 회수하느라 바빴기 때문이다.

"받아, 키."

승준이 내민 카드키를 받아 들자마자, 벨보이가 자신들의 캐리어를 옮겨 주었다. 두툼한 카펫이 캐리어 바퀴 소리를 삼켰다.

조용한 복도를 지나 각자 객실에 들어설 때까지만 해도 좋았다. 드디어 제게 얼마간의 여유가 생긴 거니까. 우선 패딩을 한쪽에 치워 두고 가벼운 옷으로 갈아입을 생각었다. 그 전에 샤워를 해도 좋을 거라 여겼다.

똑똑—

짤막한 노크 소리와 함께 침대 근처에 있던 정체 모를 문이 열리기 전까지는.

"이, 이거 뭐야?!"

갈아입을 옷을 고르던 다현이 깜짝 놀라 침대에서 일어났다. 여전히 옷을 들고 있는지도 모르고 두 주먹을 움켜쥐었다.

'쟤가 왜 저기서 나와?'

한 발자국이라도 다가오면 가만두지 않겠다는 거였지만, 조금도 위협적이게 보이지 않았다. 그래도 다현은 경계 태세를 늦추지 않았다. 자칫 긴장을 풀면 문가에 선 승준이 제 쪽으로 건너올 것 같았다.

두 눈을 부릅뜬 다현의 심장이 아직도 벌렁거렸다.

"아까 못 들었어?"

"뭘 드, 들어?"

다현의 주먹이 약간 풀렸다.

"여기 커넥팅룸인 거."

"방이 연결됐다고?"

"어."

"왜?"

"이러면 서로 오가기 편하잖아."

그러니까 결국 승준과 고작 문 하나를 사이에 두고 있다는 소리다. 문만 열면 차승준이 내 방에 들어올 수 있다는 게 말이 돼?

애초에 객실 키를 받아 들고 곧바로 마음을 놓았던 게 문제였다. 끝까지 긴장을 늦추면 안 되는 거였는데…….

다현은 눈에 바득 힘을 주고 두 객실을 연결하는 문을 뚫어져라 쳐다봤다. 뒤늦게 알게 된 이 난감한 상황을 어떻게 처리해야 할지 모르겠다.

"여기 쭉 열어 놓고 써."

"그래도 괜찮겠어?"

"상관없어. 나는 지금 새 방 예약하려고."

"경비 처리 안 될 텐데."

"어쩌겠어요. 조심 못 해서 멍청비용 썼다고 생각해야지."

다현은 단호하게 선을 그었다.

"괜히 힘 빼지 말고 여기 있어."

"됐습니다."

모든 것은 첫 단추가 중요한 법이다.

만약 승준에게 자신의 공간에 들어서는 걸 허락하면, 그는 다음번에도 똑같이 행동할 게 뻔했다. 출장 온 내내 불편하지 않으려면 딱 부러지게 굴 필요가 있었다.

"내가 잡아먹을까 봐 걱정돼?"

"본부장님이 믿을 만한 분은 아니잖아요."

"걱정 마. 네가 허락 안 하면 들어갈 생각 없으니까."

자신의 말을 증명하듯 승준은 문 근처에서 한 발자국도 움직이지 않았다. 한 발만 앞으로 내밀어도 바로 제 방에 들어올 수 있을 텐데`.

"네가 원하면 문 잠가 놔둬 되고."

승준이 아무리 문을 열어도 제가 문을 걸어 잠그면 이 안에 들어올 수 없었다. 그걸 미리 알아챘더라면 철벽을 쌓느라 고생하지 않아도 됐을 텐데.

생각지도 못한 상황에 당황해 눈썰미가 잠시 실종된 모양이다.

"잠깐 쉬었다가 2시간 뒤에 출발할까 하는데."

"그때 출발하는 걸로 알고 있을게요."

"그래."

대답을 끝낸 승준은 싱겁게 자신의 방으로 돌아갔다. 정말 저대로 물러난다고? 허망한 결말에 문 너머에서 눈을 뗄 수 없었다. 다현은 그가 확실히 자신의 방으로 돌아갔는지 확인하기 위해서라 생각하기로 했다.

그런데 꼭 없애고 싶던 가구가 막상 사라지자 빈자리가 크게 보이는 것 같은 느낌이다.

"피해자 가족 찾았고?"

살며시 문을 닫으려던 다현이 멈칫했다. 저편에서 들리는 소리가 심상치 않았다.

"그쪽에서는 아무 말 없고? 계좌 이체된 건? 어…… 어, 그래. 지금 보내준 금융거래장부부터 확인할게."

멀어지는 저음을 붙잡으려 다현의 몸이 점점 승준의 방 쪽으로 기울어졌다. 이러다가는 승준이 아니라 제가 먼저 선을 넘겠다.

"사고 당일에 이 비서가 어디 가고 뭘 했는지도 다시 한번 확인해."

이쪽으로 돌아오는지 승준의 목소리가 조금씩 커졌다. 도둑질하다가 들킨 사람처럼 다현은 제 발이 저려 황급히 문을 닫았다. 다행히 일이 바빴는지 그는 다시 문을 두드리지는 않았다.

다현만 문 앞을 떠나지 못한 채, 문고리를 빤히 바라봤다.

문을 잠글까, 말까.

문을 잠가 버리는 게 맞는데, 자꾸 멈칫하게 됐다. 문고리를 한참 노려보다가 결국 문을 잠그지 못했다. 제 영역을 함부로 침범하지 않겠다던 승준의 말을 곧이곧대로 믿어서라기보다는 그냥, 그게 좋을 것 같았다.

서로가 필요해지는 순간, 한 번쯤은 다시 문이 열려도 괜찮지 않을까.

그 안일한 생각을 떨치기 위해 캐리어를 끌어다 문 앞에 놓았다. 조금만 밀어도 맥없이 굴러가 버릴 캐리어가 어떤 힘이 있겠냐만은.

타이베이 곳곳에 어둠이 내려앉았다. 유명한 디저트 맛집 앞에 종일 줄을 서느라 고생해선지 택시에 앉자마자 다리가 싸르르 아팠다.

달콤한 캐러멜이 녹아 나오는 타르트와 버터가 들어간 소보로빵, 독특한 디자인이 돋보이는 케이크까지 여러 개 먹어 치웠다.

솔직히 롤케이크를 먹을 때는 한계가 왔다. 연달아 디저트만 먹어 대니 속이 느글거릴 수밖에. 그게 어찌나 괴로웠던지 하마터면 승준에게 입이라도 맞추자고 말해 버릴 뻔했다. 다현은 그런 불상사가 일어나는 것만은 막겠다는 듯 찬 커피를 원샷했다.

야시장에 가면 반드시 매콤한 음식을 먹고야 말겠노라 다짐하면서.

『기사님, 저쪽에 세워 주시면 돼요.』

다현이 환한 불빛이 터져 나오는 야시장을 가리키며 말했다.

『저쪽이 복잡해서 횡단보도 앞에서 세워 드려도 될까요?』

『네, 괜찮아요.』

그나마 한적한 곳에서 내린 두 사람이 야시장 입구로 향했다. 입구에 다다르자, 엄청난 인파에 금방이라도 휩쓸릴 것 같았다.

눈앞에서 승준이 단번에 사라져 버릴 것만 같은 기분.

"이리 와."

승준도 똑같이 느꼈는지 제 팔소매를 끌어당겼다. 사위를 채운 인파에 다현은 별다른 말없이 그에게 바짝 붙었다. 낯선 나라 그런지 의지할 사람이 승준밖에 없는 듯 느껴졌다. 길을 잃지 않으려는 어린아이처럼 본능적으로 그의 옷자

락까지 잡았다.

여기저기서 퍼져 나오는 불빛이 밤을 환하게 밝혔다. 야시장은 꼭 대낮 같았다. 환한 빛도 빛이었지만, 활기찬 분위기도 한몫했다.

『큐브 스테이크 나왔습니다.』

『치즈감자 하나요!』

좌우를 살피는 다현의 고개가 분주하게 돌아갔다.

"떡볶이 먹어야겠어요."

한글 간판을 발견하자마자 다현의 눈빛이 번뜩였다. 매콤한 떡볶이 생각만이 가득했다. 소매를 잡고 있던 승준도 제게 그대로 딸려 갔다.

"저, 어……."

얼마나 반갑던지 다현은 타이베이라는 걸 잊고 한국어를 쏟아 냈다.

『떡볶이 1인분에, 어묵 2개 부탁드립니다.』

승준이 자연스럽게 제 말을 통역했다. 그제야 무슨 말인지 알아들었다는 듯 주인이 환하게 웃으며, 매콤달콤한 떡볶이를 종이 그릇에 담아 건넸다.

따듯한 어묵 국물까지 곁들여 먹으니 천국이 따로 없었다. 디저트 투어의 여파가 조금씩 누그러드는 기분이었다.

"하……."

좋다, 좋아.

다른 나라에서 먹는 떡볶이가 어찌나 귀하고 맛있던지 제 얼굴에서 미소가 사라지지 않았다. 덩달아 승준의 입가에도 자그마한 미소가 물들었다. 떡볶이를 먹는 데 집중한 다현의 눈에는 그 미소가 보이지도 않았지만.

"맛있어?"

"과일을 갈아 넣어서 그런가. 많이 안 맵고 단데, 나름 속은 풀려요."

승준이 아무 맛도 느끼지 못하는 걸 알기에 자세한 설명을 덧붙였다.

"총좌빙이랑 땅콩 아이스크림도 먹을 수 있을 것 같아요."

아까까지만 해도 아무것도 먹지 못할 것 같더니, 이제는 뭐라도 입에 넣을 수 있을 것 같았다.

"더 많이 먹여야겠네."

"예?"

"내 도움 필요해지게."

짓궂은 진담을 던지며 승준이 제게 얼굴을 들이밀었다. 설마 여기서 키스라도 하자는 거야?

그가 대범하게 던진 추파에 다현은 저도 모르게 아랫입술을 살짝 깨물었다. 찌릿거리는 느낌이 주책맞게 제 입술을 집어삼킨다.

"와아, 떡볶이 너무 맛있다."

다현은 어색한 웃음을 터뜨리며 떡볶이를 입 안 가득 넣었다. 야릇하게 변해 가는 공기를 바꾸려면 뭐라도 해야만 했다.

"시간 많으니까 천천히 먹어. 체하지 말고."

"다른 것도 먹어 봐야 되니까."

부리나케 떡볶이를 비우고는 시장 안으로 걸음을 옮겼다. 바글바글한 인파에 떠밀려 가고 있다는 게 정확한 표현인지도 모르겠다. 사람들에게 쉴 새 없이 뒤채이느라 정신이 없었다.

그러다 누군가 자신을 툭, 치고 가는 바람에 중심을 잃고 승준의 팔을 잡게 됐다.

"아…… 미안. 사람이 많아서……."

다현이 황급히 손을 떼려고 했지만 곧바로 승준에게 붙잡혔다.

"이대로 있어."

"안 그래도 돼."

"서로 찢어져서 시간 낭비하는 것보다 나으니까, 잡아."

승준의 주장에 홀랑 넘어가 백기를 들었다. 사실 투닥거릴 틈도 없었다. 적어도 여기는 싸우기에 적합한 장소가 아니었다.

처음에는 그의 팔을 잡고 있다는 게 영 꺼림칙했는데, 시간이 지날수록 주변을 둘러보기 바빠 아무 생각도 들지 않았다. 아삭한 렌우(왁스애플)와 문어꼬치까지 쉴 새 없이 먹어 대는 통에 정신이 없기도 했다.

"나도 줘 봐."

승준이 문어를 열심히 씹어 대는 저를 보며 말했다.

"이거?"

문어꼬치를 들어 보였다.

"어."

"한 입만."

"원래 한 입이 두 입 되고, 두 입이 세 입 되는 겁니다."

"세 입까지 허락해 주겠다는 거야?"

300

"어떻게 말이 그렇게 돼? 가다 보면 나올 테니까 그때 하나 사 드릴게."

"못 참아."

"어…… 어어?!"

그가 짓궂게 제게 얼굴을 들이밀었다. 정확히 말하자면 제 소중한 문어꼬치에. 이럴 거면 애당초에 두 개를 사시든가. 불만이 터져 나오기도 전에 문어 조각 하나가 눈앞에서 사라졌다.

나라라도 잃어버린 표정으로 승준을 봤다. 그렇다고 꿈쩍할 사람이 아니지만. 하나를 더 먹겠다는 듯 그는 고개를 기울이고는 또다시 제 쪽으로 다가왔다.

"새로 사 준다니까."

"네 거가 제일 맛있더라고, 난."

맛도 느낄 수 없을 텐데 뭐가 맛있다는 건지.

다현은 속으로 꿍얼거리기만 할 뿐 그 말을 밖으로 뱉어 내지는 않았다. 어쨌든 승준이 숨기고 싶어 하는 결점이 아닌가. 상대의 약한 부분을 굳이 찌를 필요는 없었다. 그렇다고 그가 제게 자꾸 가까이 오도록 놔둘 수도 없는 노릇이었다.

『새우 낚시 한 번 하고 가세요. 잡으면 맛있게 구워 드립니다!』

때마침 가까이서 호객하는 소리가 들렸다. 자연스럽게 화제를 돌리기에 더할 나위 없이 좋았다.

"문어는 그만 넘보고 새우 잡아 드릴 테니까 그거 먹어."

"자신 있어?"

"자신감 빼면 시체지."

"어려워 보이는데."

"본부장님은 제가 하는 것만 지켜보세요."

"나도 낚시에 꽤 소질 있어."

자신만만한 승준의 모습에 다현이 코웃음을 쳤다.

"못 믿겠어?"

"씁, 그다지……."

"안 되겠네. 소원 하나 걸고 내기해."

"콜."

난데없는 새우 낚시 대결이 펼쳐졌다. 두 사람은 제법 비장한 표정으로 수족관 앞에 자리를 잡았다. 팔팔한 새우들이 물속을 유유히 헤엄치고 있었다.

낚싯대라고는 나무 막대에 실이 달린 게 전부였는데, 조금만 잘못해도 쉽게 실이 끊어졌다. 그 때문에 새우를 낚기 위해서는 엄청난 집중력이 필요했다. 적어도 이건 새우 한 마리를 먹기 위한 게 아니라 소원이 걸린 결투가 아닌가.

"아? 아……."

다현의 입술 사이로 탄식이 터졌다. 새우 꼬리에 걸린 실이 맥없이 끊어질 줄이야. 고전하는 자신과는 달리 승준은 천직이라도 찾은 것처럼 가뿐하게 새우를 낚아 댔다.

『새 낚싯대 주세요.』

다현이 급하게 주인에게 낚싯대를 달라고 재촉했다.

하지만 누가 그랬던가. 조급할수록 될 일도 되지 않는다고. 당장이라도 새우의 씨를 말릴 것처럼 굴었지만 정작 씨가 말라 버린 건 제 열정뿐이었다.

『잘생기신 분이 손재주도 좋으시네. 한 번 더 서비스로 드릴게요.』

『감사합니다.』

승준에게 새 낚싯대를 건네는 주인의 모습에 다현의 눈동자가 흔들렸다.

이런 서비스가 어디 있어, 어?

"어어? 이거는 아니지."

다현은 수족관에 낚싯대를 넣으려는 승준의 팔을 잡았다.

"공평하게 열 개만 해야지."

"이것도 능력 아니겠어?"

따라잡을 수 없는 능력은 맞았다.

제가 주인에게 사람 좋은 미소를 지어도 낚싯대를 서비스로 받을 수 있을 리 만무했다. 승준이 낚시를 못 하게 막는다고 뒤집힐 승부도 아니었다.

텅 비어 있는 제 플라스틱 통과 비교될 만큼 승준의 통에는 수많은 새우가 펄떡거리고 있었다.

인정할 수밖에 없는 완벽한 패배였다.

"새우 많이 먹게 해 줄게."

승준이 다정하게 저를 바라보며, 해사한 미소를 지었다. 노상 점포에 달린 동그란 전구에서 터져 나오는 빛이 그의 얼굴을 찬란하게 비췄다.

"너, 새우 좋아하잖아."

나른히 젖어 드는 저음이 왜 이리도 반짝이는 것처럼 느껴질까.

고작 승준이 제가 좋아하는 걸 여태 기억하고 있다는 게 뭘 대단한 일이라고. 그건 미지도 알고 있는 거고, 엄마도 알고 있고 또, 그리고 또……. 생각이 거기서 우뚝 멈춰 섰다.

"많이 먹어."

제 손에 새우구이를 두둑이 쥐여 준 승준은 몹시도 뿌듯해 보였다.

"소원 들어주기로 한 거 잊지 마."

이게 본론이었구만.

"마음의 준비는 됐으니까 말해. 뭘 원하는데?"

"아직 없어."

"지금 말 안 하면 끝인데."

"끝나고 말고는 받을 사람이 결정할게."

승준이 능글맞게 웃으며 제 말을 받아쳤다. 그러고는 인파 속으로 걸어 들어갔다. 제가 거절을 날릴 틈도 주지 않을 생각인 듯했다.

다현은 맛있게 구워진 새우를 한 다발 들고 승준을 따랐다. 승준이 제게 보폭을 맞춰 준 덕에 어렵지 않게 그의 곁을 걸었다. 승준과 나란히 걸어가는 다현의 얼굴에 환한 웃음이 피어올랐다. 왁자지껄한 분위기에 경계심이 녹아내렸나 보다.

❖ ❖ ❖

타이베이에 도착하고 이틀 동안은 아무 일도 없었다. 두 방이 연결된 문조차 열리지 않았다. 제 허락 없이는 문을 열지 않겠다는 약속을 지키려는 모양이다. 임시방편으로 놓아

둔 캐리어만이 방문 앞을 굳건히 지켰다.

두 사람은 디저트 맛집과 편의점을 돌아다니며, 정신없는 하루하루를 보냈다. 맛을 기록하는 데만도 꽤 오랜 시간이 걸렸다.

물론 승준은 자신의 도움을 받으라는 눈빛을 쉴 새 없이 날렸다. 하지만 다현은 무리를 해서라도 모든 디저트를 직접 해치웠다.

그게 문제였다.

"아…….."

타이베이에 도착한 지 사흘째 되던 날, 드디어 자유 시간을 얻었다. 원래의 계획대로라면 신나게 도시를 쑤시고 다녀야 하지만, 그러지 못했다. 침대에서 한 발짝도 움직일 수 없었다. 말도 못 할 정도로 머리가 지끈거렸다. 몸까지 으슬거려 이불만 목 끝까지 끌어 올렸다.

선잠을 잤다가 깼다가를 반복하다 보니 어느새 정오가 돼 있었다.

"……차승준."

승준의 이름이 제일 먼저 떠올랐다. 캐리어를 치우고 문만 열면 승준을 볼 수 있지 않을까. 약을 사다 달라고 부탁할 수 있지 않을까.

이가 딱딱 부딪힐 만큼 서늘한 냉기가 뼛속까지 스며드는 듯했다. 다현은 겨우 자리에서 일어나 캐리어를 치우고 문을 열었다.

승준의 방은 언제든 자신이 와 주기만을 기다리고 있던 것 같았다.

"승준아."

몸이 아프니 존대를 해야겠다는 생각도 들지 않았다. 승준을 부르면 제게 바로 달려와 주지 않을까 했는데 반대편에서는 아무 대답도 들리지 않았다. 지독한 고요만이 그대로 날아온다.

'내일 푹 쉬어. 룸 번호 대고 맛있는 것도 먹고.'

'본부장님은요?'

'밀크티 수입 문제 때문에 벤더사하고 본사에 들어갈 거라 늦을 거야.'

'천천히 일 보고 오세요.'

뒤늦게 어제 승준과 나눈 대화가 떠올랐다.

'없구나.'

그 생각이 들자마자 우습게도 몸에서 힘이 쭉 빠졌다. 열감이 한꺼번에 쏟아져 사람을 맥없이 주저앉혔다. 다리에 힘이 빠지는 바람에 그대로 승준의 침대에 누워 버리고 말았다. 여기서 떠나지 못하겠다. 이불에서 풍겨 나오는 승준의 향기에 붙잡혀 버린 것도 같다.

처음 승준이 자신을 떠났을 때가 생각났다. 여러 알바를 뛰면서 그가 남기고 간 빈자리를 지워 보려고 했다.

'차승준, 나쁜 새끼. 미국 가서…… 흐읍, 매일 불행해져 버려라.'

그러다 아무도 없는 빈집에 돌아오면 어김없이 눈물이 왈

칵 쏟아졌다.

승준이 차지하고 있던 자리가 너무도 커서, 누군가가 절실히 필요한 순간이어서. 그리고 허전함이 목 끝까지 차올라서…… 울음이 멈춰지지 않았다.

왜 이제 와서 그때 생각이 나는 걸까.

어둠 속에서 울던 그때나 지금이나 달라진 게 아무것도 없는데.

그때도 승준은 없었고 지금도 그는 없다.

애초부터 그가 제 인생에 존재하지 않았던 것처럼 굴면 됐다. 지금껏 승준이 없이도 잘 지냈지 않나. 좋아한다는 말 한마디에 바뀔 것은 아무것도 없었다.

"하아……."

이마에 손을 얹고 살며시 눈을 감았다. 잠깐만 누워 있다가 약국에 가자 싶었다.

조금만. 아주, 조금만 이따가.

제11장
따뜻한 키스

　지루하게 이어질 수도 있던 미팅이었다.

　벤더사에서 단가 조율을 시도했지만 현지 본사에서 칼같이 잘라 내는 바람에 지지부진하던 일이었으니까.

　그랬다고 이곳을 버릴 수는 없었다. CVS MD들의 말처럼 이 회사의 밀크티만큼 괜찮은 제품을 찾기 힘들었다. 이곳 제품을 단독 입점시키면 이슈몰이가 될 게 확실했다.

　『본부장님께서 가져와 주신 자료 보고 정말 놀랐습니다.』

　『결정 내리시는 데 도움이 된 것 같아 다행이군요.』

　『스폴리아띠네 글라사떼 스콘(누네띠네 스콘)하고 저희 제품 하고 잘 맞을 것 같아서 기대됩니다. 혹시 디저트 나오면 저 희도 맛볼 수 있을까요? 하하.』

　『전 사원이 맛볼 수 있게 준비해 드리겠습니다.』

　밀크티와 어울리는 디저트를 개발해 연계 판매 프로모션을 진행하겠다는 승준의 기획을 대표가 무척이나 마음에 들어했다.

친히 본사까지 방문한 것도 대표의 마음을 움직이는 데 한몫했을 것이다. 정성을 보이는 걸 유난히 좋아하는 사람이 아닌가. 그건 승준이 시간을 내어 이곳까지 날아온 이유이기도 했다.

물론 계획보다 출장 기간이 길어진 건 다현과 같이 있고 싶다는 욕심 때문이었지만.

『기다리셨다가 저녁이라도 같이 하는 건 어떠세요?』

『제가 아직 일이 남아서요.』

『아아, 아쉽군요. 타이베이 요리들 소개해 드려야 하는데.』

『다음에 한국 오시면 제가 먼저 대표님 대접해 드리겠습니다.』

단정한 미소를 짓는 승준의 머릿속에는 호텔로 돌아가고 싶다는 생각만 넘실거렸다.

다현은 지금 뭘 하고 있을까. 밥은 먹었을까. 예전에 좋아했던 수영을 하고 있을까. 도시 풍경을 내다보며 헤엄칠 수 있는 따뜻한 풀장을 다현이 몹시도 좋아할 것 같았다.

그렇게 승준은 서둘러 본사를 나섰다.

"수고하셨습니다, 장 대표님."

"제가 한 게 있나요. 본부장님이 다 하셨죠."

"계속 수고 부탁드립니다."

높다란 빌딩을 나서자마자 곧장 택시를 잡아탔다. 조심히 들어가라는 벤더사 대표의 인사는 들리지도 않았다. 타이베이의 커다란 식품 회사와 물꼬를 텄다는 뿌듯함도 느낄 새가 없었다.

승준의 머릿속에는 호텔 생각만 가득했다. 다현이 호텔을 벗어나 다른 곳을 유유히 돌아다니고 있을지 모르는데도.

호텔 앞에 멈춰 선 택시에서 내려 객실로 올라갔다. 내일 저녁이면 한국으로 돌아갈 텐데 조금이라도 다현과의 시간을 즐기고 싶었다.

카드 키를 대고 방문을 연 승준의 표정이 삽시간에 굳었다.

"강다현⋯⋯. 다현아. 너⋯⋯."

다현이 제 침대에 누워 있는 것부터 심상치 않았다. 선을 넘지 말라고 으르렁거리던 다현이 아닌가. 급히 침대로 다가선 승준이 그녀의 이마에 손을 댔다. 언제부터인지는 몰라도 열이 펄펄 끓었다.

순간 머릿속이 새하얘졌다.

만약 다현에게 무슨 일이라도 생기면 미쳐 버리고 말 거다. 승준은 파리한 얼굴로 머리카락을 쓸어 올렸다.

우선은 땀에 젖어 있는 옷을 갈아입히고 약도 먹어야 하고⋯⋯ 젠장! 의사가 필요했다.

협탁에 놓인 전화기를 든 손이 미세하게 떨렸다. 중대한 일을 처리할 때도 흔들린 적 없던 마음이 맥없이 일렁댔다.

『1901호인데 의사 부탁합니다. 이쪽으로 오실 수 있는 분이면 비용이 얼마든 상관없습니다. 그러니까 당장, 불러요.』

가까스로 정신을 붙잡고 수화기를 내려놨다. 그러고는 곧장 제 캐리어를 뒤졌다. 남 비서가 챙긴 캐리어 안에 분명히 비상약이 들어 있을지 몰랐다. 워낙 꼼꼼한 사람이지 않나.

말끔하게 정리됐던 짐들이 금세 바닥에 아무렇게나 널브러졌다.

'어디다 둔 거야? 어디……'

겨우 찾아낸 해열제와 미니바에 있던 물을 들고 다현에게
다가갔다.

"다현아."

"으으응……"

"약 먹고 자자. 옷도 갈아입고."

"괜찮아."

비몽사몽인 다현은 모든 게 다 귀찮다는 듯 손을 내저었
다. 다른 때라면 물러섰겠지만 이번만은 그럴 수 없었다. 어
떻게든 열을 떨어뜨리는 게 급선무였다.

"그냥 체해서…… 그래. 체해서."

제 힘 밀려 다현이 억지로 몸을 일으켜 앉았다. 하지만 여
전히 제정신은 아니었다. 아마 자신이 무슨 소리를 하고 있
는지도 모를 거다.

"한 번만 먹자."

다현을 어르고 달래 해열제를 먹였다.

다음이 문제였다. 식은땀에 젖어 버린 옷을 벗으라며 캐리
어에서 편안해 보이는 옷을 챙겨 주기는 했는데, 그녀가 제
대로 입을 수 있을지 모르겠다.

"뒤돌아 있을 테니까 걱정 말고 입어."

다현은 군말 없이 옷을 받아 들었다. 그러고는 제가 뒤를
돌았는지 확인도 하지 않고 윗옷을 벗어젖혔다. 다급히 뒤를
돌지 않았더라면 민망한 상황에 직면했을 수도 있었다.

"다 입었어?"

"……응."

다현의 대답이 들리자마자 고개를 돌렸다. 기운 없는 대답을 듣고 있자니 대차게 제 말을 받아치던 모습이 그리울 지경이었다. 힘없이 늘어진 다현을 다시 침대에 눕히고 축축하게 젖어 있는 그녀의 옷을 개어 한쪽에 두었다.

승준의 시선이 전화기를 향했다. 프런트에 의사를 불러 달라고 한 지 꽤 된 것 같은데, 아무 소식이 없었다.

더 이상은 가만히 기다리고 있을 수 없었다. 승준은 다급히 수화기를 집어 들었다. 만약 전화를 받지 않으면 당장 로비로 내려갈 생각이었다. 차라리 제가 직접 의사를 찾는 쪽이 빠를지도 몰랐다.

그때 컨시어지가 금세 전화를 받았다.

『1901호인데 의사는 언제쯤 도착합니까.』

『길이 막혀서 15분 정도 더 걸릴 것 같다고 합니다.』

『15분입니다. 그 이상 못 기다려요.』

시계를 보는 승준은 초조해 미칠 것만 같았다. 15분이 꼭 15년처럼 느껴진다. 결국 더 이상 기다리지 못하고 제가 자리에서 일어선 순간.

"어디 가……?"

다현이 제 팔을 잡았다. 팔을 붙잡고 있는 손이 애달아 보였다.

"의사 왔나 보려고."

"여기 있어."

"그래도 되겠어?"

"어엉…… 그냥 있어. 나 버리고 가지 마, 승준아."

다현의 말에 붙잡혀 그대로 다시 침대에 걸터앉았다. 그제야 제 옷을 바투 움켜쥔 그녀의 손에서 힘이 빠졌다.

승준은 괜찮다는 듯 다현의 머리칼을 쓸어 넘겨 주었다.

"아무 데도 안 가, 나."

다현을 만나면 제일 먼저 하고 싶던 말이었다.

"네 옆에 있을게."

그 말이 이제야 너에게 가닿는다.

다현의 눈이 꼼지락거렸다. 타는 듯한 갈증에 다현이 눈을 떴다. 뿌연 시야를 닦아 내듯 눈을 비비던 그녀의 눈에 가장 먼저 들어온 건 가슴이었다.

"······!"

널찍한 진짜 가슴팍 말이다.

갈 길을 잃고 방황하던 다현의 시선이 서서히 위로 올라갔다. 매끈한 목선을 타고 올라가자마자 승준의 얼굴이 보였다.

얘가 왜 이렇게 코앞에서 보이는 거야?

자신이 승준의 품에 안겨 있다는 걸 깨닫기까지는 그리 오랜 시간이 걸리지 않았다. 살짝 시선만 내려 봐도 제가 승준의 허리를 힘껏 껴안고 있다는 것을 발견할 수 있었으니까.

"뭐, 뭐, 뭐야? 너, 너 왜 여기 있어?"

승준의 품에서 벗어난 다현이 침대에서 벌떡 일어났다. 도망치는 제 몸놀림이 놀라우리만치 날쌨다.

"내 방이니까."

"······어?"

당당한 승준의 대답에 적잖이 당황했다. 그제야 뒤늦게 주변의 풍경이 눈에 들어왔다.

'나 버리고 가지 마, 승준아.'

이성을 잃고 승준을 붙잡았던 게 뇌리를 스쳐 지나갔다.

여기는 승준의 룸이었고, 겁 없이 그의 공간에 침범한 건 자신이었다. 그건 빼도 박도 못할 사실이다. 승준의 팔을 잡았던 기억이 손에 또렷이 남은 듯했다.

"나는 그러니까······."

"다 기억났어, 다현아?"

옆으로 몸을 돌린 채, 한 손으로 머리를 괴고 있는 승준의 얼굴에 여유로운 미소가 번졌다. 그는 정작 놀라야 할 사람은 자신이지 않았겠냐는 눈빛까지 발사했다.

입이 열 개라도 할 말이 없었다. 무슨 변명을 둘러대도 제가 방문을 넘어 버렸다는 사실에는 변함이 없으니까. 더욱이 아픈 자신을 간호해 준 건 분명 고마운 일이었다.

"이리 와."

승준이 멀뚱이 선 자신을 향해 팔을 살짝 들어 보였다.

"같이 자게."

나직이 번지는 저음이 자신을 잡아끄는 듯했다. 도움을 받고도 고맙다는 말이 입 밖으로 쉽게 나오지 못하는 것은 저 능글맞은 눈웃음 때문이었다.

315

"잠 다 깼어?"

승준이 자리에서 일어나며 말했다.

"내가 일부러 여기 오려고 했던 건 아니고. 그게, 그러니까…… 약 있는지 물어보려다가 눈만 잠깐 붙이려고 했는데……."

"지금은 어때?"

"어?"

"컨디션 괜찮아? 목은? 머리는 안 아프고?"

사정없이 쏟아지는 질문에 다현이 고개만 끄덕거렸다.

"한번 보자."

그것만으로 안심이 되지 않았는지 승준이 커다란 손으로 제 머리를 감쌌다. 그러고는 뒷머리를 가볍게 누르며 자신의 쪽으로 끌어당겼다. 제 얼굴이 맥없이 녀석에게 딸려간다.

촉—

승준의 말캉한 입술이 이마에 닿았다. 따뜻한 온기가 삽시간에 이마를 적셨다. 따뜻한 기운을 타고 승준의 향기도 선명히 번져 들었다.

"너……."

"열 없네."

뾰족한 말이 금세 뭉툭하게 변해 버렸다.

"다행이다."

그의 걱정 섞인 한 마디에.

누군가의 걱정이 낯설었다. 아버지의 사고 이후, 누구의 앞에서도 약한 모습을 보인 적 없었으니까.

그러면 안 된다고 생각했다. 제가 무너지면 아버지 곁을 지키는 엄마도 무너질 거라고. 아버지 사고를 어떻게든 짊어져야 한다고 여겼다.

그런데 생각지도 못하게 들이친 걱정이 어쩐지 싫지 않았다.

몸이 약해지니 마음마저 미쳐 가나 보다. 물크러진 마음을 어떻게 딱딱하게 굳혀야 할지 알 수 없었다.

"나, 나…… 내 방 갈게."

유유히 번지는 적막이 자신을 집어삼키기라도 할까. 다현은 도망치듯 제 방으로 건너갔다. 활짝 열렸던 문을 닫지도 못한 채였다.

자신의 방으로 돌아왔는데도 여전히 심장이 벌렁거렸다. 승준이 이마에 입술을 댄 게 뭘 이렇게 호들갑을 떨 일이라고. 뭘 이다지 격하게 반응할 일이라고.

"쉬고 있어. 저녁 사 올게."

승준의 객실 문이 열리고 닫히는 소리가 또렷이 들렸다.

마치 한 방을 쓰고 있는 기분이다. 아니, 한 방인 거 맞지 않나?

"이렇게 열어 두는 건 아니지. 아닌데, 아니긴 한데……."

다현이 팔짱을 끼고는 세상 심각한 얼굴로 문 앞을 배회했다. 아프기 전까지만 해도 캐리어로 문을 막는 데 아무런 거리낌이 없었는데, 어쩐지 이제는 문을 닫기가 쉽지 않았다. 어딘지 모르게 문을 닫아 버리는 게 매몰차게 느껴지는 탓이었다.

오줌 마려운 강아지마냥 제자리만 돌아다니던 다현은 결국 포기를 외치고 말았다. 문은 닫지도 못한 채, 침대로 돌아와

앉았다.

'나 버리고 가지 마, 승준아.'

어째서 승준을 붙잡았던 걸까. 열이 끓어서 정말 머리가
돌아 버렸나. 제아무리 좋게 생각하려고 해도 길이길이 흑역
사로 남을 짓이었다.

"하아……. 안기길 왜 안겨."

머리를 쥐어뜯어도 시간을 되돌릴 수 없었다.

"왜……."

솔직히 말해서 좋았다.

승준을 꽉 끌어안고 좋아한다고 속삭이던 그때처럼 그의
품이 아직도 따뜻했기 때문이었다.

그에게서 풍기는 향기조차 여전했다.

승준이 떠나고 얼마간 그와 비슷한 향이 느껴질 때면 자리
에 우뚝 멈춰 섰다. 어딘가 승준이 있을 것만 같아서. 그래서
모든 게 자신을 놀래키기 위한 장난이었다고 말해 줄 것 같아
서.

죽어도 그럴 리가 없는데…….

미지는 그런 자신을 보고 승준에게 단단히 홀린 거라고 했
다. 콩깍지가 한 꺼풀 벗겨지고 나면 비슷한 향이 나도 멈추
지 않고, 나중에는 아예 무슨 향이었는지 기억나지 않을 거
라고도 덧붙였다.

그런데 잊어 버렸던 향기가 다시 떠오르는 건 제가 이상해
지고 있다는 뜻일까.

[깡따, 아직도 일하는 중?]

요즘 호랑이는 생각만 해도 오나 보다. 미지가 했던 말을 떠올리기 무섭게 그녀에게서 문자 메시지가 날아왔다.

갑갑한 마음을 털어놓을 상대가 필요하다는 마음이 가닿았던 건지도 모르겠다.

승준이 없는데도 괜히 눈치가 보여 화장실로 들어갔다. 욕조에 걸터앉아 미지에게 곧바로 전화를 걸었다.

곧 그녀가 전화를 받았다.

– 일 끝났어?

"오늘 따로 일정 없어서 쉬었어."

– 대박! 어디 갔어? 저번에 가 보니까 곤돌라 괜찮던데. 관람차도 좋고. 아니면 단수이까지 갔어? 거기 해 지는 거 죽이는데.

"호텔에 있었어."

– 계속?

"컨디션이 안 좋아 가지구."

– 차승준만 나간 거야?

승준의 이름이 들리자마자 문 쪽으로 시선이 갔다.

– 걔는 네가 컨디션 안 좋다는데 혼자 나가고 싶대? 너무…….

"차승준이, 의사 불러 줬어."

다현은 자신도 모르게 말허리를 끊고 승준을 두둔했다. 누군가 승준을 나쁘게 말하는 게 견디기 힘들었다. 그가 바쁜 와중에도 저를 간호해 줬다는 건 어쨌든, 사실이니까. 보은을 못할망정 승준이 해 준 일을 부정할 수 없었다. 그저 그 이유 때문에 다급히 승준을 감싸고돈 것뿐이다.

아니, 그 이유여야만 했다.

"열 내릴 때까지 물수건도 대 주고 약도 주고. 걔도 힘들었을 거야."

끊임없이 쏟아지는 말이 왠지 구질구질하게 느껴졌다.

"아마……도?"

승준이 제 곁을 한 번 지켜 준 게 이토록 감명받을 일인가 싶었다.

그도 다른 마음이 있지는 않았을 거다. 자신의 침대에서 부하 직원이 골골거리고 있으니 인류애가 발동한 거겠지.

커다란 의미를 덧붙이지 않아도 됐다. 사실 그대로 받아들이면 되는 거다. 그러면 마음이 흔들릴 것도, 승준을 두둔하는 제 모습에 당황할 일도 없다.

– 둘이 쭉 같이 붙어 있었다는 거네?

"그렇기는 한데…… 왜?"

– 아무 일 없었어?

"무슨 일?"

– 보통 혈기왕성한 남녀가 한 방에 있으면 얼마나 위험한데. 없던 분위기도 만들어지고 그러다가…… 어? 실수도 하고. 둘을 한 방에 넣는다? 이건 우리 로맨스에서는 끝난 게임이그든.

너 또 직업병 도졌다.

미지의 말을 가뿐하게 쳐 낼 수 있었는데도 그러지 못했다. 불현듯 승준이 걱정에 찬 눈으로 자신을 바라보던 게 생각났기 때문이다.

– 여보세요?

"……."

– 너, 무슨 일 있었지?

정곡을 찌르는 미지의 말에 화들짝 놀랐다.

"아, 아, 아니?!"

– 책임만 잘 지면 되지.

예전이나 지금이나 개방적인 친구였다. 피임 도구를 주머니에 찔러 줬을 때부터 알아본 비범한 면모가 또다시 발휘될 줄이야.

"나 진짜 아무 일도 없었어! 그냥 열만…… 열만 잰 거야."

다현이 제자리에 가만히 있지 못했다. 미지에게 하는 말이 자신에게조차 핑계처럼 들린 탓이었다. 욕조 안에 들어갔다가 수도꼭지를 매만졌다가 안절부절못하던 그녀가 기어코 일을 저지르고야 말았다.

"으아아악!"

빈 욕조에 앉았다 일어나려다가 하필 팔꿈치로 욕조에 붙어 있는 수도꼭지를 툭 쳐 버렸다. 끝없이 쏟아지는 물줄기가 바지를 적셨다.

황급히 자리에서 일어나기는 했지만 버둥거리는 바람에 온몸에 물이 튀었다. 한 순간에 물에 깊이 빠진 생쥐 꼴이 됐다.

– 왜 그래?

"강다현!"

자리에서 일어나 다급히 물을 끄는데, 승준이 욕실로 뛰어 들어왔다. 왜 이렇게 볼품없는 모습을 자꾸 승준에게 보이는 걸까. 쪽팔리게.

다현은 바닥에 떨어진 핸드폰을 집어 들었다.

"미지야, 이따가 다시 전화할게."

우선 전화를 끊었다.

"내가 잘못 수도꼭지를 건드려서…… 걱정 안 해도 돼. 별일 아니야."

어색한 웃음을 지으며 태연하게 상황을 넘기려고 했다. 물론 승준은 왜 사람을 놀래키냐고 한 소리를 하겠지만.

"다친 데는?"

"없어."

"다행이네. 감기 걸린다. 옷 갈아입어."

"……어? 어어."

생각지 못한 반응에 천연스럽게 굴던 마음이 삐끗했다.

"죽 사다 놨으니까 따뜻할 때 먹고."

승준이 세면대 아래에 놓인 수건을 집어 들었다.

"약도 잊지 말고 먹어."

따듯한 음성이 제 안에서 끝없이 밀려들었다. 욕조에 난 커다란 창에서 번지는 도시의 빛이 승준의 쪽으로 자신을 떠미는 것 같기도 했다. 그는 아무 대답도 못 하고 서 있는 제 머리 위에 수건을 둘러 주었다.

"어디 아프면 참지 말고 나한텐 말해. 다른 건 몰라도 네가 전화하면 꼭 올 테니까."

네가 왜……?

날 선 말로 승준의 입을 막아 버리는 게 맞았다. 승준이 후회 중이든 말든, 그건 제가 상관할 바가 아니었다. 떠나간 인연을 다시 붙이는 것만큼 부질없는 일도 없다 생각했다. 지옥 같던 사내 연애를 다시 할 마음도 없었다.

한데 제 마음 어딘가에 금이 가기 시작한 것 같았다. 머리로는 승준을 여기서 쫓아내야 한다고 생각하는데.

그런데…….

"너도 먹고 가."

엉뚱한 말이 입 밖으로 뛰쳐나왔다.

"죽, 같이 먹자고."

머리에서는 그만 입을 다물라며 절규하고 있었지만 입이 제멋대로 움직였다.

"죽 싫으면 다른 거 먹어도 돼. 룸서비스 시켜도 되구. 그 건 내가 낼게."

"…….”

"너한테 몇 번 신세 져 놓고 갚지도 못한 것 같아서. 자그 마한 성의라고 생각해 줘."

"이왕 보답할 거면 제대로 하는 게 좋지 않겠어?"

승준이 뭘 원하는지 빤히 알고 있었다. 그런데도 발이 떨 어질 생각을 하지 않았다. 발밑의 물이 제가 어디로든 달아 날 수 없도록 붙잡고 있는 듯했다.

"나, 제대로 먹고 싶은데."

승준의 입매가 야릇하게 휘어졌다. 제 입술에 잠잠히 물드 는 말이 몹시도 외설스럽게 느껴졌다. 몸을 수그려 눈을 맞 추는 그의 눈빛조차 제 혼을 쏙 뺐다.

탁— 탁—

일정한 리듬을 그리며 욕조로 떨어지는 물방울이 마음 속 에 묘한 파동을 일으켰다. 끈적한 공기, 혈기왕성하다는 미 지의 말, 입술에 달라붙는 열감……. 그것들이 제 숨을 멎게 만든다.

승준이 두 손으로 수건을 당겼다. 그 힘에 맥없이 그의 쪽으로 끌려갔다.

"물론 네가 괜찮다고 하면."

금방이라도 입술이 맞닿을 듯 줄어든 거리에 숨이 가쁘게 오르내렸다. 키스를 한 것도 아닌데 찌릿한 전율이 온몸을 집어삼켰다.

농염하게 젖어 들어가는 승준의 숨에 애가 달았다. 볼우물이 가득 팰 정도로 그의 입술을 맛보고 싶었다. 달달한 과육이 흘러내리듯 달고 싱그러운 향기가 탐났다. 입맞춤 한 번이면 메마른 자신의 입술에 생기가 돌 것 같았다.

벌렁거리는 심장 소리가 바깥에 들릴 듯했다. 승준의 소담한 입술을 바라보던 다현의 입술이 바싹 말라 갔다. 견고했던 참을성이 힘없이 무너져 내리고 있었다.

지금 자신이 필요하다는 건 착각인데. 분명히 착각인 걸 아는데…….

그 착각을 사실이라고 믿고 싶었다.

"……괜찮을 것 같아."

승준과 입술이 맞닿을 것 같은 바로 지금, 이 순간만큼은.

대답이 끝나기 무섭게 승준이 고개를 기울여 제 입술을 덮쳤다.

창백했던 입술에 온기가 돌았다.

고작 입맞춤 한 번인데. 그런데 초록빛 이파리 사이로 들이치는 여름볕이라도 머금은 듯 입술이 점점 뜨거워졌다. 제 윗입술을 삼켰다가 살짝 깨무는 승준의 몸짓 한 번에 전율이 일었다.

머리에 얹어져 있던 수건이 떨어진 줄도 모르고 승준을 따라 욕실을 나섰다. 자신밖에 보이지 않는다는 듯 달게 떨어지는 눈빛에 굴복당했다.

"하아…….."

맞닿은 입술이 떨어질 때마다 가쁜 숨이 쏟아졌다. 여기까지면 충분히 미각이 돌아왔으리란 걸 승준도 알 거다. 물론 자신도 모르지 않았다. 하지만 브레이크가 고장 나 버린 차에 올라타기라도 한 것처럼 멈출 수가 없었다.

불규칙한 호흡이 뒤섞여 허공 위로 피어올랐다. 낯선 도시가 주는 용기라 치부하긴 했지만 정말 이대로 괜찮은 건지 걱정됐다.

"아…….."

멈춰야 한다는 걸 안다. 원초적인 본능에 충실한 건 짐승이나 하는 짓이니까.

게다가 아무리 허울 좋은 이유를 가져다 붙여도 이건 덮을 수 없는 큰 사이즈의 흑역사가 될 확률이 컸다.

하지만 다현은 그만두지 못했다. 이성이 고개를 쳐들 만하면 승준이 제 안을 헤집어 그 생각을 굴복시켰다.

그는 마치 생명수라도 삼키듯 제가 머금고 있던 향기를 모두 빨아냈다. 침대에 두 팔을 짚고는 무섭도록 들이치는 승준의 기세에 정신을 차리지 못했다. 그를 향한 뾰족한 마음이 삽시간에 깎여 나가는 기분이었다.

침대 위로 물러서는 자신을 놓아줄 없는 듯했다. 꽃에서 꿀을 빨아내듯 부지런히 입술을 비비던 제 머리카락이 침대 위로 흘러내렸다.

승준이 제 허벅지를 힘껏 당겼다. 순간 우리들의 거리가 가까워졌다. 달뜬 숨을 뱉어 낼 때마다 가슴께가 들썩거렸다. 자신을 가만히 바라보는 승준의 눈빛에 민망해져서 살짝 고개를 돌렸다.

"나 봐."

그가 부드럽게 제 턱을 붙잡고 제 고개를 돌렸다.

"다른 데 말고 나만 봐."

사람을 꼼짝 못 하게 하는 매력적인 목소리에 정말 승준만 바라보게 됐다. 티셔츠 밑단이 천천히 올라가며 살결 위로 그의 손가락이 하나씩 스쳤다. 모든 감각이 꿈처럼 아득히 느껴졌다.

배꼽을 지나가는 손길에 온 신경이 집중됐다. 승준의 손이 지나갈 때마다 얼마나 간질거리던지 숨이 당장이라도 멎어 버릴 것만 같다.

"내가 바라는 건 그것밖에 없어."

한 치의 흐트러짐도 없는 저음이 절실하게 느껴졌다. 그래선지 자신을 홀리기 위한 개소리라 넘기기가 쉽지 않았다. 목 위로 뭉개지는 뜨듯한 숨이 어떤 식으로든 생각이 굴러가는 걸 막는 건지도 몰랐다.

판판한 살덩이를 머금은 야릇한 감촉에 다현의 허리가 살짝 들썩거렸다.

자신의 위에 올라선 승준을 생각하는 것만으로도 몸이 달아올랐다. 승준의 어깨에 얼굴을 파묻고 그의 향기로 온몸을 진득이 적시고 싶었다.

지징— 징—

그때 핸드폰 진동이 침대를 요란스럽게 흔들었다.

"아아, 아……."

진동이 다시 한번 교태 섞인 숨소리를 방해했다. 이대로 승준에게 굴복당하면 안 된다고 무언가가 자신을 말리는 걸지도 몰랐다.

지이잉—

집요하게 울리는 진동에 이성이 조금씩 돌아왔다. 누가 연락을 하는 건지 확인할 필요가 있었다. 미지가 아니라 엄마의 연락일지도 몰랐다. 병원에 계신 아버지 소식인지 누가 알겠나.

"잠깐, 하아…… 잠깐!"

이 이상 선을 넘지 않겠다는 듯 다현이 두 손으로 승준의 가슴팍을 밀어냈다. 강한 힘이 아니었는데도 승준은 그대로 멈췄다.

하지만 그랬다고 흥분한 기색이 바로 사라지지 않았다. 이대로 끝내고 싶지가 않았다.

"이 정도면 충분한 것 같아."

"부족해."

"미각도 돌아왔을 거고……."

"내가 고작 그것 때문에 이러는 거라고 생각해?"

아니.

"너도 그것 때문이 아니었잖아."

"……아니."

맞다.

마음이 무르녹아 저주를 풀어 주겠다는 말로 승준을 꾀었

327

다. 다만 그게 저지르지 말아야 할 실수였다는 걸 깨닫고 겨우 멈춰 선 것뿐.

"나는 그냥 보답하고 싶어서 그랬던 건데. 오해하게 만들었다면 미안해."

다현이 위로 말려 올라간 티셔츠를 끌어 내리고는 자리에서 일어났다.

그때 핸드폰이 다시 한번 울렸다. 두 사람의 시선이 동시에 핸드폰에 닿았다.

[내일 인천에 있을 것 같아서요. 데리러 가도 돼요?]

준열의 문자 메시지에 승준의 눈길이 핸드폰에서 떨어지지 않았다. 그의 얼굴에는 금세 불쾌함이 새겨졌다. 구겨진 승준의 미간은 펴질 줄 몰랐다.

"안 된다고 해."

제가 다급히 핸드폰을 가져갔는데도 메시지를 다 읽은 모양이다.

"내가 왜?"

"나하고 같이 집까지 돌아갈 거니까."

"어떻게 갈지는 내가 알아서 할게."

"그 새끼하고 가려고?"

성난 저음에 자신이 마치 승준을 두고 바람이라도 피운 듯한 기분이 들었다. 가만히 생각해 보면 어이없는 일이었다.

아직도 제 남자 친구라고 생각하는 거야, 뭐야……?

"남 주임하고 못 갈 이유도 없지. 내일 딱 인천에 있다잖아."

준열의 호의를 거절할 게 뻔하면서도 부러 승준의 심기를

328

굵었다.

'어디 한번 너도 불편해 봐라!'

심술궂지만 딱 그 마음이었다.

"너 어떻게든 꼬셔 보려는 개수작인 거 모르겠어?"

"너도 그런 거 아니야?"

"다현아."

"아, 근데 위험한 걸로 치면 네가 한 수 위겠다. 너는 권혜승 만나면서 나한테도 개수작 부리잖아."

"걔 만난 건⋯⋯."

"나한테 변명할 필요 없어. 네가 누굴 만나든 난 관심 없으니까. 그냥 선만 지켜. 내 사생활 가지고 이래라저래라하지도 말고 좋아한다는 말도 다시는 하지 마."

그건 승준을 향한 경고이자, 자신에게 하는 주의였다. 지금도 승준에게 넘어가 갖가지 이유를 대며 계약과 전혀 상관없는 키스를 하지 않았나.

"네가 말하는 그 선이라는 거, 난 못 지키겠어."

"뭐라고?"

"저 새끼하고 연락하는 것만 봐도 돌겠으니까!"

말을 끝낸 승준이 머리칼을 쓸어 올렸다. 항상 단정하던 승준은 눈에 띌 만큼 흐트러져 있었다.

"그렇게 돌아 버릴 줄 알았으면 그때, 떠나지 말았어야지."

그 애랑 같이 가지 말았어야지, 승준아.

일순간 고요해진 공기 속에 불안정한 숨만 켜켜이 쌓여 갔다.

승준이 어서 어떤 대답이라도 해 주기를 바랐다. 적막이 짙어질수록 진실로 그가 미워서 모진 말을 던진 게 아니라는 게 확실해져 갔기 때문이었다.

혜승과 같이 있던 그 모습이 거슬렸다. 여전히 승준이 혜승을 챙기고 있다는 사실이 미치도록 짜증스러웠다.

분명히 질투였다.

격하게 부정하면 할수록 질투라는 확신만 짙어졌다. 그렇지만 그게 승준의 고백을 받아들일 이유는 못 됐다.

"권혜승 좋다고 떠날 때는 언제고 이제 와서 나한테 이러는 거야?"

"좋아한 적 없어."

"……뭐?"

다현은 그 말을 믿지 않으려 애썼다. 어떻게든 제 마음을 흔들려는 수작일 테니까.

"너 말고는 아무도 좋아한 적 없다고."

승준의 목소리에는 흔들림이 없었다.

"그럼 그때는 걔하고 왜 갔는데?"

"아버지가 원하셨으니까."

겨우 그런 이유야?

어쩔 수 없는 이유를 바랐던 다현에게는 기운 빠지는 대답이었다. 하기야 남다른 집안이니 혜승처럼 번듯한 집안의 자식을 원하겠지. 하지만 아버지 탓을 한다고 해도 결국 그녀를 선택한 건 승준이었다.

우리의 관계보다 돈이나 권력이 소중하다고 생각했을 거다.

"이번 일만 잘 끝내면 아버지든 권혜승이든 다시는 만날

330

일 없어. 네가 싫어하는 건 안 할게. 그러니까…….”

“아니, 그냥 계속 살았던 대로 살아.”

또다시 선택할 상황이 닥치면 승준은 아무 고민도 없이 자신을 버릴 것이다. 예전에 그랬던 것처럼.

상처받지 않기 위해서는 버림받을 상황을 만들지 않으면 됐다.

다시는 버려지고 싶지 않았다.

“각자 분수에 맞춰서 살자.”

그러니까 이번에는 내가 널 버릴 거야.

“아무래도 각자 밥 먹어야겠다.”

“…….”

“너 안 나갈 거면 내가 나가고.”

승준이 대충 겉옷을 걸쳐 입고 나가려던 제 팔을 잡았다.

“내가 갈게.”

제가 손을 쳐 내기도 전에 그가 먼저 잡았던 팔을 놓았다.

“나 늦게 들어올 거니까 편하게 먹어. 약도 잊지 말고.”

어떤 생각을 하고 있는지 조금도 내비치지 않은 채 승준은 문밖으로 걸어 나갔다. 그가 어디로 갔는지 알 수 없었다.

홀로 덩그러니 방 안에 남아 승준이 놔두고 간 죽을 바라봤다. 해산물 죽 옆에는 생수와 약이 가지런히 놓여 있었다.

승준이 눈앞에서 사라졌으니 마음이 홀가분해야 하는데, 그러지 않았다. 누군가 자신의 마음을 꽉 붙잡고 쥐어짜는 느낌이었다.

다현은 수저를 들고 자리에 앉아 죽을 한술 떴다. 목구멍을 타고 넘어가는 죽이 여전히 따뜻했다.

말끔히 죽을 비우면서도 다현의 시선은 문에서 떨어지지 않았다.

출장 마지막 날.

승준은 자신을 대신해 나머지 디저트들을 먹겠다고 했다. 단맛과 짠맛이 고루 어우러진 파인애플빵부터 초콜릿 와플콘까지 차례로 해치웠다. 그가 어찌나 맛있게 먹던지 다현도 유혹을 떨치지 못하고 연유가 뿌려진 바삭한 번을 먹고 말았다.

부른 배를 꺼뜨려야겠다며 움직이기 시작한 승준의 뒤를 따랐다.

바다에서 약간 멀어지자, 사방에서 초록빛 향기가 터져 나와 두 사람을 에워쌌다. 이파리들끼리 부딪히면서 쏴아아— 하고 쏟아지는 소리가 듣기 좋았다. 어제 저녁에 서로를 할퀴던 게 잊힐 만큼 모든 게 평화로웠다.

"하루도 제대로 못 놀았네."

저도 한국으로 돌아가기 아쉬웠는데, 승준도 마찬가지인 모양이다.

"돌아가는 비행기 미룰까?"

승준이 고개를 돌리며 물었다. 이파리 사이로 스민 빛이 그의 얼굴 위로 떨어졌다. 눈이 부시게 찬란한 빛이었다.

"시장 조사한 거 정리해서 공유도 해야 하고……."

"하루 늦는다고 세상 안 무너져."

승준에게서 번져 나오는 빛을 조금만 더 탐냈다면, 세차게 고개를 끄덕였을 거다. 그 일이 벌어지기 전에 다현은 서둘러 자신의 정신을 붙잡았다.

"다들 기다리고 있을 텐데 얼른 가야지. 30분 뒤에 택시 잡을게. 로비에 맡겨 둔 짐 찾고 공항까지 가려면 시간 걸릴 거니까."

제 고집을 꺾을 수 없다고 생각했는지 승준은 설득 대신 미소를 지었다.

"잠깐이라도 같이 걷자."

그가 자신을 돌아보며 손을 내밀었다.

소금기 가득한 바닷바람에 떠밀리듯 승준에게로 조금씩 발걸음을 옮겼다. 그의 손을 잡는 일은 없을 테지만.

"우리 계속 같이 걷는 중이었는데."

승준의 곁을 유유히 지나가며 능청스럽게 대답했다.

"날은 좋다."

그를 바라보던 다현이 고개를 들어 하늘을 봤다. 어쩐지 이 순간을 오래도록 기억하고 싶어져 핸드폰으로 사진을 찍었다.

비행기에 올라타는 순간부터, 아니, 공항에 도착하면 자연스럽게 터지는 반말을 멈춰야 했다. 우리는 친구도 아니고 전에 사귀던 사이도 아닌 계약서에 적힌 대로 '갑을관계'일 뿐이니까.

"예쁘기는 하다."

그래야만 했다.

너에게 무너지지 않기 위해.

"그러게."

대답을 하는 승준의 시선이 제게서 떨어지지 않더라도.

"예쁘다."

나직한 저음이 밀물처럼 조용히 제게 밀려들었다. 그 소리에는 단 향기마저 묻어 있어 그에게 고개를 돌릴 수밖에 없었다.

서로를 바라보는 두 사람의 시선이 허공에서 맞닿았다. 그 순간 바다 쪽에서 부는 바람에 초록빛 잎사귀가 눈꽃처럼 흩날렸다.

시간이 흘러가고 있는 걸까.

꼭 이대로 모든 게 멈춘 것 같았다. 만약 그런 마법 같은 일이 일어날 수 있다면 이대로 잠시 시간을 멈추는 것도 좋겠다. 그게 어렵다면 시간이 아주 느리게 가게 하거나.

이곳에 조금이라도 더 머물 수 있도록.

캐리어를 수화물로 부쳤는데도 짐이 양손 가득이었다. 명색이 해외 출장을 다녀왔는데 빈손으로 돌아갈 수가 없었다. 그렇다고 관광지를 둘러본 것도 아니라 기념품을 살 곳이라고는 공항이 전부였다.

'회사 사람들 선물 꼭 사야 돼?'

반죽 안에 파인애플 잼이 든 펑리수를 쟁이는 자신을 말리던 승준의 말을 들었어야 했는지도 몰랐다.

물론 그건 지금에서나 드는 후회고. 월요일에 출근을 하면 기념품을 잘 사 들고 왔다고 안도할 게 분명했다. 어쨌든 나흘 동안 제 일을 처리해 준 팀원들에게 고마움을 표현하는 게 맞았다. 본부장이라는 사람이 이런 세심한 챙김에 관심이 없는 경우라면 더더욱.

승준도 명품 브랜드 매장에 들어가 무언가를 사긴 했지만 자기 것일 게 뻔했다.

인천공항을 나서자 차가운 겨울바람이 불어닥쳤다. 이제야 한국으로 돌아왔다는 게 실감이 났다.

소리 없이 내리는 눈만 봐도 겨울이었다.

승준과 헤어지고 나면 패딩부터 챙겨 입어야겠다. 지금처럼 가뿐한 차림으로 밖에 나가면 분명 얼어 죽을 거다.

"집에 어떻게 가려고?"

버스 시간표를 검색하려는데, 승준이 대뜸 물었다.

어제 한바탕을 한 이후로 문자 메시지에 대한 이야기는 꺼내지도 않았었다. 그게 마치 판도라의 상자라도 되듯이.

"공항 버스 타려고요."

"남준열 주임 차는 어쩌고?"

"마침 버스 시간이 맞을 것 같아서요."

"잘됐네."

뭐가 잘됐다는 거야?

불길한 대답이다.

"본부장님, 안 가세요?"

"가야지."

"그럼 월요일에 봬요."

승준이 버스를 타러 가는 제 뒤를 쫓아온다.

"왜 저 따라오세요?"

"남이 운전하는 차 타고 싶어서."

"남 비서님 부르면 되잖아요."

"거기도 불금 즐겨야지. 주말에 일시키면 되겠어?"

주말에 일을 시키고 있는 사람이 누군데.

"버스 알아서 잘 타시고요, 저 먼저 가겠습니다. 나흘 동안 고생 많으셨어요."

다현은 얼른 끝인사를 날리고는 다시 걸음을 옮겼다. 그가 매표소까지 묵묵히 자신을 따라오고 있다는 게 느껴졌다.

심지어 승준은 무인 기계에서 표를 사면서 제 쪽을 계속 힐끗거리기까지 했다. 뭘 그렇게 유심히 보나 했더니 제가 어디에서 내리고 어떤 자리에 앉을지가 궁금했던 모양이다.

"본부장님이 왜 저하고 같은 버스 타요?"

"그쪽에 볼일 있어."

"이 밤에?"

"알아. 개수작처럼 보이는 거."

"알면 취소하시죠."

절대로 물러설 마음이 없다는 듯 승준이 한쪽 입꼬리를 말아 올리며 웃었다.

"기왕에 개수작 부릴 거면 제대로 부리는 게 낫겠더라고."

"……?"

"내 생각이 머릿속에서 절대 안 빠지게."

그러고는 아주 대범하게 선전포고를 날렸다.

자신이 잠시 벙찐 사이, 승준은 어느새 버스표를 끊고는 입고 있던 코트를 제게 둘러 주었다. 옷 안에 녹아든 온기가 고스란히 전해졌다.

"가자."

승준이 당연하게 제 캐리어를 끌고 갔다.

눈 뜨고 짐도 뺏긴 다현은 잠깐 고민했다. 타이밍 좋게 버스가 도착하기도 했고, 다음 버스까지는 텀이 길었다. 게다가 버스표를 곧장 환불할 수도 없지 않나.

승준을 따라가야 하는 수십 가지의 이유가 다현의 마음에 모락모락 피어올랐다.

단 하나, 그와 같이 집으로 돌아가고 싶다는 이유 하나는 쏙 빼놓은 채.

"나 정말 어쩔 수 없이 타는 거야."

다현의 말에 짐을 싣던 승준이 빙긋이 웃으며 화답했다. 제가 매섭게 거절을 날리지 않은 것만으로도 다행이라는 얼굴이다.

가벼운 짐만 들고 버스에 올라탔다. 달달거리며 떨리는 엔진이 마음을 들썩이게 만들었다.

다현은 자리에 앉아 차창 밖을 바라봤다. 정확히는 창문에 비치는 승준에게 눈이 갔다.

"피곤하면 자. 도착하면 깨워 줄게."

"저 멀쩡해요."

정말로?

승준의 표정이 딱 그랬다. 그는 눈썹까지 들썩거렸다. 제가 버스를 타면 꾸벅거리며 단잠에 든다는 걸 기억이라도 하고 있는 걸까.

만약 그렇다면 절대 자지 말아야겠다 다짐했다. 제가 과거와 많이 달라졌다는 걸 보여 주고 싶었다. 그래서 어떻게든 자지 않으려 대만에서 찍었던 디저트 사진을 뒤적이기도 하고, 바깥 구경에 집중해 보기도 했다.

그러나 애석하게도 자꾸만 눈두덩이 무거워졌다.

차라리 다현은 타협을 보기로 했다.

'잠깐 눈만 감자. 명상한다고 생각해. 눈을 감는다고 무조건 자는 건 아니잖아.'

다현의 생각이 끊어진 건 눈을 감고 얼마 지나지 않아서였다.

의자에 기댄 고개가 창문 쪽으로 기울어졌다. 승준이 황급히 손을 뻗지 않았더라면 벌써 창에 다현의 머리가 부딪혔을 거다.

승준의 손바닥에 머리를 대고 있는 줄도 모르고 다현은 단잠에 빠져 있었다.

그 모습을 보는 승준의 입가에 미소가 번졌다. 쌔근거리며 잠든 모습마저 사랑스러워 미칠 지경이었다. 마음 같아서는 이대로 하염없이 같은 길을 돌고 싶었다. 다현이 자신을 밀어내지 않는다는 것만으로도 좋으니까.

어서 이번 일을 마무리시켜야겠다. 어떻게든 능력을 증명해 보이고 한주그룹의 꼭대기에 앉을 거다.

'복수라도 하고 싶거든 그럴 만한 힘이라도 키워.'

이번에는 자신이 얻어 낸 힘으로 다현을 지켜 낼 것이다.

내 존재가 더 이상 너의 불행이 되지 않게.

어둠이 내려앉은 도시만큼 패슨 호텔의 라운지 바도 차분한 분위기를 뽐냈다. 어둑한 공간 안 테이블에 놓인 고풍스러운 조명이 부드러운 빛을 내뿜었다.

창 쪽에 앉아 있는 최범이 다리를 달달 떨면서 초조한 얼굴로 입구 쪽을 연신 돌아봤다.

미어캣처럼 목을 빼고, 안절부절못하는 최범에게 누군가가 다가왔다. 또각거리는 구두 소리가 위압적인 향기를 풍겨 냈다. 한 치의 주춤거림도 없이 시원스럽게 걷던 여자의 걸음이 그의 앞에 멈춰 섰다.

"마최범 과장님?"

여자의 물음에 최범이 자리에서 벌떡 일어났다.

"네, 제가 마최범입니다!"

"반가워요."

인사를 건네는 그녀의 붉은 입술이 악랄하게 휘어졌다.

"권혜승이에요."

혜승이 최범에게 명함을 내밀었다.

제12장
공격

RD리테일 본부장이라는 직함을 확인하자마자 최범은 연신 혜승에게 굽실거렸다.

"우선 앉아서 얘기할까요?"

"아! 예예."

테이블 위에 혜승의 명함을 둔 최범의 얼굴에는 긴장이 돌았다.

"술 한 잔씩 해요. 어떤 거 하시겠어요?"

"저는 아무거나 상관없습니다."

"그럼 제 마음에 드는 걸로 고를게요. 술이 조금 당기는 날이라. 마티니로 두 잔."

"다 좋습니다, 본부장님."

그는 혜승이 도수가 아주 높은 술을 마시겠다고 했어도 무조건 좋다고 했을 터다. 혜승의 관능적인 모습에 어느 정도

341

홀리기도 했고, 그녀가 쥐고 있는 권력에 절로 고개가 숙여졌다. 자신의 회사 대표와 막역한 사이라고 하지 않나.

한마디로 황금 인맥.

이런 연줄은 무조건 잡아야 했다. 어쩌면 다현의 남친이라는 새끼가 복잡하게 꼬아 버린 상황을 그녀라면 해결해 줄 수 있을지 몰랐다.

올리브가 들어간 마티니가 테이블 위로 올라왔다. 혜승이 살포시 입술을 벌려 쌉쌀한 맛이 도는 마티니를 마셨다.

눈치를 보던 최범도 덩달아 술로 입술을 적셨다.

"그런데 저는 왜 보자고 하신 건지……?"

"혹시 차승준 알아요?"

누구를 말하는지 모르겠다는 듯 최범의 고개가 한쪽으로 갸울어졌다.

"그때 보니까 호텔에서 둘이 무슨 얘기를 하는 것 같던데."

"저, 하고요?"

"네. 그쪽하고."

최근이야 프로모션 때문에 호텔을 가는 일이 많았으니 누구를 얘기하는지 쉽게 감이 잡히지 않았다. 혜승이 그런 최범의 앞에 핸드폰을 내밀었다.

"이 사람인데."

핸드폰에 있는 사진을 보던 최범의 표정이 일그러졌다.

"아, 이 새끼……."

"어떻게 알아요?"

"제가 전에 사귀던 여친이랑 사귀는 놈이라서요."

"승준이가요?"

혜승이 믿을 수 없다는 듯 되물었다. 강다현 이후로 어떤 여자도 거들떠보지 않았던 승준이었다. 그건 자신이 곁에서 지켜봤으니 누구보다 잘 알고 있었다.

그런데 사귄다니, 누구하고?

"그분이 어떤 분인지 알 수 있을까요?"

"다현이요?"

"강다현이요?"

"다현이 아세요?"

"제가 아는 분하고 이름이 같아서."

혜승의 등줄기를 타고 찝찝한 마음이 기어 올라왔다. 다현이라는 이름만 들어도 온몸에 가시가 돋았다.

얼마나 거슬렸던 이름인가.

승준과 미국에 있을 때조차 다현의 그늘에서 벗어나지 못했다. 눈에 보이지 않는데도 그 계집애가 마치 승준의 곁을 얼쩡대는 기분이었다. 그러니 '다현'이라는 이름을 듣자마자 예민해지는 건 당연한 일이었다.

"혹시 사진 가진 거 있어요?"

"아무래도 헤어진…… 아! 회사 공식 계정에 있을 수도 있겠네. 예전에 저희 팀 브이로그 찍었거든요. 어디 있더라. 잠시만요."

혜승은 핸드폰을 뒤적거리는 최범의 손에서 눈을 떼지 못했다. 부디 그가 사귀던 다현이라는 여자가 제가 알던 애가 아니기를 바랐다.

"여기, 이 친굽니다."

최범이 동영상 재생을 멈추자 다현의 모습이 또렷이 보였다. 제가 알고 있던 강다현이다.

이게 또 승준의 앞에 나타날 줄이야.

"승준이가 여기 다현 씨하고 사귄다고 했다는 말이죠?"

"네."

코웃음을 치는 혜승에게서 서늘한 향기가 풍겼다.

"강다현 씨 지금 뭐 하고 지내는 줄 알아요?"

만약 두 사람이 정말 만나고 있는 거라면 어떻게든 떼어 놔야만 했다. 비열하고 악랄한 짓을 벌여서라도 그래야만 했다.

승준의 곁에서 밀려날 수 없었다.

어떻게 지킨 자리인데.

게다가 승준과 손만 잡는다면 자신의 멍청한 의붓오빠에게 기껏 키운 리테일을 뺏길 일도 없을 거다.

"다현이가 회사 관두고는 알바하다가 취직한 것 같긴 한데, 자세히는 저도 잘 모르겠어요."

"회사는 왜 관뒀대요?"

"그게……."

최범이 좌우로 고개를 돌리며 주변 눈치를 살폈다. 은밀한 비밀 얘기라도 하듯 그가 테이블 쪽으로 몸을 내밀었다.

잠자코 그가 쏟아 내는 이야기를 듣던 혜승의 얼굴에 반가운 웃음이 피어올랐다.

그들의 대화가 길어질수록 테이블 위에 놓인 조명이 힘을 잃었다. 환한 빛이 누그러들자 까마득한 어둠이 그 자리를 짙게 채웠다.

❖ ❖ ❖

출장이 꽤 힘이 들었는지 다현은 하루 동안 종일 잠만 잤다. 그러다가 겨우 일요일이 돼서야 정신을 차렸다. 새벽부터 일어난 다현의 눈에 가장 먼저 띈 건 집으로 들어가기 전에 승준이 제게 건넨 면세점 쇼핑백이었다.

책상 위에 놓인 쇼핑백을 보고 있자니 어제 기억이 또렷이 되살아났다.

'받아.'
'이게 뭔데?'
'뇌물.'
'어?'
'앞으로도 끈덕지게 쫓아다닐 것 같으니까 예쁘게 봐 달라고.'
'나쁜 것만 배우셨네. 이런 건 주지도 받지도 말아야 하는 건데.'

승준에게 쇼핑백을 다시 되돌려 주려고 했다.

'소원이야.'
'갑자기?'
'안 잊었지? 야시장 가서 내기한 거.'

그가 거절할 수 없는 이유를 들이댄 바람에 쇼핑백을 받

345

을 수밖에 없었다. 종일 집 앞에서 실랑이를 벌일 힘도 없었다.

제가 고집을 꺾고 쇼핑백을 받아 들자, 승준의 입가에 뿌듯한 미소가 돌았다. 소원 한 번 참 괴상했다. 보통 어떤 선물을 받고 싶다고 소원을 빌지, 뭘 주고 싶다는 소원을 비는 사람은 없을 테니까.

자리에서 일어나 책상 위에 놓인 쇼핑백을 뜯었다. 두껍게 둘러진 에어캡을 뜯어내자 자그마한 상자가 나왔다. 상자 안에는 커프링크스처럼 생긴 귀걸이가 들어 있었다.

커튼 사이로 들어오는 빛에 골드색 귀걸이가 반짝거렸다.

이런 선물을 받아도 되는 건지 부담이 됐다. 차라리 쿠키나 초콜릿이라면 신나서 먹었을 텐데. 아무래도 귀걸이는 타이밍을 봐서 돌려주는 게 좋겠다. 다현은 상자를 닫고는 서랍 안에 깊숙이 넣어 두었다.

자신의 그릇에 맞는 것만 탐해야 했다. 그러지 않으면 분명히 나쁜 일이 일어날 거다.

책상 위에 널브러진 에어캡이며 포장지를 치우고는 준열에게 전화를 걸었다.

"이제야 전화해서 미안해요. 제가 어제 도착하자마자 잠만 자서……."

— 아픈 데는 없는 거죠?

"네, 튼튼해요."

— 다행이다. 대리님 아프신 줄 알고 인사팀에 주소 알려 달라고 빌어야 하나 종일 고민했는데.

"개인정보라 절대 안 알려 주지 않았을까요?"

– 대리님한테 미리 캐냈어야 했나.

준열이 능청스럽게 제 말을 받아쳤다. 그의 농담에 화답하듯 다현이 가볍게 웃음을 터뜨렸다.

"저 이따가 베이킹 잡지 가지러 가도 될까요?"

만나는 김에 공항에서 산 펑리수도 한 박스 주고 올 생각이었다. 이런 건 기회가 있을 때 따로 주는 게 나았다. 팀원들에게는 과자를 낱개로 한두 개만 나눠 주고, 준열에게는 한 박스를 선물했다가 괜히 쓸데없는 이야기라도 돌면 골치 아프니까.

– 7시 어떠세요?

"좋아요. 그때 갈게요."

– 열심히 기다리고 있을게요.

다현은 전화를 끊고 병원에 갈 채비를 했다. 보통 일요일에는 병원에 가지 않지만 출장을 갔다가 산 기념품을 엄마에게 주고 올 생각이었다. 겸사겸사 엄마 얼굴이 보고 싶기도 했고.

차 뒷자리에 부모님과 준열에게 줄 선물을 야무지게 채웠다. 연식이 오래된 차가 이따 잡지의 무게도 잘 버텨 주기를 바랐다.

다현이 핸들을 꽉 붙잡았다. '무조건 안전 운전'이라는 말을 몇 번이나 되뇌고는 조심스럽게 주차장을 벗어났다. 10년 무사고의 위용을 자랑하며 골목을 벗어난 다현의 차가 부드럽게 도로를 내달리기 시작했다.

❖ ❖ ❖

"아빠, 저 왔어요."

다현의 인사에도 아버지는 고요히 잠들어 있었다. 페이션트 모니터에 그려지는 선만이 아버지가 살아 있다는 걸 증명해 주고 있었다.

"여기는 어쩐 일이야?"

"아빠하고 엄마 얼굴 보려고. 이것도 드리고."

다현이 양손 가득 들려 있는 쇼핑백을 들고는 대답했다. 누가 보면 성공해서 금의환향이라도 한 줄 알겠다.

"뭘 또 가져왔어? 안 그래도 된대도."

"출장 갔다가 맛있대서 사 왔지."

"우리는 괜찮으니까 가서 회사 사람들하고 나눠 먹어."

"걱정 마요. 사람들 것도 따로 챙겨 뒀어."

엄마의 손에 쇼핑백을 쥐여 주려 노력했다. 제게 미안해서 선물을 받지 못한 거라 생각한 것이다. 하지만 얼마 지나지 않아 그게 자신의 착각이었다는 걸 알게 됐다.

"어제 너희 회사 사람이 와서 쫙 돌리고 갔어. 부하 직원 가족도 챙겨 주고 된 사람 같더라. 간병하는 아줌마가 그러는데 저번에는 여기 와서 자기도 도와줬대."

"우리 회사 사람? 누구?"

"젊은 사람이던데. 그 사람이 너 안다고 하고."

차승준이야?

승준이 병원을 들락날락했을 거라고는 상상조차 못 했다. 그가 부속 계약을 맺을 때, 바로 자신의 아버지 병원비 얘기를 했던 게 생각났다. 그때부터 의심해 봤어야 했는데 그러지 못했다.

사위를 돌아보는 다현의 눈에 펑리수 상자가 수두룩하게 보였다. 아무래도 승준이 이곳을 한바탕 쓸고 간 모양이었다.

펑리수를 보던 다현의 눈이 가늘어졌다. 승준의 짓이 분명한데 어딘가 석연치 않은 구석이 있었다. 엄마는 승준을 '회사 사람'이라고 불렀다. 승준의 얼굴을 잊어버린 걸까. 그렇게 자주 우리 집에 놀러 오기까지 했는데?

그렇지만 승준이 아닐 리도 없었다. 타이베이에 간 사람이라고는 승준뿐이었다.

"나 잠깐만 전화 좀 하고 올게."

협탁 위에 쇼핑백을 두고 병실을 나와 승준에게 전화를 걸었다. 신호음이 몇 번 가지도 않았는데 승준이 곧장 전화를 받았다.

"너, 우리 아빠 병원 왔었어?"

병실 문을 닫자마자 인사 대신 질문이 터져 나왔다.

─ 어.

"왜?"

고맙다는 말 대신 질문이 쏟아졌다.

놀랐던 것 같다. 누군가 자신의 가족을 생각하고 챙겨 줄 거라고는 생각도 못 했다. 친척들마저 사고가 일어난 이후, 자신들에게서 관심을 거뒀으니까.

─ 맛있는 거 보니까 두 분 생각나길래.

"여기 온 거 처음 아니잖아, 그렇지?"

수화기 너머로 잠시 아무 말도 들리지 않았다.

─ 들켰네.

정말 너였구나, 차승준.

─ 남 비서한테 조용히 올라갔다 오라고 당부까지 했는데.

승준의 뒷말에 엄마가 왜 그를 알아보지 못했는지 알 것
같았다.

─ 마음 쓸 거 없어. 내가 원해서 한 거니까.

원래대로라면 네가 왜 남의 가족에게 마음을 쓰냐고 쏘아
붙여야 정상이었다. 그런데 좀처럼 입이 떨어지지 않았다.
승준이 나쁜 의도로 이곳에 와 저희 부모님을 도와 드린 건
아니니까.

혼자 지고 있던 짐을 승준이 나눠 들어 준 것 같은 착각이
일기도 했고.

"……고마워."

타이베이에서도 하지 못했던 말이 기어이 입 밖으로 나왔
다.

생각해 보면 승준에게 신세를 진 게 한두 개가 아니었다.
덕분에 몸살감기도 떨쳐 냈고, 값비싼 선물도 받지 않았나.
거기다 부모님 일까지.

겨울바람을 뚫고 스며드는 봄 햇살처럼 승준이 자신의 울
타리 안으로 배어드는 듯했다.

─ 고마우면 나하고 같이 저녁이라도 먹어 주라.

"맛보게는 못 해 줘."

─ 상관없어. 네 얼굴만 봐도 충분하니까.

낯부끄러운 이야기를 참 잘도 한다.

그런데 생각보다 그 말이 나쁘지가 않았다.

"근데 오늘 내가 약속이 있어서 다음에 같이 먹자."

– 무슨 약속?

"남준…… 아니, 있어."

– 누군데?

"너 말해도 몰라. 하여튼 나 엄마한테 가 봐야겠다. 회사에서 봐."

다현은 대충 말을 얼버무리며 전화를 끊었다. 다행인지 아닌지 모르겠지만 승준에게서는 다시 연락이 오지 않았다. 상황을 무난히 잘 넘겼구나 싶었다. 어차피 승준도 자리를 비운 사이 밀린 일을 처리하느라 주말 내내 정신이 없을 게 뻔했다.

병실에 앉아 엄마와 도란도란 얘기를 나눴다. 주로 출장에서 있던 일을 얘기했는데 아팠던 건 쏙 빼고 말하지 않았다.

"거기 버터 들어간 소보로빵 먹는데 엄마 생각나더라. 나중에 꼭 같이 가서 우리 엄마 사 드려야지."

병상에 누워 있는 아버지 곁에서 얘기를 나누고 있자니 마치 예전으로 돌아간 듯한 기분이 들었다. 식탁에 둘러앉아 하루 동안 있던 일을 나누던 그때로.

자연스럽게 웃음꽃이 피어나던 그날로 다시 돌아가고 싶었다. 그 순간이 다시 돌아오기 힘들겠지만. 그래도 꿈을 꾸는 건 자유고, 기적이란 건 언제나 예상치 못한 때 나타나는 법이니까.

승준이 어느날 제 앞에 다시 나타난 것처럼.

❖ ❖ ❖

기어코 주차장까지 바래다주겠다는 엄마를 말리고는 병실을 나섰다. 지금 출발하면 얼추 약속 시간에 맞춰 도착할 수 있을 것 같았다.

엘리베이터를 기다리며, 핸드폰을 만지작거리고 있을 때였다.

"지금 가려고?"

처음에는 환청인가 싶었다.

그다음에는 승준에게 잘못 전화를 걸었나 의심했다. 물론 그 생각은 모두 틀렸다. 고개를 들자마자 승준의 얼굴이 또렷이 눈에 들어왔다.

얘는 자기가 홍길동인 줄 아는 걸까. 여기저기 나타나지 않는 곳이 없다.

"너 언제부터 여기 있었어?"

"네 전화 받고 나서 쭉."

"엘리베이터 앞에?"

"휴게실에."

"왜 왔는데?"

"너 데려다주려고."

당연히 해야 할 일이라는 듯 담담한 말투에 말문이 막혔다.

"우선 타."

승준이 엘리베이터를 잡고는 말했다. 얼결에 엘리베이터에 타기는 탔는데 어떻게 승준을 떨쳐 내야 할지 모르겠다. 준

352

열의 집에 간다고 하면 무슨 수를 써서라도 말릴 인간이다.

"나 차 가져왔어."

"잘됐네."

뭐가 잘됐다는 거야? 너 가라는 건데.

"가는 길에 내려 줄게."

정확히 말해야 승준이 모른 척할 수 없을 거라는 생각에 다현이 똑 부러지게 말했다.

"같이 가면 안 돼?"

순간 잘못 들었나 싶었다.

"나 약속 있다니까?"

"내가 가면 그 새끼, 아니, 남준열 주임이 싫어할 것 같기는 하네."

승준이 덤덤하게 뱉은 말에 흠칫 놀랐다. 자신이 누구와 만나는지 어떻게 아느냐고 물어보고 싶지만 참았다. 그저 자신을 떠보는 중인지도 몰랐다. 두루뭉술한 말을 던지고 이 상황에서 벗어나는 게 상책이었다.

"내가 남 주임 만나는 거 아니면 어쩌려고."

"다른 사람 만난다고?"

"어, 어엉."

문제는 제 얼굴을 빤히 쳐다보는 승준의 눈빛에 얼마나 버틸 수 있을지 알 수 없다는 거다.

"거짓말에 소질 없는 건 여전하네."

승준의 입가를 적시는 웃음새가 몹시도 해맑갰다.

"맘에 든다."

제 머리를 두어 번 다독거린 승준이 먼저 엘리베이터에서 내렸다. 차가 어디 있는지도 모르면서 자신 있게 앞서 걷기까지 한다.

"차 어디 있어?"

결국 물어볼 거면서.

승준에게 그만 가라고 해 봐야 듣지 않을 게 분명했다. 그렇다고 주차장에서 종일 실랑이를 벌일 수도 없는 노릇이었다. 약속 시간에 늦고 싶지 않을뿐더러 승준을 이곳에 두고 가면 왠지 마음이 불편할 것 같았다.

받은 게 많아질수록 본디 뿌리치기가 더욱 어렵게 되는 법이다.

다현은 대답 대신 차 키 버튼을 눌러 차 문을 열었다. 차를 향해 걸어가는 승준의 뒷모습이 왠지 신나 보였다.

뭐 그렇게 즐거울 일이라고.

차에 올라탄 다현은 승준에게 관심을 끄자고 다짐하며 세게 문을 닫았다. 노쇠한 차가 힘없이 흔들거렸다.

"적당한 데서 내려 줄게."

안전벨트를 채우고 출발을 하려는데 전화가 울렸다. 길을 보려고 거치대에 꽂아 둔 핸드폰 위로 준열의 이름이 떴다. 다현이 잽싸게 핸드폰을 빼내려고 했지만 실패했다.

승준이 통화 버튼에 스피커폰까지 켜 버렸으니까.

"네, 주임님."

승준에게 눈을 흘기며 핸드폰을 가져가려고 했으나 역시나 실패했다. 그의 입가에 악마의 미소가 떠오르는 걸 보니 마냥 조용히 있을 것 같지는 않았다.

- 출발하셨어요?

"지금 막 출발하려고 하긴 하는데 왜요?"

제발, 갑자기 일이 생겼다고 해 주라.

"혹시 다른 일 생긴 거면 나중에 가도 되는데."

– 대리님 오실 때 맞춰서 준비 끝내려고요.

"아……."

– 가장 맛있을 때 대접하고 싶어서.

자신의 상황을 알 리 없는 준열의 목소리가 유난히 낭랑했다. 다현은 슬쩍 눈을 돌려 승준을 쳐다봤다. 팔짱을 끼고 있는 승준의 얼굴에는 여유로움이 돌았다. 다만 핸드폰을 바라보는 눈빛만은 번뜩였을 뿐. 꼭 눈앞에 먹잇감을 언제 잡아먹을지 노리는 맹수 같았다.

"수저 하나 더 준비해 주셔야겠는데, 가능하겠어요?"

기어코 폭탄이 날아갔다.

"준비 안 해도……."

"혹시 어려우면 내가 가져가고."

제가 준열과 단둘이 밥을 먹도록 놔두지 않으려는 모양이다.

– 죄송한데 누구세요?

"차승준입니다."

– 두 분이 어떻게 같이 계십니까.

다정했던 준열의 어투가 삽시간에 딱딱하게 변했다.

"남 주임한테 그것까지 설명할 필요는 없을 것 같고. 가요, 말아요?"

– 오세요.

"내가 가는데?"

355

- 기껏 준비했는데, 약속을 파투 낼 수는 없으니까요. 차라리 수저 하나 더 놓겠습니다.

딱 봐도 네가 싫지만 초대는 해 주겠다는 투다. 불편한 식사 자리에 앉아 있느니 차라리 당신들 둘이서 저녁을 먹는 게 어떻겠냐고 말하고 싶었다. 두 남자 모두 자신을 놓아주지는 않겠지만.

"기대되네."

- 기대 많이 하셔도 됩니다, 본부장님. 명색이 한주리테일 연구원인데요.

누구 하나 물러설 마음이 없어 보였다.

- 곧 뵙겠습니다.

이 노쇠한 차가 이글거리는 남자들의 기 싸움을 버틸 수 있을지나 모르겠다. 낭랑한 내비게이션 안내음이 없었더라면 승준이 이를 바드득 가는 소리만 짙게 들렸을 것이다.

다현의 차가 젖 먹던 힘까지 쥐어 짜내며 주차장을 벗어났다. 차 안을 도는 묵직한 침묵에 짓눌리고 있는 기분이었다. 갑자기 껴든 건 승준인데 제가 왜 눈치를 보고 앉아 있는 건지 알 수 없었다.

뭐랄까. 남친 앞에서 이성 친구와 단둘이 밥을 먹으려다가 발각된 느낌이랄까. 정확히 그 기분이었다.

내비게이션을 보던 승준의 고개가 한쪽으로 기울어졌다.

또 왜, 왜?!

"강다현."

"대리입니다, 본부장님. 회사 사람 만나러 가는 길이니까 미리 준비해 주시죠."

"내 눈에는 목적지가 식당 같지 않는데."

"식당 간다고 안 했는데요."

"미친 새끼가 너 집에 초대했어?"

오피스텔 이름을 확인하자마자 승준의 목소리가 커졌다. 누가 봐도 잔뜩 흥분한 얼굴이다.

"호들갑 떨지 마. 그냥 베이킹 잡지 준대서 그거 받는 김에 저녁 한 끼 같이 하는 거야."

"이렇게 순진해서야."

"사람을 믿는 거지."

"이러니 내가 긴장을 못 놓지."

제일 못 믿을 인간이 너라는 말도 승준에게는 들리지 않는 모양이었다.

"나도 아직 내 집에 초대 못 해 봤는데."

선수를 뺏겼다는 사실에 분노하며 그가 차창을 열어 버렸다.

"차승…… 아!"

승준을 말리려고 했지만 한발 늦었다. 벌써 살짝 열린 차창 틈으로 찬바람이 매섭게 쏟아졌다.

"그거 안 닫힌단 말이야."

"왜 안 닫혀?"

"고장 나서 나중에 고치려고 했지."

설마하니 이 추운 날에 누가 차창을 열지 예상이나 했겠나.

"그냥 갑시다, 본부장님."

다현이 패딩 지퍼를 목 끝까지 올리며 말했다.

"조금만 견뎌요. 최대한 밟을 테니까."

칼바람을 견디는 승준의 머리카락만이 애처롭게 찰방거렸다. 휘몰아치는 한기에도 그는 고장 난 차창에서 시선을 떼지 못했다.

❖ ❖ ❖

"들어오세요."

준열이 현관문을 열어 주며 다현을 반겼다. 필요 없는 증정품이라도 되듯 뒤이어 들이닥친 승준에게는 눈길조차 주지 않았다.

"실례할게요."

"들어오세요. 춥지 않았어요?"

"차 타고 와서 괜찮았어요."

다정한 대화에 승준의 눈썹이 꿈틀거렸다.

"소파에 잠깐만 앉아 계세요. 감자 뇨끼가 아직 덜 돼서."

"제가 도울 건 없어요?"

"괜찮아요."

마냥 가만히 앉아 있기 민망해 어떻게든 준열을 도와주려고 했지만 승준에게 가로막혔다. 자신의 앞을 막고 서 있는 승준을 올려다봤다. 눈에 힘껏 힘을 주며 꺼지라는 신호를 보냈으나 그는 가뿐히 무시했다.

"앉읍시다, 강 대리."

도리어 솔선수범이라도 하듯 먼저 소파에 앉아 옆자리를 가볍게 두드렸다.

역시 어떤 방법을 써서라도 떼어 놨어야 했는데…….

"소파 불편하시면 식탁에 앉아 계실래요?"

돌아가는 상황을 지켜보던 준열이 지지 않고 다현에게 물었다. 벌써부터 소파냐 식탁이냐는 선택지가 던져졌다. 마음 같아서는 소파에 앉고 싶었지만 승준에게 승리의 쾌감을 던져 줘 봐야 좋을 게 없었다.

"식탁에 있을게요. 혹시 도울 일 있으면 말해 줘요."

"지켜봐 주시기만 해도 좋아요."

부엌으로 향하는 고 짤막한 순간, 맹렬한 눈빛에 등이 타들어 갔다.

그 눈빛을 모른 척하자 속으로 속살거리며 식탁에 앉았다. 그러자 준열이 기다렸다는 듯 냉장고에서 라임과 애플민트가 담긴 모히또를 꺼냈다. 기다란 유리잔에 담긴 모히또가 예뻤다.

"무알코올이니까 걱정 말고 드세요."

"무알코올이에요?"

"보드카 넣어 드릴까요?"

"아뇨, 제가 차를 가지고 와서요."

"제 차로 데려다 드려도 되는데."

"괜찮아요. 이렇게 저, 자꾸 받기만 하면 괜히 버릇 나빠져요."

"나빠져도 괜찮아요."

준열이 식탁 끝을 붙잡고는 다현의 쪽으로 몸을 기울였다.

"선생님이라면요."

비밀스럽게 던진 마지막 말과 함께 팅— 하며 오븐이 꺼졌다.

"잿밥에만 관심이 많나 보네. 요리 안 꺼냅니까?"

승준과 같이 와서 미안하다며 준열에게 사과를 하기도 전에 그가 나타났다. 그러고는 아주 자연스럽게 제가 받은 모히또를 마셨다. 승준을 막아설 틈조차 없었다. 속이라도 타들어 가는지 그가 모히또를 원샷해 버렸으니까.

"음식은 따뜻할 때 먹는 게 제일인데."

어느새 자신의 옆자리에 자리를 잡고 앉은 승준이 말했다.

"우리 회사 연구원이니 나보다 잘 알겠지만."

승준이 오븐을 가리키며, 뒷말을 이었다. 누가 보면 저녁 초대를 받은 게 아니라 신상품 시제품을 검토하러 온 줄 알겠다.

오븐으로 향하는 준열을 도와주려고 했으나 자리에서 일어나기도 전에 승준에게 팔을 잡혔다.

"……왜?"

이를 악문 다현이 목소리를 낮췄다.

"남의 집에서는 원래 가만있는 게 도와주는 겁니다, 강 대리."

"가만히 앉아 있는 게 예의 없는 거 아니고요?"

"여러 사람이 일어나 봐야 정신만 사나울 것 같아서."

기어코 승준에게 붙잡혀 어정쩡하게 앉게 됐다.

이탈리아 전통 요리인 감자 뇨끼가 곧 테이블 위로 올라왔다. 방금 오븐에서 꺼내선지 그릇에서 맛있는 김이 피어올랐다. 연어 샐러드부터 봉골레 파스타까지. 근사한 레스토랑에서 식사를 하는 기분이었다.

"탄산수 드릴까요?"

"저 괜찮으니까 얼른 앉아요."

어서 밥을 먹자며 준열에게 손짓했다. 바쁘게 움직이던 준열이 그제야 제 앞에 자리를 잡고 앉았다.

소박한 회식 자리라고 생각하기로 했다. 아니면 시장 조사 중이던가. 그렇게라도 생각하지 않으면 속이 없힐 것 같았다.

서로를 보는 두 남자의 눈빛이 매서워도 마음 쓰지 않는 게 나았다.

먹는 게 남는 거다.

그 생각 하나로 식탁에 떠도는 서늘한 분위기를 잊어 내려고 했다. 밥에 집중하다 보면 어느새 안녕히 계시라며 집을 나설 때가 올 테니까.

"본부장님이 대리님하고 같이 계실 줄 몰랐습니다."

준열은 싱글거리면서 선제공격을 날릴 준비를 했다.

"그것도 주말에."

"그동안 실적이 워낙 개판이라. 새로 들어온 사람들이 열심히 해야지 별수 있겠어요?"

"잘 쉬어 줘야 아이디어도 나오는 거니까요."

"쉬는 게 쉬는 것 같지 않은 사람도 있는 거고."

창과 방패처럼 두 사람이 조곤조곤 서로를 공격했다. 쉴 새 없는 공격에도 다현은 꿋꿋하게 식사에만 집중하고 있었지만. 그녀는 현명한 자신의 선택에 감탄하며 맛있는 음식을 즐겼다.

딱 허기가 지기도 했고, 준열의 요리도 수준급이라 맛에 취하지 않을 수 없었다. 만약 두 남자의 살벌한 줄다리기만 아니었다면 벌써 쉼 없이 감탄을 쏟아 냈을 거다.

"남 주임 친화력이 상당한가 봅니다. 벌써 타 팀원을 이렇게 집에까지 초대하고."

이번에는 승준이 웃는 낯으로 공격을 던졌다. 그러면서도 뇨끼가 닿지 않을까. 다현의 접시 한쪽에 따뜻한 뇨끼를 덜어 주었다.

"기획하고 연구가 따로 떨어진 부서라고 할 수는 없으니까요."

그 모습을 지켜보던 준열도 제 앞접시에 파스타를 덜어 준다.

"얼마나 친해져야 이렇게 집까지 초대할 수 있는 건지 감이 안 잡히네."

"글쎄요."

"글쎄?"

"본부장님하고 대리님 정도는 되지 않겠습니까."

"우리가 어느 정도인 줄 알고?"

두 남자의 으르렁거림이 심해질수록 앞접시의 음식도 쌓여 갔다. 서로에게 집중한 이 남자들은 제 배가 터질 거라고는 전혀 생각하지 않나 보다.

그만들 멈춰라.

"말해도 됩니까."

"말하려고 준비 끝낸 것 같은데."

그만 달라고!

"대리님하고……."

362

"저기 죄송한데 밥 좀 편하게 먹으면 안 될까요? 이 분위기에서는 제가 밥이 제대로 안 넘어갈 것 같거든요. 아니면 제가 빨리 먹을 테니까 두 분이서 얘기하셔도 되고요."

후련하게 한 소리를 털고 나자 비로소 으르렁거림이 잦아들기 시작했다. 이 집에 들어오고 처음으로 맞이하는 평화로움이었다.

역시 인간이란 가만히 있으면 안 됐다. 가만히 있다간 가마니만 될 뿐이니까.

"샐러드도 안 덜어 주셔도 돼요. 많아요."

제게 샐러드를 덜어 주려던 준열을 겨우 막았다.

"다현 대리는 파프리카 안 좋아합니다. 모르시는 것 같아서."

유치하기 그지없는 멘트가 승준에게서 쏟아졌다. 당황한 저를 보던 승준의 입매가 부드럽게 휘어졌다. 방금 던진 유치한 말을 전혀 후회하지 않는다는 표정이다.

그의 말을 부정해 봐야 말만 길어질 것 같아 다현은 미소만 날렸다. 제가 파프리카를 좋아하지 않는다는 게 딱히 틀린 말도 아니고.

"타이베이는 어떠셨어요?"

준열이 화제를 돌렸다.

"디저트 엄청 많더라고요. 이것저것 먹어 보니까 좋은 생각이 많이 나서요. 일단 정리해서 기획안 올려 보려고요. 맛이 그대로 구현될지, 단가에는 문제없을지 확인이 필요하지만."

비행기에서 했던 생각을 던지는 다현의 눈빛이 반짝거렸다.

처음부터 원하던 일은 아니었다. 그래도 다현은 잘해 내고 싶었다. 그건 승준을 위해서도, 승진 욕심 때문도 아니었다.

자신이 만든 디저트가 편의점에 깔릴 상상을 하는 것만으로도 기분이 좋았다. 맛있는 디저트를 먹으며, 누군가는 하루의 피로를 잊고 누군가는 즐거워하지 않을까.

물론 얼마간은 승준을 성심성의껏 돕기로 계약까지 하기도 했고.

승준과 달리 자신은 약속한 걸 꼭 지키는 사람이었다. 그러니까, 놀랄 것도 없는 욕심이었다.

"완판 한번 내 봐야죠."

이야기를 하는 내내 다현의 고개가 끝없이 승준에게 돌아갔다.

❖ ❖ ❖

사무실을 지키던 사람들이 하나둘 퇴근을 하기 시작했다. 팀원들이 사라지는 줄도 모르고 다현은 모니터만 뚫어져라 쳐다보고 있었다.

초코슈로 신상품 방향을 잡기는 했는데, 어딘가 모르게 부족한 느낌이 들었다. 시시한 느낌이라고 해야 하나.

"퇴근 안 해요?"

추 대리의 물음에 다현의 시선이 그제야 모니터에서 떨어졌다.

"먼저 하세요. 저는 기획안 조금 더 손봐야 할 것 같아서요."

"또요?"

"너무 밋밋한 것 같아서……."

"비주얼적으로 심하게 문제가 있는 건 아니니까 진행해도 상관없지 않을까요? 크림 잔뜩 넣어서 반으로 가른 사진 올리면 나쁘지 않을 것 같은데."

추 대리의 말을 재빨리 다이어리에 받아 적었다. 흘러가는 말을 기록해 두면 쓸모가 있을지도 몰랐다.

"적당히 하고 가요. 본부장님도 일찍 가셨는데."

"그럴게요! 추 대리님도 얼른 가세요."

"내일 봬요."

추 대리가 먼저 사무실을 나섰다. 빈자리를 돌아보던 다현의 시선이 승준의 자리에 머물렀다.

'근데 본부장이 왜 반차를 썼을까. 강 대리, 아는 거 없어?'

'저도 잘 모르겠는데요.'

'비서까지 대동한 거 보면 뭐 있는 거 같지 않아? 후계자 발표라도 있나.'

'후계자 발표요?'

'한주 회장님이 경영에서 손 떼신다는 소문이 있더라고. 드라마에서처럼 밥이라도 먹으면서 막 기 싸움 하는 거 아니야?'

낮에 이 과장이 떠들어 댔던 말이 귓가에 남아 사라지지 않았다.

무미각증 때문에 곤란한 건 아닐까? 가족들도 그의 병을 모르고 있다고 하지 않았나. 어려운 일이라도 생긴 건 아닌지 괜히 신경이 쓰였다.

문자라도 보내 볼까.

아랫입술을 지그시 깨물고 잠시 고민하던 다현이 다시 핸드폰을 내려놨다. 자신이 필요했으면 어떤 식으로든 연락을 했을 거다. 아무 문제가 없으니 자신을 찾지 않는 거겠지.

애써 일에 집중하자며 모니터를 봤다. 그렇게 얼마나 지났을까.

띠리리리— 띠리리—

조용한 사무실 공기를 뚫고 제 전화기가 울렸다.

이 시간에 전화 올 사람 없는데?

거래처가 방문하기에는 너무 늦은 시간이었고, 해외에서 온 연락이라기에는 전화기 위에 뜬 번호가 내선번호였다. 다현은 수화기를 들고 전화를 받았다.

"네, 기획1팀 강다현입니다."

— 여기 로비 인포인데요. 어떤 여자분이 대리님을 찾으셔서요."

"혹시 누구신지 알 수 있을까요?"

— 잠시만요. 네. 네네.

수화기 너머로 웅얼거리는 소리가 넘어왔다.

— 권혜승 씨라고 하면 아실 거라는데요.

직원의 목소리에 온몸을 뜨겁게 돌던 피가 차갑게 식었다. 혜승은 제가 일하는 곳에 불쑥불쑥 나타나는 버릇을 아직 고치지 못했나 보다.

"로비로 내려간다고 전해 주세요."

다만 혜승이 착각하고 있는 건 그때와 지금의 제가 같을 거라는 생각이었다. 혜승에게 맥없이 뺨을 내어 주던 그때처럼.

하지만 멍청하던 그 모습은 한 번으로 족했다. 이번에는 그때처럼 당하고만 있지 않을 거다. 볼 꼴 못 볼 꼴 다 보면서 내가 얼마나 단단해졌는데.

다현은 수화기를 내려놓고는 기획안을 껐다.

혜승이 자신을 만나겠다고 여기까지 찾아온 걸 보면 모든 걸 다 알고 있는 게 분명했다. 승준이 말했거나 아니면 스스로 찾아냈든가. 집요하게 사람 파헤치는 데는 일가견이 있는 애니까.

가방을 챙기고는 사무실을 나섰다. 가방끈을 붙잡고 엘리베이터 앞에 서기는 섰는데 뭔가 모르게 허전했다.

"으음……."

마치 제가 기획 중인 초코슈라도 된 것 같았다. 알맹이는 옹골차게 차 있을지는 몰라도 겉만 보면 우습기 짝이 없달까. 이대로라면 혜승의 기세에 밀릴 것도 같았다. 속만큼 겉도 중요한 법 아니겠나.

신상품만 봐도 그랬다. 초반 임팩트가 없으면 아무도 시선조차 주지 않는다.

'크림 잔뜩 넣어서 반으로 가른 사진 올리면 나쁘지 않을 것 같은데.'

추 대리의 말대로 백 번 최고라고 말하는 것보다 한 번 보여 주는 게 훨씬 효과가 있을지 몰랐다.

다현은 발길을 돌려 화장실로 향했다. 산적처럼 헝클어져 있는 머리카락을 최대한 높이 묶어 올렸다. 그러고는 파우치에서 가장 강렬해 보이는 붉은 립스틱을 꺼내 입에 발랐다.

'나는 엄청나게 세다.'

입술을 붉게 채웠다.

한 번, 그리고 또 한 번 더.

"나이스하네."

고개를 쳐든 다현이 좌우로 제 얼굴을 살폈다. 그래도 립스틱을 발랐다고 얼굴에 약간 생기가 돌았다.

출정이라도 하듯 화장실을 나서는 다현에게서는 비장함이 돌았다. 절대로 맥없이 당하지 않을 거다.

'좋아한 적 없어.'

'……뭐?'

'너 말고는 아무도 좋아한 적 없다고.'

아닌 척하긴 했지만 승준이 했던 말이 머릿속에서 빠져나가지 않았다.

승준이 정말로 혜승을 좋아한 게 아니라면? 어쩔 수 없이 미국에 갈 수밖에 없었던 거라면…….

뭐? 대체 뭐가 달라지는데?

엘리베이터를 타고 로비로 내려갈 때까지도 머릿속이 시끄러웠다. 아무래도 며칠 기획안을 붙잡고 있었다고 미쳐 가나 보다.

〈다음 권에서 계속〉